百鬼夜行する中世文学

——作品講読入門

畑中智子 編

烏有書林

『百鬼夜行絵巻』（京都女子大学図書館蔵）

はじめに

数年前のこと。中世文学について大学で講義をする中で、受講生が「難しい」という先入観を持っていることに気付きました。確かに、中世文学は、一見、取り付きにくい印象があるかもしれません。しかし、実際に読んでみると、感動や共感、涙や笑いに溢《あふ》れています。例えば、自然の様々な風景への感動――夏の竹林に差し込む曙光《しょこう》、凍れる湖上にぽっかり浮かぶ冬の月など――、悲恋を嘆き、愛しい人を想う妖艶《ようえん》な身悶《みもだ》え、プライドとコンプレックスによる煩悶《はんもん》、乱世にあって、苦境を笑い飛ばし、力強く前進していく勇姿……。その魅力を伝えるにはどうすれば？　と暗中模索するなか、「鬼をテーマにした教科書はどうでしょう？」との一声に出会います。確かに、鬼は中世期に跳梁跋扈《ちょうりょうばっこ》、大活躍をしているばかりか、現代においても『鬼滅の刃』など様々な作品で読者の心を揺さぶり続けています。人ならざる不思議な存在には、学生さんも大いに興味をもってくれそう。そこで、ともに中世文学を学んできた有志と共に、「鬼」をテーマにした教科書を作ることにしました。

中世文学に関する教科書は、これまでも多く作られてきましたが、「鬼」にテーマをしぼったものは、見当たりません。様々な視点から、一つの事象を見てみると、どんな風景が見えてくるのか、私達も興味津々。学生の皆さんにも、「鬼」という存在を通して、中世の人々の心情を理解し、少しでも中世文学に親しんでもらえたらと思います。

本書では、講義の回数を鑑みて十四の分野を取り上げ、それぞれの分野から鬼の記述を選び出して、各話題を提示しました。最も工夫したのは、掲げた本文についての解説部分です。『付喪神《つくもがみ》絵巻』（後掲「百鬼夜行とは」参照）にて重要な役割を担っておられる、巻物の「古文先生」にお出ましいただき、また二人の小鬼にも登場してもらって、対話形式で解説を行うことにしました。彼らと一緒に、中世文学の世界をちょっと散策してみる、という趣向です。

鬼丸

鬼姫

古文先生

「やれやれ、面倒なことに駆り出されてしまったよ。」

「そんなこと言って、文学散策、とても楽しそうだったわよ。」

「解説部分では、三人で自由気ままに勝手なことを話しておるので、読者の皆さんも自由な発想で、あれこれ考えてみるとよいぞ。」

先に述べた通り、本書はもともと大学用の教科書を想定して作り始めたものではありますが、それにとどまることなく、広く一般の方々にも中世文学への第一歩を踏み出し、古典の本文を楽しんでいただけるような本になっているかと思います。そうなることをも意識しつつ編集しました。また、教科書のみならず、講義の副読本などとしてもお役に立つことでしょう。

本書では、京都女子大学図書館所蔵の貴重な資料を、随所で活用させていただきましたが、表紙等や各章の冒頭には、同図書館蔵『百鬼夜行絵巻』の妖《あやかし》を配しました。また、各章の最後には、「鬼」に関する様々なコラムを、イラストなども交えつつ掲載しています。末尾には「鬼鬼マップ」も付載しました。

さぁ、この「百鬼夜行する中世文学」絵巻を、目でも楽しみながら紐解いていきましょう。

編集者

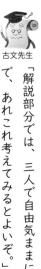

百鬼夜行とは

百鬼夜行とは、人間とは異なる諸々の異形《いぎょう》のものが、真夜中に通行すること、集合すること等をいう。① 「百鬼」とあるが、人数はまちまちで、出現するものも、いわゆる「鬼」とは限らない。また、人間が百鬼夜行に遭遇すると、災いが降りかかると考えられており、鎌倉から室町時代にかけて編まれた類書《るいしょ》（百科事典）『拾芥抄《しゅうがいしょう》』には、百鬼夜行日の記述があり、夜の外出を控えることが求められた。なお、夜行日は、・二月は子の日、三・四月は午の日、五・六月は巳の日、七・八月は戌の日、九・十月は未の日、十一・十二月は辰の日が該当日とされる。但し、室町時代の辞書『下学集《かがくしゅう》』では「節分の夜なり」（岩波文庫）とある。

百鬼夜行については、説話集に様々な話題が収録されている。例えば、平安時代末期の『宝物集《ほうぶつしゅう》』は、尊勝陀羅尼《そんしょうだらに》の功徳を述べる中で、次の通り記述する。

> 尊勝陀羅尼《そんしやうだらに》の功徳《くどく》は、現世にもめでたく侍るめる。九条《でう》右《う》大臣《だいじん》殿師輔、二条大宮あはらの辻《つじ》にて百鬼夜行《きやぎやう》にあひて、尊勝陀羅尼みてて、鬼難《きなん》をまぬかれたまへり。西三条大将常行《にしさんでうだいしやうつねゆき》は、若君の時、神泉苑《しんせんゑん》の前にて百鬼夜行にあひてける。乳母《めのと》の、小袖の頸《くび》に尊勝陀羅尼をぬひくゝみたりけるにぞ、たすかりたまひて侍りける。
>
> （新日本古典文学大系）

ここでは百鬼夜行にあった、二つの事例を挙げている。前者は『大鏡』にも記され、藤原師輔《もろすけ》が遭遇した話題。師輔は尊勝陀羅尼を誦したことで、その難を逃れている。行列をしていた鬼について姿の記述はなく、これは『大鏡』も同様である。②

元々「鬼」という語は、中国において死者の霊魂を表した言葉であり、我が国においても、平安時代の辞書『和名類聚抄《わみょうるいじゅしょう》』に「鬼は物に隠れて形を顕すを欲せざる故に、俗に呼びて隠と曰ふなり。人の死にし魂神なり」（諸本集成倭名類聚抄、臨川書店、一九六八）とある通り、霊魂、または、それに類する姿の見えない存在（疫病神や精霊等）と考えられていた。右の師輔の説話には、その面影《おもかげ》が窺《うかが》えようか。

後者は、藤原良相《よしみ》の息常行《つねゆき》が、両親の諫《いさ》めも聞かず夜歩きをし、百鬼夜行に遭遇した話。『今昔物語集』をはじめ『古本《こほん》説話集』『打聞集《うちぎきしゅう》』等にも同話が収録される。この説話で行列を構成するものは、『今昔物語集』によれば「様々ノ怖《オソロ》シ気《ゲ》ナル形」（新日本古典文学大系）をした者たち。具体的な姿の記述はないが、『宇治拾遺物語』では、鬼の姿は「赤き色には青き物を着、黒き色には赤き物を褌《たふさぎ》にかき、大方目一つある者あり、口なき者など、大方いかにもいふべきにあらぬ者ども」（新編日本古典文学全集）と記される。目に見えぬものと考えられていた鬼たちは、人々の語りの中で姿形を獲得していく。

また、中世期には、百鬼夜行は絵画化されたりもする。室町時代に制作された、大徳寺真珠庵所蔵の『百鬼夜行絵巻』（伝土佐光信筆）には、鬼や動物の姿のものの他、琵琶・琴・履物・払子《ほっす》・鰐口《わにぐち》などの変化《へんげ》した妖怪が描かれている。これらは、器物が百年を経て魂を獲得した「付喪神《つくもがみ》」であろう。同様の絵巻は多数作られ、現在、詞書《ことばがき》を持つものも含め、四つの系統の諸本があると明らかにされている。③加えて、『付喪神絵巻』という作品もまた、百鬼夜行の様相を呈している。内容は、暮れの煤払《すすはら》いで捨てられた古道具たちが、巻物の妖怪である「古文先生」の教えに従って、人間への復讐を行使するというもの。この絵巻は、『百鬼夜行絵巻』との関係の近さが指摘されている。④

このように、群れをなし、夜の闇にまぎれて活躍する妖たちの物語は、様々に作られてきた。そして、現在もなお、百鬼夜行を題名に冠する作品は創作され続けている。百鬼夜行の物語は、まだ、その展開途上にあるといえようか。

①田中貴子『百鬼夜行の見える都市』（新曜社、一九九四）。同書に徘徊型の他、様々な百鬼夜行説話があることが指摘されている。
②この行列について、ウィキペディア等のインターネット上には、『大鏡』を出典として、蘇我入鹿を先頭に藤原氏を恨んで死んだ者たちの行列、との記述があるが、管見の限り不明。
③小松和彦『百鬼夜行絵巻の謎』（集英社、二〇〇八）。
④注①「Ⅶ　闇の中の祭」。

京都女子大学図書館蔵
『百鬼夜行絵巻』（扉・口絵カラー写真など）**について**

巻子本一軸。縦三七・五センチ×全長四八四・三センチ。江戸時代後期写。京都大徳寺の塔頭《たっちゅう》真珠庵に所蔵される、有名な真珠庵本（重文）の系統に属する模本。巻末に、墨書「土佐光則筆　光芳證□／応瑞模写之〔陰刻朱印〕」。円山応挙の長男である応瑞《おうずい》（一七六六～一八二九）の筆と伝わる。「光則《みつのり》」（一五八三～一六三八）・「光芳《みつよし》」（一七〇〇～一七七二）は、大和絵の土佐派の絵師。

目次

はじめに　1
百鬼夜行とは　3

第一章　和　歌 ―― 7
『新古今和歌集』『玉葉和歌集』
『風雅和歌集』『山家集』『金槐和歌集』
『明日香井和歌集』『夫木和歌抄』
『拾玉集』
コラム 鬼のような悪筆　18

第二章　歌　論 ―― 19
『俊頼髄脳』『古来風躰抄』『詠歌大概』
『為兼卿和歌抄』
コラム 角隠し　30

第三章　連　歌 ―― 31
『水無瀬三吟百韻』『新撰菟玖波集』
『新撰犬筑波集』『守武千句』
コラム「餓鬼となりては食にうへ」――法語　42

第四章　歌　謡 ―― 43
『梁塵秘抄』『閑吟集』
コラム 見目麗しき鬼、酒呑童子(1)　54

第五章　随　筆 ―― 55
『徒然草』
コラム 病は鬼から　66

第六章　歴史物語・史論書 ―― 67
『水鏡』『愚管抄』
コラム 見目麗しき鬼、酒呑童子(2)　78

第七章　日記文学 ―― 79
『建礼門院右京大夫集』『とはずがたり』
コラム 接頭語としての「鬼」　90

第八章　軍記物語 ―― 91
『平家物語』
コラム『伊勢物語』の鬼　102

第九章　中世王朝物語――103
『松浦宮物語』
コラム 中国の鬼　114
第十章　説　話――115
『宇治拾遺物語』『閑居友』
コラム 女と嫉妬と鬼　126
第十一章　御伽草子――127
『一寸法師』
コラム 鬼と祭り　138
第十二章　評　論――139
『無名草子』
コラム 鬼おにマスク　150
第十三章　謡　曲――151
『野守』『風姿花伝』
コラム 天草版『平家物語』の Qicai ga xima　162
第十四章　狂　言――163
『鬼のぬけがら』『鬼瓦』『節分』
コラム 桃の木に縛られた鬼――五山文学　174
中世文学関連略年表　175
鬼鬼マップ　179
鬼と双六で勝負!?　180
担当者一覧　182
あとがき　183

〔凡例〕

一、本書の構成は、十四章仕立てであり、さらに年表や鬼鬼マップを末尾に付載した。
一、各章の構成は、各々の分野の概説・取り上げる作品の略解題・注釈付き作品本文・本文についての解説・参考資料の五段仕立てとし、末尾にコラムを付載した。
一、本文は、図書館等で閲覧しやすいものに依拠することとし、何に拠ったかは各本文の末尾に明示した。
一、ただし、本文の表記などは、読解の便を考慮して、一部改めた場合もある。

第一章
和歌

和歌は一首ずつ単独の形でも鑑賞されるが、一般的に歌集の形で享受される。歌集は一個人の歌の集積である私家集と、複数の作者達の和歌をある基準で選定・編纂した撰集とがある。和歌史的に意味の大きいのは撰集である。

撰集は天皇または上皇の命により撰ばれた勅撰《ちょくせん》和歌集（勅撰集）と、私人が撰んだ私撰和歌集（私撰集）とに大別される。皇室の権威を背景とした勅撰集の権威は大きいものがあった。勅撰集は平安時代前期の『古今和歌集』に始まって室町時代前期の『新続《しんしょく》古今和歌集』まで二十一集撰ばれている。これを二十一代集と呼び、中古・中世の和歌史はこれらの集の撰進を軸として展開した。二十一代集のうち、『古今和歌集』から鎌倉時代初期の『新古今和歌集』までは八代集と呼ばれ、特に重要視される。これらに対して、第九番目の『新勅撰和歌集』から第二十一番目の『新続古今和歌集』までは十三代集と呼ばれる。十三代集は和歌そのものの文学的地位がややゆら

大幣《おおぬさ》を振りおろす赤鬼

いできた時期の所産であることも影響して、八代集ほどには尊重されず、研究も盛んであるとは言えない。八代集のうち、最初の『古今和歌集』『後撰和歌集』『拾遺和歌集』の三集は三代集として、後世、古典的・規範的勅撰集として尊崇された。

『古今和歌集』の仮名序には、「やまとうたは人の心をたねとしてよろづのことのはとぞなれりける」とあり、その歌は「ちからをもいれずしてあめつちをうごかし、めに見えぬおに神をもあはれとおもはせ」(新編国歌大観)るもの、とする。これは『風雅和歌集』にも引き継がれ、その仮名序には「めに見えぬおに神のこころにもかよふは此歌なり」(新編国歌大観)とある。鬼神の心さえ揺り動かす秀歌が、これらの勅撰集には収められている。

私撰集はその編纂の動機や目的、選歌の範囲、内容などによって、さまざまである。私的営為であるために、和歌史の側面を補い、裏面をうかがう資料として有効である。私家集は古くは単に家集、家の集などと呼ばれた。作者自身が編纂した自撰家集と、作者以外の人物が編纂した他撰家集とに大別される。実際には自撰・他撰の別が明らかでないものも多く、また自撰部分を中核として、他撰部分が増補された家集も少なくない。私家集の中には、『伊勢集』『増基《ぞうき》法師集(いほぬし、庵主日記)』『成尋阿闍梨母集《じようじんあじやりのははのしゆう》』『建礼門院右京大夫《うきようのだいぶ》集』『信生《しんしよう》法師集(信生法師日記)』などのように、物語的あるいは日記・紀行文的性格を有するために、他の分野との関連において考察すべき作品も存する。

『新古今和歌集』

第八番目の勅撰集。撰者は、源通具《みちとも》・藤原有家・藤原家隆《いえたか》・藤原定家・藤原雅経《まさつね》。
下命者は後鳥羽院。

守覚法親王①家五十首歌に　藤原定家朝臣

四〇　おほぞらは　梅のにほひに　霞みつつ　くもりもはてぬ　春の夜の月　（巻一　春歌上）

〈大空は梅の芳香に霞みながら、すっかり曇りきってもしまわない春の夜の月よ。〉

（百首歌②たてまつりし時）　式子内親王

二五六　窓近き③　竹の葉すさむ　風の音に　いとどみじかき　うたたねの夢　（巻三　夏歌）

〈窓辺近く生えている竹の葉を吹きそよがす風の音のために、ただでさえ短い夜がますます短くなるうたた寝の夢よ。〉

百首歌たてまつりし時　摂政太政大臣（藤原良経）

五一八　きりぎりす④　鳴くや霜夜の　さむしろ⑤に　衣かたしき　ひとりかも寝む　（巻五　秋歌下）

〈こおろぎが鳴く寒々とした霜夜に、さむしろに衣を片敷いて、わたしはひとりさびしく寝るのだろうか。〉

百首歌たてまつりし時　藤原定家朝臣

六七一　駒とめて　袖うち払ふ　かげもなし　佐野⑥のわたりの　雪の夕暮　（巻六　冬歌）

〈馬をとめて袖に積もった雪を払うことのできそうな物陰もない。佐野の渡し場の雪の降る夕暮れ。〉

〈新潮日本古典集成。ただし現代語訳は担当者。以下、同じ。〉

①守覚法親王の主催した五十首歌。御室五十首、仁和寺五十首とも。
＊本歌『新古今和歌集』五五。

②後鳥羽院の主催した正治二年（一二〇〇）院初度百首。当該歌の詞書が省略されている場合は、（）に入れて補った。

③「風生竹夜窓間臥　月照松時台上行（風の竹に生《な》る夜は窓の間に臥せり、月の松を照す時は台の上に行く）」（『和漢朗詠集』上・夏夜　白楽天）。

④現在のこおろぎ。恋人が傍らにいない寂寥感の象徴。

⑤むしろ。敷物。「さ」は接頭語。「寒し」との掛詞。
＊本歌『万葉集』一六九二、『古今和歌集』六八九、『拾遺和歌集』七七八などがある。

⑥紀伊国の佐野の渡り、大和国の狭野など諸説あり。
＊本歌『万葉集』二六五。

『玉葉和歌集』

第十四番目の勅撰集。伏見院の院宣により京極為兼《ためかね》が撰進。

曙花《あけぼののはな》を　　永福門院

一九六　山もとの　鳥の声より[1]　明けそめて　花もむらむら[2]　色ぞ見え行く　（巻二・春下）

〈山のふもとでさえずる鳥の声から夜は明けはじめて、桜もあちらこちらにその美しい色が見えてくることよ。〉

①新編日本古典文学全集の底本（宮内庁書陵部吉田兼右本）では、「鳥のこゑごゑ」。
②あちらこちらに群がるさま。

夏歌の中に　　前大納言為兼

四一九　枝に洩《も》る　朝日のかげの[3]　少なさに[4]　涼しさ深き　竹の奥かな　（巻三・夏）

〈枝から洩れてくる朝日の光が少ないため、夏の朝も涼しさが一層深く感じられる竹林の奥よ。〉

（新編日本古典文学全集）

③ここでは朝日の光、の意。「日《ひ》影《かげ》・月影《つきかげ》など複合語に含まれることが多い。」（『角川古語大辞典』）。
④「少なきに」とする本もあるが、ここは「本文的には『少なさに』がよいようだ」とする新編日本古典文学全集に従う。

『風雅和歌集』

第十七番目の勅撰集。光厳《こうごん》院親撰。全体の監修者は花園院。

院[1]五首歌合に、秋視聴[2]といふ事を　　藤原為基《ためもと》朝臣

五二七　色かはる[3]　柳がうれに　風過ぎて　秋の日寒き　初雁《はつかり》の声　（巻六　秋歌中）

〈色が変っていく柳の梢に風が過ぎて行き、寒々とした秋の日に、初雁の声が聞えてくる。〉

①花園院主催の歌合。康永二年（一三四三）以後か。
②秋の視聴。秋において視、聴くもの。
③枯れはじめて色が変る。

④冬の夕べ。
⑤部屋の奥。
⑥灰の中に埋めた炭火。

冬夕④の心を詠ませ給ひける　　院御歌（花園院）

八七八　暮れやらぬ　庭の光は　雪にして　奥⑤暗くなる　埋《うづ》み火《び》⑥のもと　（巻八　冬歌）

〈すっかり暮れきっていない庭の明るさは、実は雪の光であって、部屋の奥の方は暗くなって、微かな明るさを保っている埋火のもとだよ。〉

（新編日本古典文学全集）

『山家集』

西行（一一一八～一一九〇）の家集。その原型は西行が自撰して藤原俊成に見せたのではないかといわれている。以後何回かにわたり西行または後人の手によって増補されて現在の形になったと推定される。

①新潮日本古典集成が底本とする陽明文庫蔵本では、春一七三首のうち一〇三首が花（桜）の和歌。梅の和歌は十首。

②『続古今和歌集』一五二七にも載る。
③ここでは釈迦入滅の日を指す。
④陽明文庫蔵本では、秋二三七首のうち一一八首が月の和歌。

（花①の歌あまたよみけるに）

七七②　願はくは　花のしたにて　春死なん　そのきさらぎ③の　望月の頃　（上・春）

〈どうか、春の、満開の桜の下で死にたいものだ。あの釈迦が入滅なさった陰暦の二月十五日頃に。〉

（月④歌あまたよみけるに）

三五三　ゆくへなく　月に心の　すみすみて　果《はて》はいかにか　ならんとすらん　（上・秋）

〈どこへ行くとも知れず、月を眺める私の心は澄んでゆき、その行きつく果てはどうなってしまうのだろうか。〉

（新潮日本古典集成）

『金《きん》槐《かい》和歌集』

源実朝（一一九二～一二一九）の家集。藤原定家所伝本の奥書に建暦三年（一二一三）十二月十八日（ただし十二月六日建保と改元）とあるので、実朝が二十二歳の時の成立である。

慈悲の心を

六〇七 ものいはぬ ①四方《よも》の獣《けだもの》 ②すらだにも あはれなるかな③や 親の子を思ふ （雑）

〈口をきかない、いたる所にいるけだものでさえも、しみじみと感銘を受けることよ、親が子をいとおしむ心を持っている。〉

①四方の、すべての所の。
②連語。「すら」「だに」ともに類推の副助詞。だって。でさえ。
③「かな」「や」ともに感動を表す終助詞。

（太上天皇御書下《くだ》し預《あづか》りし時の歌）

六六三④ 山は裂け 海は浅《あ》せなむ 世なりとも 君に⑤ ふた心⑥ わがあらめやも （雑）

〈山が裂けて、海の水が干あがってしまう世になってしまっても、君に対して二心を持つことは決してございません。〉

（新潮日本古典集成）

④『新勅撰和歌集』一二〇四、『増鏡』にも載る。
⑤後鳥羽院。
⑥主君に背く心。裏切りの心。

『明日香井和歌集』

藤原雅経（一一七〇～一二二一）の家集。編者は飛鳥井雅有《あすかいまさあり》（一二四一～一三〇一）。永仁二年（一二九四）成立。

（公事）

一八八 あらたまの① はるをむかふる としのうちに おにこもれりと やらふこゑごゑ②

〈新春を迎えるという時、年が明けないうちに、「鬼が隠れているぞ」という追儺《ついな》の声があちらこちらで聞えている。〉

（新編国歌大観）

①枕詞。「年」「月」にかかり、中世には「春」にもかかる。
②追儺の行事。宮中では古くは大晦日の夜に行われた。第十一・十二章コラム参照。

『夫木《ふぼく》和歌抄』

藤原長清（生没年未詳）の私撰集。延慶三年（一三一〇）頃成立。

つかや　百首歌　述懐　　寂蓮法師

一四〇九　うき身をば　つかやのほらに①　すむ鬼の②　一くちにだに　なりねとぞ思ふ

〈つらいことが多い我が身は、せめて塚屋のほらに棲む鬼に一口で食べられてしまう身になってしまえ、などと思う。〉

同（かくれみの）　新六五　　衣笠内大臣（衣笠家良）

一五一七六　かくれみの③　うき名をかくす　かたもなし　心におにを④　つくる身なれば

〈隠れ蓑が私のうき名を隠す方法もない。心に鬼のような邪心を生じさせる我が身であるのだから。〉

（新編国歌大観）

①墓にある小屋。
②『伊勢物語』六段、鬼一口の説話をふまえる。第八章コラム参照。
③鬼や天狗の持ち物。着ると姿を隠すことができる。第十一・十二・十四章参照。
④同集一七一八八にも心の鬼を詠んだ歌がある。

『拾玉集』

慈円（一一五五～一二二五）の家集。尊円親王（一二九八～一三五六）撰。貞和二年（一三四六）成立。

四八〇〇　わが山は①　花の都の　うしとらに②　鬼ゐるかどを　ふたぐとぞきく

〈私が住む比叡山は、花のように美しい都の北東に位置していて、鬼が侵入する門を塞いでいると、聞いている。〉

平安城鬼門有天台山③、仍以此都桓武天皇与伝教大師有契約之仍云爾、（平安城の鬼門、天台山に有り。仍《よ》りて、此《こ》の都を以て、桓武天皇、伝教大師と契約有り。仍りて爾《しか》云ふ。）

（新編国歌大観）

①比叡山。慈円は、四度にわたり天台座主を務めた、天台僧。
②北東の方角は、陰陽道で神霊・鬼が訪問する方角とされた。鬼門。第十四章コラム参照。
③比叡山のこと。

まずは和歌の世界を案内しよう。

和歌かぁ。いきなりハードル高いよ（泣）。

そう？　私は好きよ。

『古今和歌集』の仮名序（八頁参照）にある通り、勅撰集には鬼の心をも動かすような秀歌がたくさん入集しとるんじゃ。鬼丸の心も動くとよいのう。ただ、勅撰集では「鬼」について詠まれた和歌が残念ながら「陸奥《みちのく》の安達の原の黒塚に鬼こもれりと聞くはまことか」（『拾遺和歌集』五五九）の一首しかないんじゃ。

勅撰集で「鬼」が一例しかないなんて残念だな。しかも中世の勅撰集には一首もないんだね。ちなみに今回の『新古今和歌集』『玉葉和歌集』『風雅和歌集』には、勅撰集の中でも何か特徴ってあるのかなぁ？「鬼」の和歌がないことが特徴かな（笑）。僕にはどの歌集も同じように見えるけど。

ふむ。和歌に不慣れだとどれも同じように見えるかもしれぬが、『新古今和歌集』の特徴は、いくつか指摘されておるのう。代表的なのは、本歌取りかのう？

本歌取りって、古歌の表現を取り入れて、その世界を背景として表現を重層的にし、複雑にする手法よね。

まぁ、そうじゃな。『古今和歌集』にも本歌取りはあるのじゃが、藤原俊成やその息子定家の頃に意識的に取り上げられるようになったんじゃ。藤原定家の歌論に詳しいので、各自で確認してごらん（第二章「歌論」参照）。

本歌取りかぁ。今回挙げてある和歌の中にもあるの？

あるわよ。有名なのは、六七一ね。本歌取りの手本とも言われて、一般的に絵画的な和歌だとされているわ。頭注にある本歌は「苦しくも降りくる雨か三輪《みわ》の崎佐野の渡りに家もあらなくに」という歌で、雨で雨宿りできる家もない、と詠んでるんだけど、定家は雪で、家どころか雪を払うかげすらもないとしたのよ。定家の方がより寂しい景色をイメージできない？　まぁ、題詠だから、実際の景色を詠んだわけじゃないけど。

『新古今和歌集』は他にも感覚的な美（四〇）や本説取り（二五六）などにも特徴がある。自分たちでも探してみるとよいぞ。

そういえば、僕、『玉葉和歌集』と『風雅和歌集』って初めて聞いたかも。これも勅撰集なんだよね。

そうじゃよ。勅撰集は全部で二十一あり、「二十一代集」と総称されておる。中でも『玉葉和歌集』と『風雅和歌集』は、京極派の歌風を中心としているのが大きな特徴じゃな。

京極派って？

鎌倉時代中期から南北朝時代にかけて活躍した和歌の

流派の一つじゃ。藤原為家の子為教《ためのり》を始祖とするが、実質的にはその子為兼によって生まれたんじゃ。為兼は伏見院の歌道師範となったことから持明院統と結びつき、斬新な歌風をその特徴とするのう。まぁ、二条派と対立したということでも有名じゃな。

へぇー。和歌を詠む風流な貴族はもっと穏やかな人が多いと思ってたけど、そうでもないんだね。

二条派と京極派は勅撰集の撰者の地位を激しく争っておるからのう。正和四年(一三一五)に二条派の立場から書かれた『歌苑連署事書《かえんれんしょのことがき》』では、『玉葉和歌集』の集名・巻頭歌・作者・部立《ぶだて》・歌数などについて非難しておる。中世後期から近世を通じて歌壇の主流からは否定されることが多かったんじゃ。

でも、私は自然描写に光の明暗を入れているところが素敵だと思うわ。たとえば、『玉葉和歌集』四一九。枝から斜めに漏れてくる朝日が竹林の奥深くまでは届かないという明暗の対比はまるで絵画のよう。あとは視覚と聴覚を巧みに使っている点も好き。『玉葉和歌集』だったら一九六かな。上《かみ》の句《く》で山のふもとでさえずる鳥の声を、下《しも》の句《く》では花の群れの色の美しさを詠んでいるわね。三句目で「明けそめて」とあるから、時間的な推移も感じられるわ。『風雅和歌集』の五二七は上の句では視覚を、下の句では聴覚にスポットを当てて詠んでいるのよね。

何となくだけど『風雅和歌集』の歌は、『玉葉和歌集』の歌よりも静かな、落ち着いた感じがするかな。

鬼丸、なかなかよいぞ。『風雅和歌集』の歌風は閑寂、枯淡、薄明の美への傾斜、内観性などと言われておる。八七八は、光をモチーフに外光から暗い部屋の一隅へ、そして埋火のほのかな光へと移っていくさまが、なんとも言えない静かな雰囲気を思わせるのう。

字余りの和歌も多いなぁ。

そうじゃな。二条派には見られない特徴が他にもあるので、みんなで探してみると面白いはずじゃ。では次は、私撰集や私家集じゃな。

私撰集や私家集には「鬼」の和歌があるんだね！

そう、『新編国歌大観』で「鬼」と「おに」の語彙検索をしてみたら、ちゃんとあったわよ！　奈良時代の『万葉集』十八例をはじめ、歌数は少ないけど平安時代以降もあるし、中世の私撰集だったら『夫木和歌抄』に七例、私家集なら『拾玉集』に二例、『明日香井和歌集』にも一例あるわよ。『建礼門院右京大夫集』でも一例(一九六)あったわね(第七章「日記文学」参照)。でも、有名な『山家集』と『金槐和歌集』には「鬼」の和歌はないのよね。

ふむ。『山家集』と『金槐和歌集』には確かに「鬼」の和歌はないが、中世を代表する私撰集じゃ。まず『山家集』について取り上げてみようかのう。

西行の家集だよね。西行といえば月と花のイメージかな。そのくらいなら知ってるよ。

西行については説話や伝説など、多くの逸話もあるわね。『撰集抄』や『西行物語』が参考になるわ。

そうじゃな。西行は後鳥羽院から「西行はおもしろくて。しかもこゝろことにふかくて。あはれなるありがたく。出来がたきかたも。ともに相かねてみゆ。生得の哥人とおぼゆ。これによりて。おぼろげの人のまねびなんどすべき哥にあらず。不可説の上手なり。」(『後鳥羽院御口伝』)と評され、同時代はもちろん、後世にも影響を与えた歌人じゃな。

七七「願はくは〜」も有名だよね。

あら、鬼丸君も知ってるのね。願い通り西行は文治六年(一一九〇)二月十六日に桜を見ながら亡くなったみたいよ。

では『金槐和歌集』についてはどうかのう?

鎌倉幕府三代目の将軍源実朝の家集ね。実朝といえば万葉風の和歌のイメージがあるけど、意外にも、その歌数は、全体の一割にも満たないとか。ほとんどが古今風、新古今風の本歌取りを主とした和歌らしいわ。

僕は六〇七がすごく個性的だと思うな。実朝さんは、獣のことをそう見てたのかって、ちょっと感動(泣)。あっ、今、心を動かされた!

これで鬼丸君も少しは鬼らしく?なったかしら(笑)。確か正岡子規も『歌よみに与ふる書』の中で実朝を「第一流の歌人」と評価していたわ。最期は甥の公暁《くぎょう》に暗殺されて二十八歳(満二十六歳)で亡くなってしまうのよね。

そうじゃったのう。もし長く生きていたら更なる名歌が生まれたかもしれないと思うと、残念じゃ。さ、次はお待ちかねの鬼の歌じゃよ。

どれどれ。うーん、知らない歌集ばっかり(泣)。

それぞれの歌を見て!　年中行事の「鬼やらい」、「鬼一口」の説話、鬼の持ち物「隠れ蓑」に人間の心の状態を示す「心の鬼」、それに私たち鬼がやってくる「艮《うしとら》の方角」と、鬼についての様々が詠み込まれているわ。

本当だ!　後の章にも関係がありそうだね。

それにしても、鬼神の心を揺り動かす歌の数々、ステキだったわ。今度は、恋の歌を調べてみようかしら。

僕はやっぱり、実朝さんの歌が気になるな。

ふむふむ、二人ともそれぞれお気に入りの和歌があるようじゃ。

資料1　『新編国歌大観』の底本「寿本」

京都女子大学図書館谷山文庫に所蔵される、『新古今和歌集』の室町時代写本は、国文学研究の基本資料である『新編国歌大観』において底本に選定されているもの。表紙中央に金糸で「壽（寿）」字が織り出されていて、「寿本」と通称される。

左側の写真の前半部の二～四行目は、次の通り。

　鴨社哥合《うたあはせ》とて人々よみ侍《はべり》けるに、月を

　　　　鴨長明

いしかはやせみのを川のきよければ月もなかれを尋てそすむ

この歌が『新古今和歌集』に入集したことを、長明は随筆的歌論書『無名《むみよう》抄《しょう》』（第二章「歌論」参照）の中で、「生死《しやうじ》の余執《よしふ》ともなるばかりうれしく侍るなり」（「生死の余執」＝死後になお残る執着）と述べている。

ところで、右の歌の上方に小さく「牙」と書かれている。藤原雅経が撰んだことを注記したもの。撰者のうち誰が撰んだ歌なのかを注記した「撰者名注記」が、寿本には見られるのである。次の略称で撰者を注記している。

衛・イ（＝源通具）　有・ナ（＝藤原有家）　定・宀（＝藤原定家）

隆・卩（＝藤原家隆）　雅・牙（＝藤原雅経）

長明の歌の次の中納言資仲《すけなか》の歌は、定家と家隆が撰んでいることがわかる。

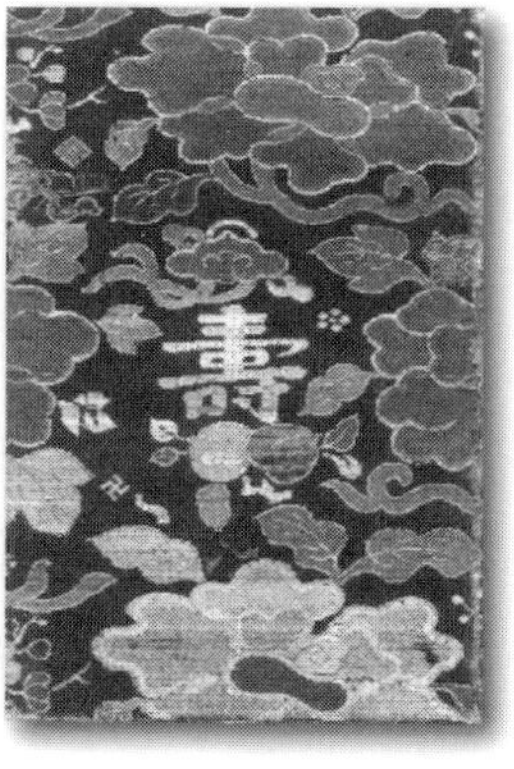

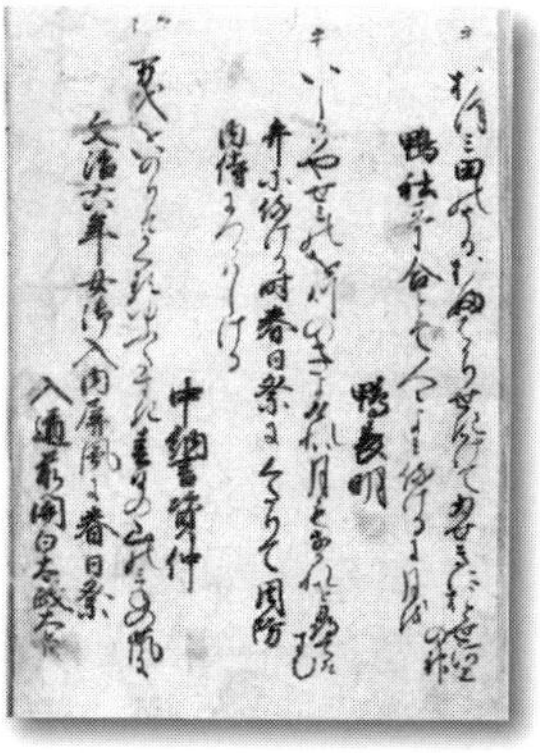

コラム

◉鬼のような悪筆

自らの筆跡を、「其の字、鬼の如し。」と、日記に記す人物がいる。それは、中世を代表する歌人、藤原定家。この時代に好まれた書風といえば、流麗な連面体が想像されるが、定家のそれは、一字一字が横に長く、連面で文字をつなかがない。この独特の筆跡は、本人をして「平生書く所の物、落字なきを以て悪筆の一得となす。」(『訓読明月記』河出書房新社、一九七八、前出も同)、つまり、悪筆ではあるが、落字のあやまりをしない、と言わしめるものであり、『源氏物語』など多くの書を写した、定家、面目躍如の書体ともいえようか。

悪筆とされたこの書体、室町時代以降は、茶人の間などで「定家様《ていかよう》」「定家流」と呼ばれ、もてはやされるようになる。京都女子大学図書館蔵『新百人一首』は、末尾に付された美しい花の絵に心奪われるが、記されたその横長の字は、まさに定家様！　皮肉なことに、自ら「鬼のよう」と評した悪筆は、後世の人々に真似られ、珍重されることになった。

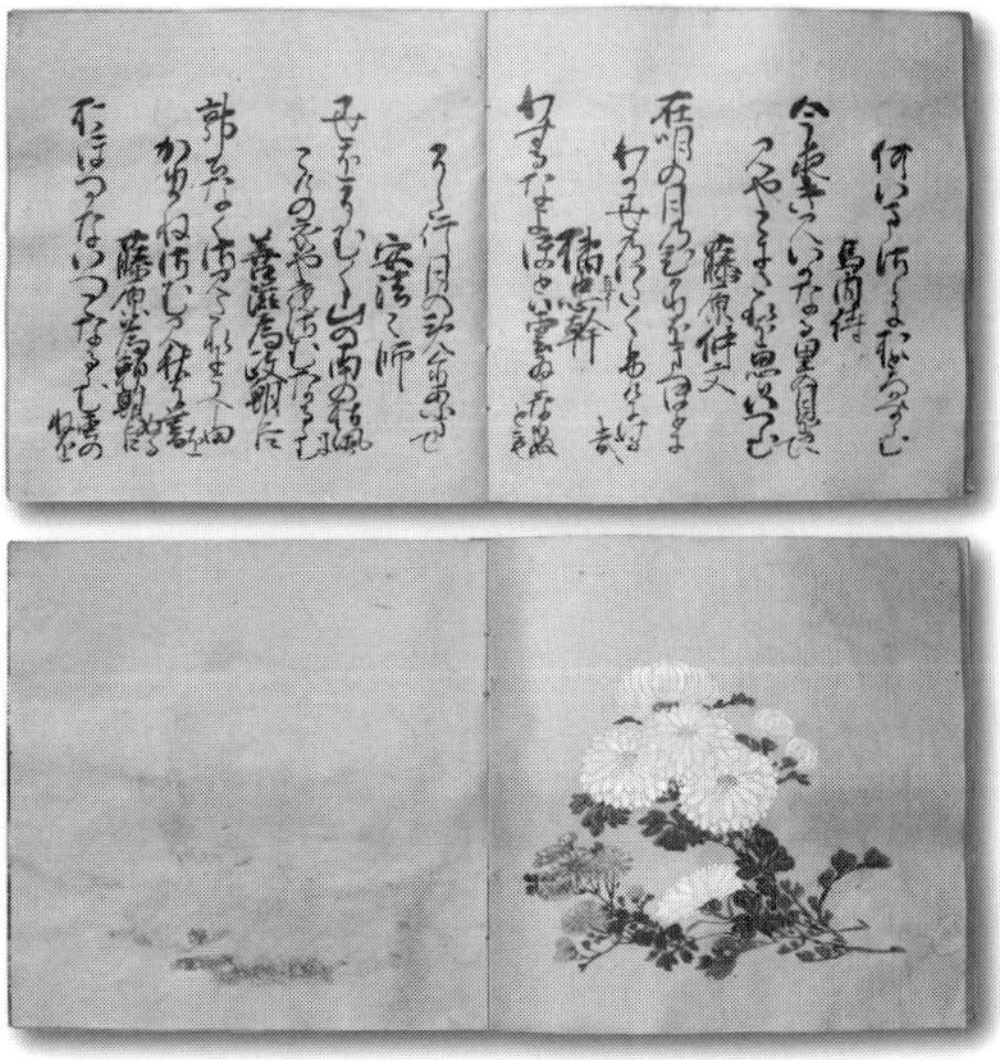
『新百人一首』

そして、現在のタイポグラフィの世界でも、この書体は復活を遂げる。「かづらきフォント」「やぶさめフォント」などの書体が制作され、「鬼のような悪筆」は、味があるフォントとして、活字の世界でも生き続けている。

(草葉の陰で苦笑いをする、定家さんの様子が目に浮かぶようね。)

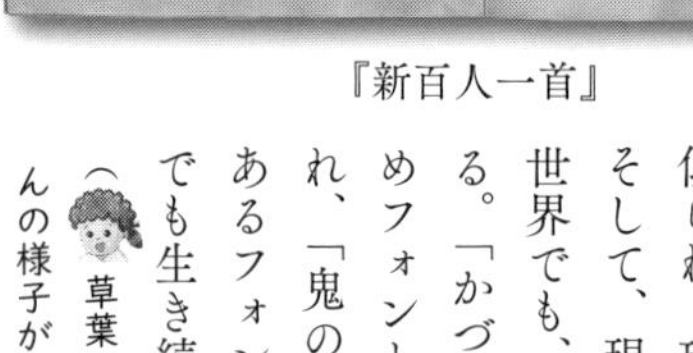

第二章
歌　論

歌論とは、和歌の批評的研究であり、古くは藤原浜成《はまなり》が撰述した『歌経標式《かきょうひょうしき》』や、『万葉集』の題詞や左注に、その萌芽が見られる。平安時代に入ると『古今和歌集』が成立し、その序に「和歌とは何か」について述べられ、後世に大きな影響を与えた。また、歌合の判詞では、和歌の表現や趣向・声調など、実用的な批評がなされ、藤原公任《きんとう》によって著された『新撰髄脳《しんせんずいのう》』『和歌九品《わかくほん》』、『和歌体十種《わかたいじっしゅ》』(編者未詳)等では、和歌を詠む心の深さや余情について言及された。

院政期から中世期にかけては、豊富な伝統和歌の蓄積により、様々な歌論書が作られた。『俊頼髄脳《としよりずいのう》』は源俊頼によって、藤原忠実の女勲子(鳥羽天皇の皇后高陽院泰子)の為に、作歌の手引書として述作された(『今鏡』「すべらぎの中第二」)。この中で俊頼は、和歌を日常のものではなく、言語表現世界における美的虚構の小世界ととらえる論を展開した。藤原俊成が式子内親王へ献進した『古来風躰抄《こらいふうていしょう》』では、和歌を歴史的に叙述し、歌の姿や言葉の良し悪しの価値観を中心に論じ、普遍的な美的本性を認識する重要性が述べられた。そして、俊成の息定家

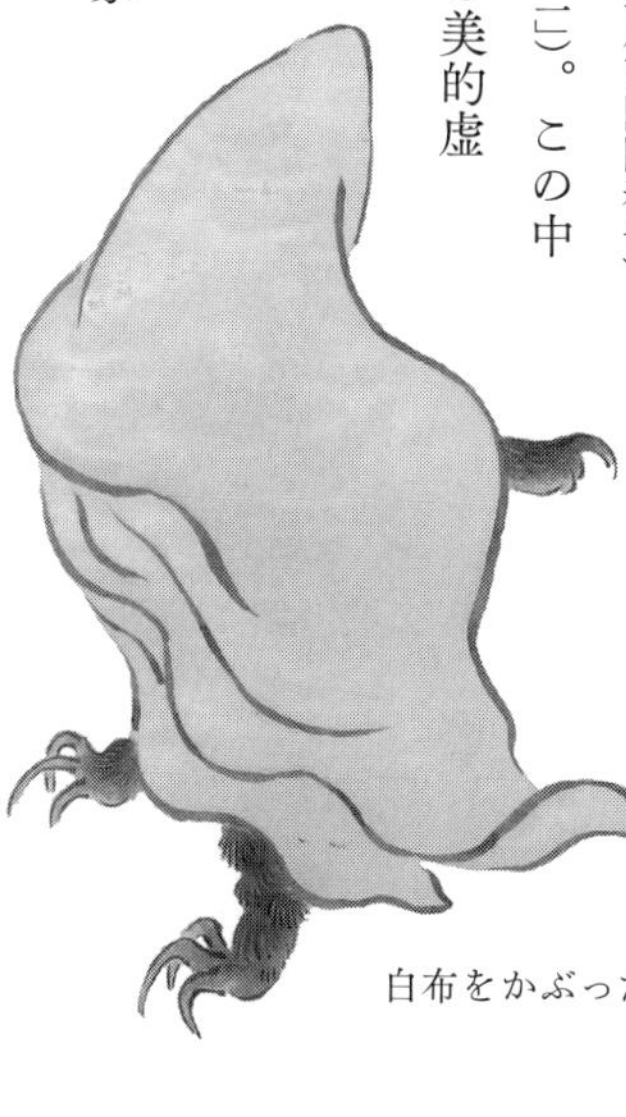

白布をかぶった獣

は『近代秀歌』『詠歌大概《えいがのたいがい》』等を著述し、幽玄《ゆうげん》や有心《うしん》といった、美的世界についての論を確立した。『詠歌大概』では、「常に古歌《こか》の景気を観念して心に染むべし」(新編日本古典文学全集)とし、見習うべき古典を具体的に示す。その他、『無名抄《むみょうしょう》』、『後鳥羽院御口伝《ごくでん》』などがある。『無名抄』は鴨長明によって記された随筆的歌論書である。長短約八十段の逸話が収録され、題詠の技巧、詞の続け柄、歌合・歌会での批評や論難、師俊恵の教訓、古人の逸話や文学遺跡などについて、筆の赴くままに書き進められている。『後鳥羽院御口伝』は、後鳥羽院が承久の乱後、隠岐にて著したもの。前段で歌を詠む「初心の人」への「至要」七か条を、後段で「近き世の上手」の歌人評(十五人)を示す。

その後、藤原為家によって、平淡の美を唱える『詠歌一体《えいがいってい》』が著され、俊成・定家・為家の説を重視する時代となる。藤原基俊仮託の『悦目抄《えつもくしょう》』、定家仮託の『愚見抄《ぐけんしょう》』『三五記《さんごき》』『愚秘抄《ぐひしょう》』『桐火桶《きりひおけ》』など、各人の名に仮託した数々の歌学書が述作された。これら仮託偽書は、定家らの言説と信じられ、そこに記された「有心」「幽玄」に関する論は、中世和歌に大きな影響を及ぼした。

南北朝時代になると、これまでの伝統墨守の姿勢を打破すべく、藤原(京極)為兼によって、新たな歌風が模索され、『為兼卿《ためかねきょう》和歌抄』が著述された。この書は、弘安八年(一二八五)に、皇太子熙仁親王(伏見天皇)に進覧すべく制作されたもので、「心のまゝに詞の匂《にほ》ひゆく」(日本古典文学大系)ということを中心に、独自の歌観を展開した。

『俊頼髄脳』

源俊頼著。天永二年（一一一一）～永久二年（一一一四）頃成立か。序文に続き、和歌の種類、歌病、歌人の範囲、和歌の効用、実作の種々相、歌題と詠み方、秀歌例、和歌の技法、異名、季語・歌語の由来、表現の虚構と歌心、連歌の表現、歌語の疑問、歌と故事について記述される。本書は作歌の実用書として、具体的な心得を説くことが主体となっており、後世の歌学書・歌論書に大きな影響を与えた。また、和歌説話が少なからず収録されており、説話集との関係も注目される。

①わすれ草我が②したひもにつけたれど鬼③のしこぐさことにしありけり
〔万葉　巻四　七三〇　大伴家持〕

わすれ草かきもし④みみに植ゑたれど鬼のしこぐさなほお⑤ひにけり
〔万葉　巻十二　三〇七六〕

鬼のしこ草といへるは、むかし、人の親、子を二人もたりけり。親うせにけるのち、塚恋ひ悲しぶこと、年をふれども忘らるることなし。⑥むかしは、うせたる人をば、塚にをさめければ、恋しきたびに、あにをとと、うち具しつつ、かの塚のもとにゆきむかひて、涙をながして、我が身にあるうれへをも嘆きをも、生きたる親などに向

①「萱草《かんぞう》」の異名。身につけると憂いを忘れるという草。ユリ科の多年草。夏にユリに似た、黄または橙色の花をつける。「忘草とは、萱草をいふ。すみよしのきしにおふ。」（『能因歌枕』広本）。
②下裳・下袴の紐。
③「紫苑《しおん》」の異名。物事や人の思いを忘れないという草。蘭・竜胆とする説もある。元来は、役に立たない厭わしい草という意。謡曲『大江山』には、「紫苑といふは何やらん。鬼の醜草とは誰がつけし名なるぞ」とみえる。
④隙間なくびっしり。
⑤原文は「恋」である。
⑥昔は塚に納める土葬であった。

ひていはむやうに、いひつつ帰りけり。兄の男、年月《としつき》つもりて、⑦おほやけにつかへ、わたくしを顧《かへりみ》るにも、⑧たへがたき事どもありて、思ひけるやう、「⑨ただにては、思ひなぐさむべきやうもなし。萱草《わすれぐさ》といふ草こそ、人の思ひをば忘らかすなれ」とて、萱草を、その塚のほとりに植ゑつ。そののち、弟つねにきて、「れいの御墓《みはか》へやまゐる」とさそひけれども、さはりがちになりて、具せずのみなりにけり。この弟の男、いと憂しと思ひて、この人を恋ひ申すにこそかかりて、日をくらし、夜をあかしつれば、「我は忘れ申さじ」とて、「⑩紫苑《しをん》といへる草こそ、心におぼゆる事は忘られざなれ」とて、紫苑を、塚のほとりに植ゑてみければ、いよいよ忘るる事なくて、日をへてしあるきけるを見て、塚のうちに声ありて、「我は、⑪そこの親のかばねをまもる鬼⑫なり。ねがはくはおそるる事なかれ。君をまもらむと思ふ」と言ひければ、おそりながら聞き居《を》りければ、「君は親に孝《けう》ある事、年月を送れども、かはる事なし。兄のぬしは、おなじく恋ひ悲しみて見えしかど、思ひ忘れ草を植ゑて、そのしるしを得たり。そこは、紫苑を植ゑて、またそのしるしを得たり。心ざしねんごろにして、あはれぶ所すくなからず。我、鬼のかたちを得たれども、物をあはれぶ心あり。また、⑬日のうちの事を、さとる事あり。見えむ所あらば、夢をもちて示さむ」と言ひて、声やみ、また、そののち、日のうちにあるべき事を、夢に見る事お

⑦朝廷。
⑧状態を維持するのが難しいこと。墓参を頻繁に行うことをさす。
⑨普通にしていたのでは。
⑩「しおに」とも。物忘れをしないという草。キク科の多年草。秋に多数の薄紫色の花をつける。
⑪同等または目下の相手に用いる人称代名詞。
⑫魂魄の内、地にとどまる魄をさすか。『今昔物語集』巻十第十四話に「骸ヲ護ラムガ為ニ、一ノ魂骸ノ辺ヲ不去ズシテ副ヒ居タリツル也。」
⑬一日の間に生起することを予見すること。

こたりなし。これを聞けば、紫苑をば、うれしき事あらむ人は、植ゑて常に見るべきなり。嘆く事あらむ人は、植うべからぬ草なり。されば、「⑭万葉集にも、萱草をば、志《し》許《こ》の草《くさ》とは書けるなり」とぞ人申しける。ただし、たしかに見えたる所なし。古き人の物がたりなれば、⑮ひが事《ごと》にもやあらむ。

（新編日本古典文学全集）

⑭『万葉集』では、萱草を効果がないものとして「鬼のしこぐさ」と言いかえている。

⑮間違った事柄。

『古来風躰抄』

藤原俊成（一一一四〜一二〇四）著。初撰本は建久八年（一一九七）成立、再選本は建仁元年（一二〇一）成立か。式子内親王に献進。

歌のよきことをいはんとては、①四条大納言公任《きんたふ》卿は金《こがね》の玉の集《しふ》と名付け、②通俊《みちとし》卿の後拾遺の序には、「ことば③縫物《ぬもの》のごとくに、心海《うみ》よりも深し」など申したためれど、必《かなら》ずしも錦縫物《にしきぬもの》のごとくならねども、④歌はただよみあげもし、詠《えい》じもしたるに、何《なに》となく⑤艶《えん》にもあはれにも聞ゆる事のあるなるべし。もとより詠歌といひて、声につきて善《よ》くも悪《あ》しくも聞ゆるものなり。（中略）ただし、⑥上古《しやうこ》の歌は、わざと姿《すがた》を飾《かざ》り、詞《ことば》を磨《みが》かんとせざれども、代《よ》も上《あが》り、人の心も素直《すなほ》にして、ただ、詞にまかせて言ひ出《い》だせれども、心深く、姿も高く聞《きこ》ゆるなるべし。（中略）

①藤原公任（九六六〜一〇四一）。中古三十六歌仙の一人。有職故実に造詣が深く、音曲・漢詩・和歌などに才能を発揮した（三舟の才人）。『拾遺抄』『金玉集《きんぎよくしゆう》』等の歌集を編集。

②藤原通俊（一〇四七〜一〇九九）。白河院近臣。有職故実に詳しく漢詩文に優れ、賢臣として、大江匡房と並称される。『後拾遺和歌集』選者。

③刺繡。

④新編日本古典文学全集頭注に『民部卿経房家歌合』跋文他にも同旨の和歌理想論が述べられる、と指摘がある。

⑤優雅な美、妖艶な美をあらわす、美的

その後《のち》、⑦奈良のみやこ、⑧聖武天皇の御時になん、⑨橘諸兄《たちばなのもろえ》の大臣《おとど》と申す人、勅《みことのり》を承《うけたまは》りて、万葉集をば撰《せん》ぜられけると申し伝ふめる。その頃までは、歌の善《よ》き悪《あ》しきなど、強《し》ひて選《えら》ぶことは、なかりけるにや。⑩公宴《こうえん》の歌も、私《わたくし》の家々の歌も、その席《むしろ》に詠《よ》める程《ほど》の歌は、数《かず》のままに入りたるやうにぞあるべき。（中略）

その後、⑪延喜聖《えんぎのひじり》の帝《みかど》の御時、⑫紀友則《きのとものり》・紀貫之《きのつらゆき》・凡河内躬恒《おほしかふちのみつね》・壬生忠岑《みぶのただみね》などいふ者ども、この道に深かりけるを聞こし召《め》して、勅撰あるべしとて、古今集は撰び奉《たてまつ》らしめ給ひけるなり。この集の頃ほひよりぞ、歌の善き悪しきも、撰び定められたれば、歌の⑬本体《ほんたい》には、ただ古今集を仰《あふ》ぎ信ずべき事なり。万葉集より後、古今集の撰ばることは、代々隔《へだ》たり、年々数積《としどしかずつも》りて、歌の姿詞遣《ことばづか》ひも、殊《こと》の外《ほか》に変るべし。

（新編日本古典文学全集）

理念の一つ。
⑥昔。「Xôco 上代の古《いにしえ》」（『日葡辞書』）。
⑦以下、俊成が『万葉集』成立に述べた部分。再撰本では省略。
⑧七二四〜七四九在位。全国に国分寺を創建し、東大寺の大仏造営等を行う。天平文化が花開き、その遺品は正倉院に収められる。
⑨橘諸兄（六八四〜七五七）。奈良時代の官人。『万葉集』に数首の歌が収録される。
⑩公に朝廷で行われる、詩歌・管弦などの会や宴。
⑪醍醐天皇。八九七〜九三〇在位。『古今和歌集』の撰集を下命。
⑫以下、『古今和歌集』選者。
⑬理想的な歌のあるべき姿。真髄。

『詠歌大概』

藤原定家（一一六二〜一二四一）著。承久の乱〔承久三年（一二二一）〕以後の成立。後鳥羽院皇子尊快《そんかい》法親王に献進。

情《こころ》は新しきを以《もっ》て先《さき》となし（人のいまだ詠ぜざるの心、を求めて、これを詠ぜよ）詞《ことば》は旧《ふる》きを以て用ゆべし（詞は①三代集《さんだいしふ》の先達《せんだつ》の用ゆる所を出《い》づべからず。新古今の古人《こじん》の歌。は同じくこれを用ゆべし）②風体《ふうてい》は③堪能の先達《せんだつ》の秀歌に効《なら》ふべし（古今遠近《ここんゑんきん》を論ぜず。宜《よろ》しき。歌を見てその体《てい》に効ふべし）

①『古今和歌集』『後撰和歌集』『拾遺和歌集』。
②和歌の姿。表現様式。「歌の風体、共

常④に古《こ》歌《か》の景気を観念して心に染むべし。殊《こと》に見習ふべきは、古今・伊勢物語・後《ご》撰《せん》・拾遺《しふゐ》・三十六人集の中の殊に上手の歌、心に懸《か》くべし人麿・貫之・忠岑・伊勢・小町等の類。和歌の先達にあらずと雖も、時⑤節の景気・世⑥間の盛衰、物⑦の由《よし》を知らんが為《ため》に、白⑧氏文集《はくしもんじふ》の第一・第二の帙《ちつ》を常に握⑨玩《あくぐわん》すべし深く和歌の心に通ずの。和歌に師匠なし。只旧歌《ただきうか》を以て師となす。心を古風に染め、詞を先達に習はば、誰《たれ》人《びと》かこれを詠ぜざらんや。

（新編日本古典文学全集）

に宜く侍を、」（『六百番歌合』）等。
③その道に深く通じ、熟達していること。
④古歌の表現している詩的世界を心に思い浮かべ、心を浸らせるべき、と述べる。
⑤四季折々の景色やそれに伴う風情。
⑥人の世の様々な様相。
⑦自然の醸し出す美や、人の世における本質。「本意」。
⑧白楽天の詩文集。その影響は漢詩文・和歌など広い分野に及ぶ。『枕草子』「文は」の章にも、筆頭に書名が挙がる。
⑨愛好すること。中世の漢文脈でよく使われる語。

『為兼卿和歌抄』

藤原（京極）為兼（一二五四〜一三三二）著。弘安八年（一二八五）〜十年（一二八七）成立。皇太子熙仁親王（伏見天皇）に進覧すべく著述。

花①にても、月にても、夜の明け、日の暮るゝけしきにても、そ②の事に向《む》きてはその事になりかへり、そのまことをあらはし、其のありさまを思《おも》ひとめ、それに向きてわが心のはたらくやうをも、心に深くあづけて、心に詞《ことば》③をまかするに、有リレ興おもしろき事、色をのみ添《そ》ふるは、心をやるばかりなるは、人の④いろひ、あながちに憎《にく》むべきにもあらぬ事也。

（日本古典文学大系）

①「春は花のけしき、秋は秋のけしき、心をよく叶へて、心にへだてずなして言にあらはれれば、」等、対象と一体になるよう、本書では詠作の心得を繰り返し述べる。
②底本「う事」。誤字か。
③底本「まするに」。「か」の脱字か。
④干渉、口出しをすること。

今回は、歌論書ね。歌論書というと、和歌に関する理論書よね。ここにも鬼が登場するの？

たしか、和歌の章では、鬼に関する和歌はあまり見られないってあったよね。

そうじゃな。和歌に鬼が詠まれることは少ないが、今回は、鬼の名がつく植物が登場する。

鬼が名前になっているってどんな植物かしら。

一つ目の本文は『俊頼髄脳』という歌論書じゃ。この書は、説話があれこれ採録されるという特徴があって、鬼の話題は、「鬼のしこ草」という歌語の由来の部分に記されておる。冒頭部には、その歌語が詠みこまれた歌が二首、あげられておるの。これらは、『万葉集』に収録されている歌じゃ。原文を示してみよう。歌は万葉仮名で書かれておって、一首目には題詞が付いておる。

　大伴宿祢家持、贈坂上家大嬢歌二首〈離絶数年、復会相聞往来〉

萱草　吾下紐尓　著有跡　鬼乃志許草　事二思安利家理　（七三〇）

萱草　垣毛繁森　雖殖有　鬼乃志許草　猶恋尓家利　（三〇七六）

一首目は、大伴家持が坂上大嬢《さかのうえのおおいらつめ》に送った歌じゃ。題詞によると、数年、歌を送り合うことが絶えていたが、それを再開した時の歌とある。

えーっと、相手への思いを忘れようとしたけれど、忘れられず恋焦がれています、という心が歌われているようだけれど、「鬼のしこ草」の部分がわからないなぁ。

紫苑

そうじゃな。「鬼のしこ草」は、頭注③にあるように、紫苑の異名で「人の思いを忘れない草」と考えられていたが、一首目はその意味でとると矛盾した歌になってしまうのう。「鬼のしこ草」には「役に立たない草」という意味もあるから、一首目は、その意味でとるとよいじゃろう。「鬼のしこ草」の解釈については、後世の歌論書『袖中抄《しゅうちゅうしょう》』でも検討がされておる。後世の歌人も、疑問に思ったんじゃろうな。

二首目の「鬼のしこ草」は「人の思いを忘れない草」でよさそうね。「忘れ草を垣根にいっぱい植えたというのに、あの人のことが忘れられない。忘れ草ではなく、鬼のしこ草が隙間なく生えたから忘れられないのだ。」という意味かしら。

恋の切ない気持ちが感じられる歌じゃのう。

そういえば、紫苑の花言葉、知ってる？「君を忘れない」「追憶」なんだよ。

花言葉を知ってるなんて、意外ね。

僕が好きな「Saucy Dog」というアーティストに「紫苑」という楽曲があって、花言葉を調べたんだ。

ほう、そんな曲があるんじゃな。わしも一度聞いてみるかのう。次に、説話の部分を読んでいこう。両親を亡くした二人の兄弟の話じゃ。両親の墓に足しげく通う二人であったが、兄は多忙になり、愛慕の気持ちを忘れる為に、「忘れ草」こと「萱草《かんぞう》」を墓の近くに植える。萱草は中国の『詩経』という書に、食せば憂いを忘れるとあり、我が国の辞書『和名類聚抄《わみょうるいじゅしょう》』にも「萱草一名忘憂（中略）和須礼久佐」とある。

両親への思いを忘れるって、淋しいけど、追憶に執着せず、自分の人生を生きる兄の行動も理解できるわ。でも、弟は違ったみたいね。

うん。自分は絶対に忘れないって、「紫苑」を植えた、とある。僕は弟の思いにも共感するなぁ。紫苑は、淡い紫で綺麗な花だね。

追憶のイメージにぴったり。切なる弟の心に感じて、鬼が出現するのね。

萱草

待ってました！　この鬼は、地中で両親の屍を護っている鬼、とあるよ。姿も見えないようだし、どういう存在なんだろう。

鬼については、もともと「隠」と表記され、姿が見えない存在と考えられていた。「魂魄」という言葉を知っておるかのう？　中国には人が亡くなった後に魂が二つに分かれ、魂は天に昇り、魄は地に留まるという考え方があったんじゃ。「鬼」は魄のことをさす。この説話に出てくる鬼は、中国の思想の影響下に語られた「鬼」と考えられるの。

私たち「鬼」が今のような姿になるまでには、さまざまな変遷があるのね。

ご先祖様の姿がどんなだったのか、知りたいなぁ。それに、この説話では、鬼が人間に福を与えていて、害をなすだけの存在ではなかったと知れるね。当時の人が、鬼をどのように考えていたのかも知りたくなるよ。

そうじゃのう。鬼の歴史については、たくさんの先行研究があるから、図書館で調べて、あれこれ読んでみるとよいぞ。さて、説話の方に戻ると、この話題は、『今昔物語集』巻三十一第二十七話や『法華経鷲林拾葉鈔《ほっけきょうじゅりんしゅうようしょう》』巻十に類話が載る。これらの説話を、比較してごらん。

『今昔物語集』は書棚にあるこれかな。……えーっと、

『今昔物語集』は、両親とあるところが、父親となっているけど、『俊頼髄脳』とほぼ同じ内容だね。

あら、珍しく積極的！　もう一冊の『法華経鷲林拾葉鈔』は、聞き慣れない書名だけれど、どんな本なの？

この本は、『法華経』の注釈書じゃ。資料1を見てごらん。この書では、中国の話になっていて、登場人物も母と娘となっておる。

草の名も、一つは「忍草」となっているのね。

そうじゃな。この書をみると、『俊頼髄脳』や『今昔物語集』とは異なる言説が伝わっていたことが知れる。『俊頼髄脳』以降の歌論書にも、この話題は収録されておるので、調べてみるとよい。

歌論書って難しそうに思ったけれど、面白い説話が載っていたりするんだね。僕も嬉しいことがあったら、この説話にならって、庭に紫苑を植えてみようかな。あれ？　そういえば、このお話は「鬼のしこ草」という歌語の由来談のはずなのに、「鬼のしこ草」という語は出てこなかったよ。どうして？

この説話が何故、「鬼のしこ草」という歌語の由来談になっているのか、頭注⑭などを参考に考えてみるとよいのう。二人への課題じゃな。

はーい。今回は、和歌や歌語の由来が知れて面白かったけど、先生、他にはどのような歌論書があるの？

代表的な歌論書として、『俊頼髄脳』のあとに『古来風躰抄』『詠歌大概』『為兼卿和歌抄』を取り上げ、それぞれの本文が載せてあるので、読んでみなさい。どのような歌を理想としたのか、和歌の歴史や歌の作り方などについて書かれておる。歌論書を読んでから、和歌の章を復習すると、歌人がどのような意識で和歌を作ったのかがわかって、理解も深まるぞよ。

はーい。

そうそう、歌の詠みぶりに関する記述の中に「鬼拉《きらつ》（拉鬼）体」という言葉もあったのう。

鬼拉体？　聞きなれない言葉だなぁ。

うむ。これは、歌の詠みぶりを十の姿に分ける「和歌十体」の一つで、最も習得が困難とされておる。藤原定家著と推定される『毎月抄』には「鬼拉《きらつ》の躰ぞたやすくまなびおほせ難う候なる。」と記述されておるんじゃ。

へーっ！　鬼の名がつく様式が一番難しいんだ。

どんな歌が「鬼拉体」とされたのか、気になるわ。

ほほ。それなら、調査、調査じゃよ。

難しそうだけど、歌論書にも挑戦してみようかな。

そうね、鬼丸君、気が変わらないうちに、図書館へ行きましょう！

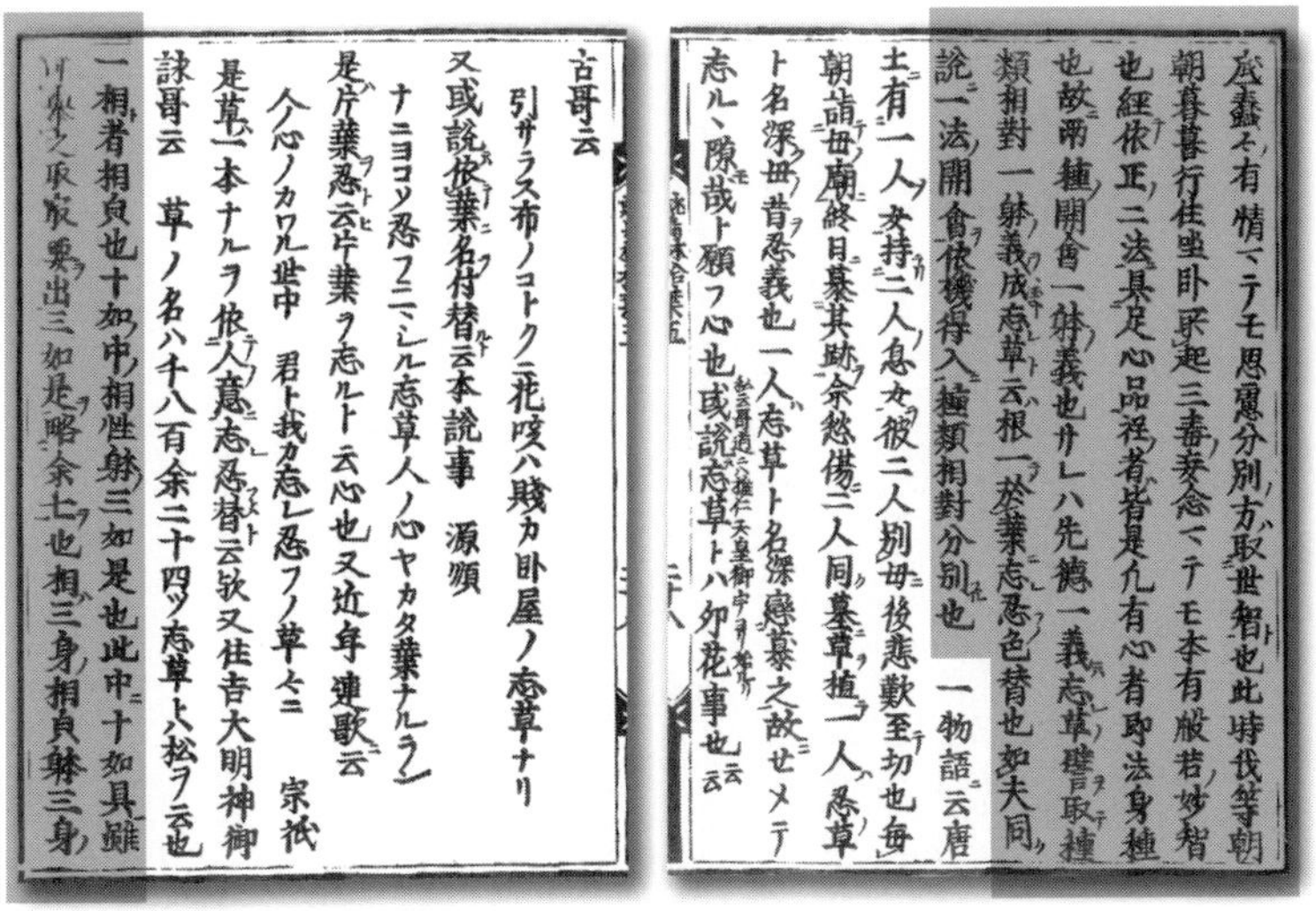

資料1

『法華経鷲林拾葉鈔』巻十「薬草喩品第五」（臨川書店、一九九一。傍書の注記は〈 〉で示した。／は改行箇所）

一　物語ニ云。唐／土ニ有ニ一人ノ女一、持テリニ二人ノ息女一ヲ。彼二人別レ母ニ後、悲歎至テ切也。毎レ／朝詣テニ母ノ廟一ニ、終日ニ慕ニ其跡一ヲ。余愁傷ニ二人同ク墓ニ草ヲ植テ、一人ハ忍ノ草／ト名、深ク母ノ昔ヲ忍義也。一人ハ忘草ト名、深恋ニ慕之一故ニ、せメテ／忘ル、隙モ哉ト願フ心也。或説ニハ、忘草トハ卯花ノ事也云云

〈私云、哥道ニハ推仁天皇御宇ヨリ始レリ。〉

古哥云、

　引サラス布ノコトクニ花咲ハ賤カ臥屋ノ忘草ナリ

又、或説ニハ、依テレ葉ニ名ヲ付替ルト云本説事　源順

　ナニヨコソ忍フニマシル忘草人ノ心ヤカタ葉ナルラン

是ハ片葉ヲ忍ト云ヒ、片葉ヲ忘ルト云心也。又、近年連歌ニ云、

　人ノ心ノカワル世中　君ト我カ忘レ忍フノ草々ニ　宗祇

是草ハ一本ナルヲ、依テニ人ノ意ニ一、忘レ忍フトハ替ト云歟。又、住吉大明神御／詠哥云　草ノ名ハ千八百余二十四ツ忘草トハ松ヲ云也

◉角隠し

鬼嫁という言葉も、巷では一時期流行したこともあるが、結婚式の衣装に角隠しというのがある。これは元々は浄土真宗門徒の女性が寺参りの際に着用していたものである。現在のように婚礼の際に用いるようになったのは江戸時代からとされる。「角」には女性の嫉妬、立腹の意味があり、それは、そのときの形相が角を生やした鬼の般若の面に似ているところからいうとのこと。(『角川古語大辞典』参照)つまり、女は怒りや嫉妬で鬼と化すから、婚家ではそれを抑えて夫婦円満となるように、角隠しを被るということのようである。もしも、これからこの風習を始めようとするならば、流行し定着する前に痛烈な批判を多方面から浴びる覚悟が必要であろう。そして、その覚悟も虚しく終わる可能性が極めて高い。

第三章　連歌

連歌は、「座の文芸」と言われる。複数の人が連衆《れんじゅう》として同座し、五・七・五の長句（上《かみ》の句《く》）に、一人が七・七の短句（下《しも》の句《く》）を付け、それにまた別の一人が五・七・五を付ける。各句は、それ自体として自立しながら、同時に、前句《まえく》に連なってある世界を生み出し、また、後句を付けられて別の世界を構成することになる。各人は、前句をその人なりに鑑賞しつつ、微妙な関わりを持つようにしてそれを受け継ぎ、あるいは展開させ、また、次の句が付けやすいように配慮もして、付句《つけく》を創作する。連歌は、そのようにして即興的に共同で制作する文芸なのである。

『古事記』中巻（『日本書紀』巻七景行四十年是歳条にも）は、倭建命《やまとたけるのみこと》が「新治《にひばり》　筑波を過ぎて　幾夜《いくよ》か寝つる」と詠むと、御火焼《みひたき》の翁が、その「御歌に続《つ》ぎて」詠んだという、片歌《かたうた》（五・七・七）形式の問答を載せているが、これが連歌の起源と捉えられ、それに因んで連歌は「筑波の道」と称された。平安時代中期以降には、上の句・下の句一方ずつ詠んで、二人で一首の短歌にする短連歌が流行、平安時代末期になると長句と短句を長く続ける長連歌（鎖《くさり》連歌）が発生した。『新古今和歌集』が生まれた後鳥羽院の時代には、有心《うしん》（和歌的優雅）と無心《むしん》（機智的滑稽）の競詠がなされつつ、百句続ける百韻が定型化していく。

承久の乱以降には、花の名所において、多くの庶民を集めて行う公開の連歌会、花下《はなのもと》連歌が盛行するとともに、公卿貴族ではない地下《じげ》の連歌師が躍動するようになる。そして、連歌確立期というべき南北朝時代の延文元年（一三五六）、地下連歌師である救済《ぐさい》法師（一二八四～一三七八）の大きな協力を得て、関白であった二条良基《よしもと》（一三二〇～一三八八）によって准勅撰の連歌選集『菟玖波《つくば》集』が編まれた。良基はまた、連歌の法則である式目《しきもく》を整備して、『連歌新式』（応安新式）を制定してもいる。その後、宗砌《そうぜい》や心敬《しんけい》、専順《せんじゅん》ら、七《しち》賢《けん》と呼ばれる連歌師たちの活躍などを受けて、室町時代中期に宗祇《そうぎ》（一四二一～一五〇二）が連歌を完成させる。格調高い句風を展開して、『萱草《わすれぐさ》』以下の句集、『吾妻《あずま》問答』などの連歌論書を成し、准勅撰の『新撰菟玖波集』を編纂した。

　宗祇のあと、その弟子らの活躍によって連歌は盛況を極め、また、連歌界最後の巨人というべき紹巴《じょうは》（一五二五～一六〇二）も安土桃山時代に出現するが、やがて類型化、儀礼化の道をたどって衰退に向かうことになる。そうした機運のなかで、無心連歌の系統が、山崎宗鑑《そうかん》や荒木田守武《あらきだもりたけ》によって復興され、俳諧連歌として発達、近世における俳諧流行へとつながった。宗鑑の『新撰犬筑波集』や守武の『守武千句』を受けて、最初の俳諧選集『犬子集《えのこ》』が寛永十年（一六三三）に刊行される。

　なお、連歌師は、連歌実作の基盤となる古典研究（注釈）をよくし、少なからず紀行作品を生み出したりもした（第七章「日記文学」参照）。

青鬼

『水無瀬《みなせ》三吟百韻』　表八句

長享二年（一四八八）正月二十二日に、宗祇とその高弟の肖柏《しょうはく》（一四四三〜一五二七）・宗長《そうちょう》（一四四八〜一五三二）を連衆《れんじゅう》として張行《ちょうぎょう》された。後鳥羽院（一一八〇〜一二三九）の水無瀬の廟に奉納されたもの。二十二日は、後鳥羽院の月命日。次に掲げるうち、古は、中世文芸叢書1『宗祇連歌古注』（広島中世文芸研究会、一九六五）が収載する、『水無瀬三吟百韻』についての唯一の古注、新は、新潮日本古典集成所載現代語訳。

①賦何人連歌《ふすなにひと》

1　②雪ながら山もとかすむ夕《ゆふべ》かな　宗祇

古　③見わたせは山本霞む水無〔瀬〕川夕は秋とたれかいひけむ　此本哥の心也。たゝ山本霞む夕さへ面白《おもしろき》に、雪なからの④景気珍重とそ。

新　はるかに見渡すと水無瀬山の麓《ふもと》のあたりは残雪のあるままに、春霞《がすみ》にかすんで見え、いかにも後鳥羽院の名歌が彷彿《ほうふつ》とする美しい夕景色。

2　⑤行く水とほく梅にほふ里　肖柏

古　嶺には雪なから、ふもとには雪けの水ゆう〱となかるゝ体也。里は山本の里なるべし。

新　雪消《ゆきげ》の水が遠くから流れ来て、あたりには梅の咲き匂っている里。

①発句の中の「山」の字を、「何人」の「何」に当てはめると、「山人」の熟語が成り立つ。この「何人」のような賦物《ふしもの》は、その「何」に当てはまる字がもともとは各句に詠み込まれたが、後に、発句にのみ形式的に残るようになった。

1　春（かすむ）雪（降物《ふりもの》）山（山類《さんるい》）かすむ（聳物《そびきもの》）夕（時分《じぶん》）。

②残雪の景。2の古に従えば、残雪は、「山もと」（麓）に対する「嶺」にある。新は異なる解釈。なお、この句は、宗祇の第三句集『下草』に採録されている。

③『新古今和歌集』春上に載る後鳥羽院の詠（第三六番歌）。ただし、同集では第五句「なにおもひけむ」。1は、この歌を本歌としながら残雪の景を添える。秋に負けない、早春の景。

④景色が特に優れている。

2　春（梅）水（水辺《すいへん》）里（居所）梅（植物《うえもの》・

3　川かぜに一《ひと》⑥むら柳春みえて　　宗長

[古]　梅⑦は川辺・入江なとにえんある花也。一句は、柳は風なき時はみとり見えぬ物也。されは風に春見えてとなり。

[新]　川辺にあるひとむらの柳が風になびいてその緑が際立ち、一段と春めいて見え。

4　舟さすおと⑧はしるき明《あけ》がた　　祇

[古]　舟さす音のかすかなる明かたに、一むら柳、そと見えたると也。惣而《そうじて》、見えてと云は、一句にも付るにも大事也。明かたにて春見えてと云所、おもしろきとそ。

[新]　川舟の棹《さお》さす水の音だけははっきりと聞えてくる明け方。

5　月⑨は猶《なほ》⑩霧わたる夜《よ》にのこるらん　　柏

[古]　夜は明ぬれと、霧にてくらきにより、夜るのやうに月の残りたると也。一句は、秋の夜の月の景気なり。

[新]　たちこめている夜霧に隠れているが、月はまだ残っているであろう。

6　霜おく野はら秋はくれけり　　長

[古]　常に月は残る物なれと、こゝにては、残月⑪を暮秋に取て付給ふ也。月は霧わ

木）　前句1「雪」と「梅」が寄合《よりあい》（『万葉集』八二二旅人《たびと》歌に基づく）。前句1「山もと」に「里」と付く。

⑤水無瀬川の流れを指す。「水無瀬川ありて行く水なくはこそつひにわが身を絶えぬと思はめ」（『古今和歌集』巻十五恋五・七九三、読人しらず）。

3　春（柳・春）　川（水辺）柳（植物・木）　前句2「梅」と「柳」が寄合。前句2「行く水」に「川」と付く。

⑥ひとかたまりの柳。連歌的な表現。

⑦「白片落梅浮澗水（白片《はくへん》の落梅《らくばい》は澗水《かんすい》に浮かぶ）」（『白氏文集』巻十八、『和漢朗詠集』上・春・梅、白居易）など。

4　雑《ぞう》　舟（水辺）明がた（時分）　前句3「川」と「舟」が寄合。

⑧多くの諸本は「おとも」とする。

5　秋（月・霧）　月（光物《ひかりもの》）霧（聳物）夜（時分）　前句4「おとはしるき」に「霧わたる」と付く。

⑨多くの諸本は「月や」とする。

⑩霧がたちわたること、たちこめること。和歌には少ない連歌的表現。

6　秋（秋）　霜（降物）　前句5「月」と「霜」が寄合。

⑪前句5の残月を暮秋九月の残月と見て。

たる夜に残りて、霜をく野は秋暮たると也。霧と霜とたいしたる也。

[新] 白々と霜の置いている野原、秋はもう暮れてしまった。

7 なく虫の⑫心ともなく草かれて　　祇

[古] 草のかれ、霜をくを、虫のきらふことなれは、さて心ともなくと也。

[新] 草はどんどんと枯れてゆく。その陰で、心細く鳴いている虫の心などはかまわずに。

8 垣ねをとへば⑬あらはなる道　　柏

[古] かきほあれてさむく見えたる時分、虫も哀《あはれ》に見えたると也。ともと云てにはの付やうとそ。

[新] 垣根沿いの道を訪ねてゆくと、草も枯れ、上の地肌もあらわに見えている。

（新潮日本古典集成）

7 秋（虫）　虫（動物《うごきもの》）草（植物・草）　前句6「霜」と「草かれ」が寄合。

⑫[古]に説く通り、（虫が嫌うのに）かまわず、容赦なく。虫や草を擬人化している。

8 雑　垣根（居所）　前句7「草かれて」に「あらはなる道」と付く。

⑬草が枯れた結果、垣根の草で隠れていた道が、土まで丸見えとなっていること。

「後鳥羽上皇水無瀬宮址」石碑
（1919年大阪府建立　大阪府三島郡島本町）

『新撰菟《つ》玖《く》波《ば》集』　巻十五

宗祇等撰。明応四年（一四九五）成立。過去六十余年間の作品を対象とした、准勅撰の連歌選集。

三〇一九　軒端《のきば》とも思はぬばかり荒れ果てて

三〇二〇　瓦①に見るも鬼②は恐ろし　法眼専順③

（奥田勲他編『新撰菟玖波集全釈』）

①鬼瓦。「軒」に「瓦」、「荒れ果て」に「鬼」が付く。

②瓦の鬼は軒端にあって恐ろしくないはずのものなのに、「形おどろ〳〵しきをみれば、まことの鬼のやうに覚て、軒端▼にあるとも思はぬよし也」（『竹林抄』注釈『雪の烟《けぶり》』）。文明四年（一四七二）『美濃千句』第七百韻にも「髪のさまゝて鬼はをそろし　順（専順）」。

③一四一一～一四七六。連歌七賢の一人。

『新撰犬筑波集』

山崎宗鑑（一四六五～一五五三）撰。大永四年（一五二四）以降。寛永十年（一六三三）刊行の最初の俳諧選集である松江重頼《しげより》編『犬子《えのこ》集』の自序に、「夫《それ》誹諧は昔より人のもてあそぶ事世々にあまねし。されどもさかんにをこる事は、中比《なかごろ》伊勢国山田の神官に荒木田守武、又山城国山崎に宗鑑とて、此道《このみち》の好士《かうじ》侍り。かゝる時よりぞ事あらたまりけるとなん。されば守武は独吟《どくぎん》に千句をつらね、宗鑑は『犬筑波』をしるして、世々の形見とぞなし侍る。（中略）右之両本に入《いり》たるはのぞき、其後《そののち》之発句《ほつく》・付句《つけく》其様《そのさま》宜《よろ》しく聞えけるを、身づから書集《かきあつめ》て或《ある》古老之披見《ひけん》に入《いれ》、用捨《ようしや》の詞《ことば》をくはへ、そゞろに此一集となし、是を犬子集と号《なづけ》侍る。（中略）『犬子集』といふ事、『犬筑波』をしたひて書《かき》たる故也」。

①うずくまっている。はいつくばっている、「蹲踞　ツクハウ」（『運歩色葉集』）。
②前句の鬼を節分の鬼ととりなした。狂言『節分』について、第十四章「狂言」参照。

一五四　道のほとりに鬼ぞつくばふ①
一五五　節分②の夜半《よは》におなり③とふれられて
（新潮日本古典集成）

③「御成《ヲナリ》　公方《ノ》御出《イデ》」（文明本『節用集』）。貴人の福の神が家の内にお出ましと前ぶれがあったので。鬼が道にうずくまっているという前句の内容に対して、その理由をいった。

『守《もり》武《たけ》千句』第七百韻

天文九年（一五四〇）荒木田守武（一四七三〜一五四九）著。伊勢大神宮に奉納した独吟千句。

①これに対して、後句は「鬼」と付けた。『連珠合璧集《れんじゆがつぺきしゆう》』に「鬼神トアラバ、目に見えぬ　哥」。『古今和歌集』仮名序に「めに見えぬおに神をもあはれとおもはせ」（第一章「和歌」参照）。例えば、『堤中納言物語』「虫めづる姫君」には「鬼と女とは人に見えぬぞよき」。
②鬼は、隠れ蓑《みの》など多くの財宝を持っているとされる（第十一章や第十二章参照）。前句の「目をかけぬ」に対して、黄金《こがね》を持たなくなったからなのだろうと付けた。

目に見えぬ也目をかけぬ也①
こがねをば鬼ももたずや成《なり》ぬらん②
あだちがはら③のくろづか④の太刀
（沢井耐三『守武千句考証』）

③安達が原の黒塚（福島県二本松市）。鬼女伝説で知られる。「陸奥《みちのく》の安達の原の黒塚に鬼こもれりと聞くはまことか」（『拾遺和歌集』五五九、『大和物語』五十八段兼盛）。能『黒塚』、浄瑠璃『奥州安達原』など。『連珠合璧集』に「鬼トアラバ、……くろづか」。
④黒柄の太刀。「黒塚」と「黒柄」を掛ける。黄金作りでない、黒く塗った柄。黄金を鬼が持たなくなったので、黒塚の鬼女もそれしか持っていない、ということ。

右のうち『水無瀬三吟百韻』は、古くから連歌の模範とされた作品じゃから、それを中心に見ようかの。「百韻」というのは、百句並べたものじゃな。

百鬼？　百鬼並べたものって、百鬼夜行みたいなこと？

ヒャッキじゃなくて、ヒャック！

な～んだ。百句並べてあるってことか。

五・七・五の長句（上の句）と七・七の短句（下の句）が交互に、計百句連ねてあるんじゃ。これが、連歌の基本の形じゃな。百韻を十種重ねたら、千句じゃ。

なぜ、「百韻」の方は、「百句」でなくて、「百韻」って言うの？

百連ねる「百韻」は、韻を踏んで漢詩を連ねてゆく聯《れん》句《く》（第十四章コラム参照）の方で先にできた形で、そののち韻を踏まない連歌でもそう呼んだんじゃな。

ふ～ん。百句のうち最初のを「発句《ほっく》」って言うのよね。

そうじゃ。通常は、発句は連歌会の主賓、続く「脇《わき》句《く》」は会を催した亭主、「第三」は宗匠《そうしょう》が詠み、以下の「平句《ひらく》」は、会の参加者の連衆が順に詠んでいって、一回りしたら、あとは早い者勝ちじゃな。一番最後の百句目は、「挙句《あげく》」と言うの。

「あげく」？　何か聞いたことあるな。

鬼丸君はいつも、散々間違った挙げ句にまた間違える、って感じよ。色々やって最後に行き着いた結果ということで、連歌から出た言葉よ。

へ～、でも、僕、そんなに間違わないよ。「三吟」は、三回ずつ声に出して詠むってことだよね。

ほら、また間違った。宗祇・肖柏・宗長の三人で百句連ねてるってことでしょ。

そうじゃな。肖柏と宗長は宗祇の高弟じゃ。で、右には、表八句《おもてはっく》が挙げられておる。最初の懐紙、初折《しょおり》の表に書く八句じゃな 資料1。

何となくだけど、連歌って、尻取りのような感じ？

うむ。鬼丸、今度は間違っとらんぞ。どちらも、前を受けて続け、続けられたのを受けてまた続け、そうやって次に連ねていくゲームじゃな。付句《つけく》を創作する際には、前句《まえく》と微妙な関わりを持つようにするんじゃ。

微妙な関わりって？　尻取りなら、前の言葉の最後の音が最初にくるように、次の言葉を考え出すけど、それと似た感じかな。

頭注に「前句1『雪』と『梅』が寄合」とか「前句1『山もと』に『里』と付く」とか出てくるのが、前句とどう関わらせているのかを示した部分ね。

そうじゃ。「寄合」というのは、ある語（または題材）とある語（または題材）が縁あるものと広く認められていることで、そういう寄合語を使うことによって前句とつながりを持たせたりするんじゃな。寄合語をまとめた寄合書も作られとる。連想語辞典のような感じのものじゃ。右の『守武千句』の頭注①に出てくる『連珠合璧集』は、室町時代中期の一条兼良が作った寄合書じゃ。また、ちょっと難しいが、「付合《つけあい》」という語もあるから、調べてみるがよい。連歌には、言葉遊びゲームのようなところが多分にあるの。

ゲームって、ルールがあるわよね。鬼ごっこでもかくれんぼでも。尻取りなら「ん」が付いたらダメとか。

ふむ。鬼姫の言う通り、句を付けるのには複雑なルールがあって、それを式目《しきもく》というんじゃ。連衆から出された句は、全体を統括する宗匠が式目に適っているか確かめたうえで、執筆《しゅひつ》が懐紙に書きとめるんじゃな 資料1。

例えばどんなルール？

前句と微妙な関わりを持たせながら、その句から展開あるいは変化させるようにして、付句を創作するんじゃが、その際に、前句の前の句、それを「打越《うちこし》」と言って、それへと内容的に戻ってしまわないようにせんといかんのじゃ。

尻取りで、例えば鬼→似顔とつながって、その次にまた鬼と言ったら、鬼→似顔→鬼→似顔ってな感じで、繰り返しの堂々巡りになって、ゲームとして面白くないというか、成り立たなくなるから、一度出てきた言葉は繰り返し使えないってことにしたりする、それと似たような感じね。

まあ、そうじゃな。それから、頭注に示してあるが、発句から三句続けて春の句で、第5句からは秋の句が三句続いておるじゃろ。春の句や秋の句は、一度出てきたら三～五句続ける決まりなんじゃ。

へ～。じゃ、頭注にある「降物《ふりもの》」とか「山類《さんるい》」って、何？

それは、句材、すなわち句を構成する素材を、分類したものじゃ。例えば「聳物《そびきもの》」は、「三句去り」「可隔三句物（三句隔つべき物）」と言って、間に三句隔てないといけない、というルールがあるんじゃ。発句に出てくる「かすむ」が聳物じゃが、次にはどこに聳物が出てくるかの。

え～と、あ、第5句の「霧」だね。うん、ちゃんと間に三句入ってる。

そうじゃ。それから、発句は連歌会が催された時の季節を詠み込んで、「かな」のような切れ字を使い、脇句は体言止めにし、第三は通常「て」止めにするんじゃ。また、表八句だけではわからんが、四季を代表する景物の月と花が百韻全体の中に万遍なく置かれたり、発句から挙句までが序破急の流れを形作ってたりもするんじゃな。ところで、国際日本文化研究センターの連歌データベースでは、五十句近くに「鬼」が出てくるの。

それって、和歌の場合よりも、鬼の出てくる頻度が高いんじゃない？

そうかもしれんな。鬼は一座一句物、全体で一度しか使えないんじゃが。

ふ〜ん。『水無瀬三吟百韻』の次に挙げられている『新撰菟玖波集』のところの注②を見ると、「〜鬼はをそ(恐)ろし」という句を、専順が繰り返し作っているようだけど、専順っていう人、七賢の一人よね、鬼に対する恐怖感が人一倍強かったのかしら。

さあ、どうかの。ただ、鬼を恐ろしとするのは、広く見られるところじゃ。例えば、『竹馬狂吟集《ちくばきょうぎんしゅう》』巻十・雑部に、「鬼ぞ三びき走り出でたる／おそろしやあらおそろしやおそろしや」とあるわい。お、『竹馬狂吟集』というのは、右に挙げられとる山崎宗鑑『新撰犬筑波集』や『守武千句』と同じ俳諧連歌集じゃ。鬼が三匹なので、「おそろしや」三回、ってことじゃな。

変なの。それにしても、僕たち、そんなに恐ろしくなんかないよね。『新撰犬筑波集』に出てくる鬼も、福の神のお出ましを前に道にはいつくばっているようだし……。

もし先生と私たち計三人が走り出たら、こんな感じね。
——「やさしいねあらかわいいねまぬけだね」

何、それ？　……ええと、まぬけって、誰？

あんたに決まってるじゃない。

ひどい！　僕だけ……。鬼姫は本当に意地悪でこわいな。鬼の中でも飛びきりこわい顔だと思ってたけど、中身も本物の鬼みたい。……ま、そうなんだけど。鬼ババだね。鬼ババ、鬼ババ、や〜い、鬼ババ。「まぬけだね」じゃなくて、「すてきだね」だよ。

どこが！　バカ鬼のくせに。

まあまあ、最後に読者の皆さんに判定してもらったらええじゃろ。それから、二条良基の連歌論書『連理秘抄《れんりひしょう》』は、「鬼」を句に詠み込むことについてこう言っとるぞ。「口の優しき人のしたるは、極めて幽玄にきこゆ。もとより口こは《わ》き人の句にては、やがて鬼のやうになるなり。よく〳〵用心すべし。花月の恐しきもあり。鬼の優しきもあり」、とな。「口の優しき」とは、言葉遣いの優美なことじゃ。

はーい、口汚くって、ごめんなさい。以後、気を付けます。

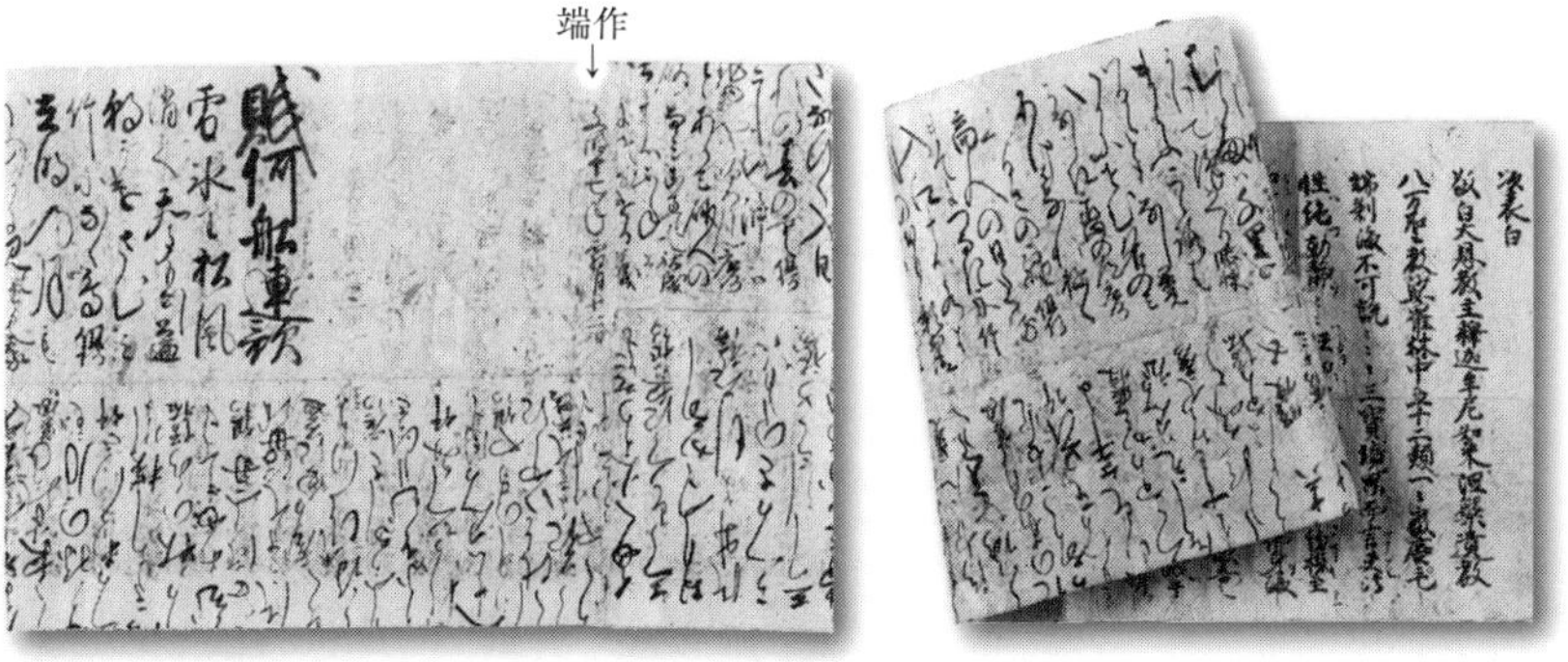

資料1　連歌懐紙の再利用――京都女子大学図書館蔵『涅槃講式《ねはんこうしき》』写本

縦二九・七センチ×全長六四五センチの巻子本《かんすぼん》。文明十八年（一四八六）三月十一日、京都の東寺にいた僧の宝縁が、百韻の連歌を記した懐紙を十二紙継いで、その裏に東寺西院《さいいん》に所蔵されていた明恵《みょうえ》『涅槃講式』を書写したもの。杲覚《ごうかく》、僧祐ら東寺の寺僧寺官たちと、但阿《たんあ》、昭阿ら「阿」字を名に持つ時衆の遊行僧たちとが連衆となり、空海の忌日の翌日である毎月二十二日に月次《つきなみ》連歌会を張行していて、その際の懐紙を再利用したものと見られる。詳細は『女子大國文』百二十三号参照。ところで、連歌会では、執筆《しゅひつ》が、横長に半折した懐紙の表裏両面に、それぞれ折り目と反対の側から折り目に向かって句を書き付ける。百韻の場合は、初折《しょおり》・二ノ折・三ノ折・名残《なごり》ノ折の計四枚を使用し、初折の表と名残ノ折の裏には各八句、初折の裏と名残ノ折の表、二ノ折と三ノ折の表裏には、各十四句が記される。そして、末尾には、連衆の名とそれぞれの出句数を記す。それを句上《くあげ》と言う。『涅槃講式』は、半折されていた懐紙を開いて横長に継いでおり、上の写真の通り、上下中央部付近に帯状に折り目が見えている。左の方の写真には、初折の表が含まれていて、その右端に端作《はしづくり》「文明十七年霜月廿二日」（張行年月日）、そのあと空白部を挟んで大きく「賦何船連歌」、そして発句「雪氷り松風／消て声もなし」が見える。各句の下には出句者が記されており、発句は「公遍」という東寺僧の詠んだものと知れる。

◉「餓鬼となりては食にうへ」――法語

日本古典文学大系『假名《かな》法語集』に収載される作品の一つに、『一遍上人語録』がある。同書が載せる「百利《ひやくり》口語《くご》」は、「六道輪廻《ろくだうりんね》の間には／ともなふ人もなかりけり／独《ひとり》むまれて独死す／生死の道こそかなしけれ／（中略）／常に三塗《さんづ》の悪道を／栖《すみか》としてのみ出《いで》やらず／黒縄《こくぢよう》・衆合《しゆうがふ》の骨をやき／刀山《たうざん》・剣樹《けんじゆ》に肝をさく／餓鬼《がき》となりては食にうへ(ゑ)／畜生愚癡《ぐち》の報もうし／かゝる苦悩を受《うけ》し身の／しばらく三途をまぬかれて／たま〳〵人身《にんじん》得たる時／などか生死をいとはざる（下略）」と説く。「六道」のうち「天」「人」「修羅」を除く、「黒縄」「衆合」「刀山」「剣樹」などの苦痛甚だしい「地獄」と、「餓鬼」および「畜生」が、「三塗（途）」「三悪道」。そのうち餓鬼は、一遍以前に成立していたらしい国宝の絵巻『餓鬼草紙』に実に印象的に描かれるが、常に飢えと渇きに苦しむ存在で、食物も手に取ると炎になるという。子供を「ガキ」と呼ぶのは、彼らがいつも腹を空かしているからだともされる。その「餓鬼」ら三途をまぬがれ、得難い人身を得ている今を逃さず、輪廻から解脱すべし、と諭しているのである。右の『一遍上人語録』や親鸞の教えを伝える『歎異抄』など、鎌倉時代の祖師らが大衆に向けて平明に説いた仮名文の法語には、高い文学性が認められる。

なお、『方丈記』に「築地ノツラ、道ノホトリニ、餓ヘ《ウ》死ヌル物ノタグヒ、数モ不知。……母ノ命尽キタルヲ不知シテ、イトケナキ子ノ、ナヲ乳ヲ吸イツヽ、臥セルナドモアリケリ」と記す。現代日本などと違って、「餓鬼」は隣り合わせの現実でもあった。

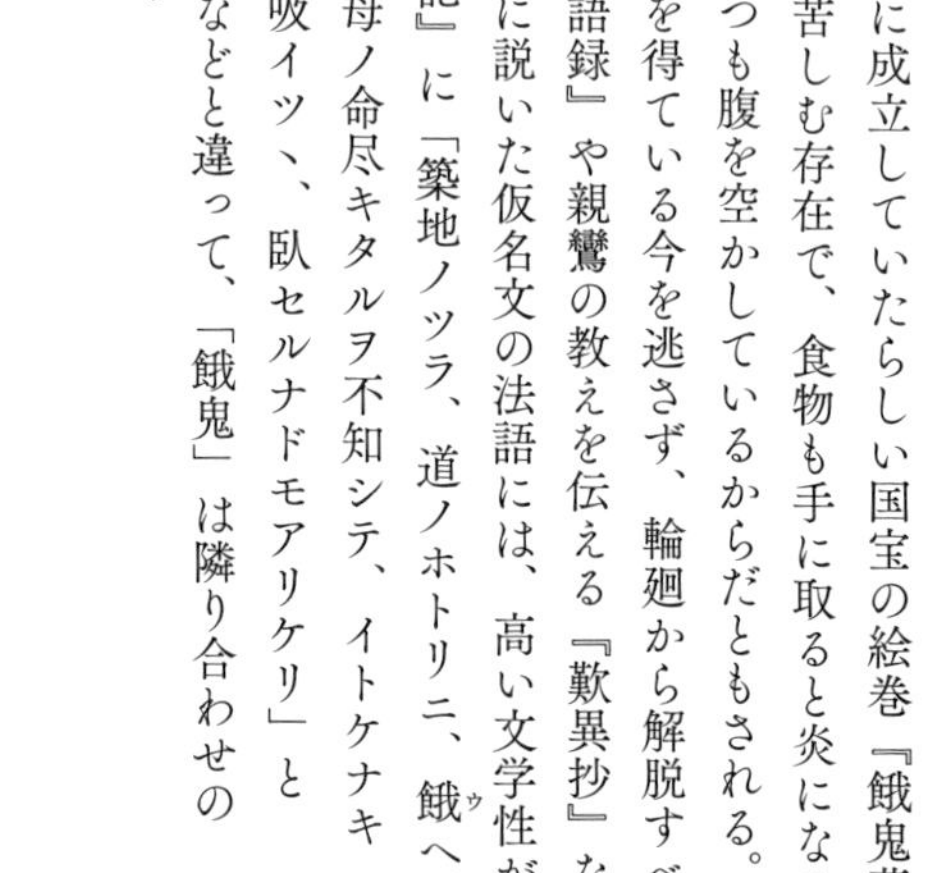

第四章　歌　謡

歌謡とは、一定の拍子と曲節を、韻文体の文句に付して歌う歌をさす。歌謡には公の場（儀式など）で歌われたものから、私的に気楽に口ずさむものまで、色々な種類がある。例えば、神事の際に歌われた神楽《かぐら》歌《うた》、宮廷で歌われた催馬楽《さいばら》、仏に対する讃嘆や祈願を主とする和讃、田植えや木挽《こびき》の折に歌われた労働歌、宴会の折に歌われた宴曲、当世風の歌謡として流行した今様《いまよう》など。また、都市で流行した歌が地方へ伝播したり、地方の歌が都会で歌われたりするが、その媒体となるものは、遊女・傀儡女《くぐつめ》・瞽目盲《ごぜめくら》法師などであり、卑俗な民謡の類が貴族に愛好され流行した例もある。

院政期には、社会の中で、生き生きと歌われた今様や雑芸歌謡の集大成である『梁塵秘抄《りょうじんひしょう》』と『梁塵秘抄口伝《くでん》集』（以下、口伝集）が、後白河院によって編纂された。『愚管抄《ぐかんしょう》』によると、後白河院は巫女や舞、猿楽などの芸能者を呼び集め、それらの芸を楽しんだとある。中でも熱中したのは今様であり、口伝集によると、十数歳の時から稽古に励み、三度も声が出なくなり、湯水が喉を通らないほどに喉が腫れたこともあったという。また、その執筆動機については、「こゑわざの悲しきことは、我が身隠れぬるのち、とどまることのなきなり。その故に、亡《な》からむ跡《あと》に人見よとて、いまだ世になき今様《いまやう》の口伝を作りおくところなり。」（新編日本古典文学全集）と記し、精進することにより神の示現を蒙り、極楽往生も可能である、との見解も示す。

鎌倉時代中末期には、東国文化圏で早歌《そうが》が成立し、武家社会を中心に歌われた。文保三年（一三一九）頃までに、『宴曲集』等八部十六冊が明空によって撰集され、武家や僧侶など広い階層によって愛好された。また、仏教歌謡も種々行われ、親鸞の『三帖《さんちょう》和讃』他、様々な和讃が成立する。これらは、人心に浸透し、多くの人に謡われた。

また、鎌倉時代後期に既にみられた小歌が、室町時代に入ると隆盛する。小歌とは、広い階層に流布した短い抒情的な歌謡で、『太平記』には、「篠塚は、少しも騒がず、小歌《こうた》歌うて閑《しず》かに歩み行きけるが」（巻二十四・岩波文庫）と、戦いに敗北した若武者が、馬上で小歌を歌い去り行く場面が描かれている。その担い手は広範囲に見られ、政治的社会的地位が向上した都市住民や商人なども含まれる。永正十五年（一五一八）に、小歌の集成ともいうべき『閑吟集《かんぎんしゅう》』が編纂され、これに続く小歌集として、『宗《そう》安《あん》小歌集』や『隆達《りゅうたつ》小歌集』が成立する。また、民俗歌謡としては、田植えの神事などで歌われた歌も『田植草紙』その他に記し留められる。

鳥兜《とりかぶと》の妖怪

『梁塵秘抄』

後白河院撰・著。嘉応元年（一一六九）頃成立。現存は、歌詞集巻一（抄出）、巻二、口伝集巻一（抄出）、巻十のみ。歌詞集の巻二には、仏教・神祇関係の歌の他に、庶民の生活や、その感慨を率直にうたった、様々な歌が収録される。口伝集には、今様の起源伝承、今様に関する自伝、名手乙前《おとまえ》との出会いや、歌い手の声や技の批評、今様に関する説話などを記す。

〈鬼の出てくる歌〉

三三九　われを頼め①て来《こ》ぬ男　角三《つのみ》つ生《お》ひたる鬼になれ　さて人に疎《うと》まれよ　霜雪霰《しもゆきあられ》
降る②水田《みづた》の鳥となれ　さて足冷たかれ　池の浮草《うきくさ》となりねかし　③と揺《ゆ》りかう
揺り揺られ歩《あり》け

四九一　さ夜更《よふ》けて④鬼人《きにん》らこそ歩《あり》くなれ　⑤南無《なむ》や帰依仏《きえぶつ》南無《なも》や帰依法《きえほふ》

〈恋の歌〉

四五九　⑥わが恋は一昨日《をととひ》見えず昨日来《きのふこ》ず　今日《けふ》おとづれなくば明日《あす》のつれづれいかに
せん

①頼みに思わせる。
②水をはった田にいる鳥。
③「とかう」を分けた表現。
④底本「鬼にんし」。「鬼人衆」「鬼人趣」とする説もある。様々な鬼。百鬼夜行。
⑤三帰依。仏・法・僧に帰依することを示した言葉。
⑥類想の和歌は「一昨日も昨日も今日も見つれども明日さへ見まく欲しき君かも」（『万葉集』一〇一四）など。

〈仏の歌〉

二三二　⑦仏も昔は人なりき　われらも終《つひ》には仏なり　⑧三身仏性《さんしんぶっしやう》具《ぐ》せる身と　知らざりけるこそあはれなれ

〈神の歌〉

二五八　⑨熊野へ参らむと思へども　徒歩《かち》より参れば道遠し　⑩すぐれて山峻《きび》し　馬《むま》にて参れば苦行《くぎやう》ならず　⑪空より参らむ　羽賜《た》べ⑫若王子《にやくわうじ》

〈その他の歌〉

三三〇　よくよくめでたく舞ふものは　⑬巫《かうなぎ》　⑭小楢葉《こならは》　⑮車《くるま》の筒《どう》とかや　⑯やちくま⑰侏儒舞《ひきまひ》　⑱手傀儡《てくぐつ》　花の園《その》には蝶《てふ》小鳥

（新編日本古典文学全集）

⑦『涅槃経』。一切衆生に悉く仏性があるという思想を謡う。
⑧天台宗で説く、衆生にそなわっている三種の仏性。新日本古典文学大系に「三身」は「仏性」にかかる枕詞的用法とある。
⑨熊野（和歌山県）の三大社（本宮・新宮・那智）。熊野詣が平安時代末期以降流行した。
⑩本宮から那智への大雲取越・小雲取越は険路。
⑪「飛行の無碍道」による「真実一乗」の強調か（新日本古典文学大系）、十二所権現のうち飛行夜叉からの連想か（新編日本古典文学全集）。
⑫熊野五所王子の第一位。本地仏は十一面観音。
⑬巫女。
⑭ブナ科の落葉高木。平安時代以降、和歌に読まれるようになる。『風雅和歌集』七四七など。
⑮車輪の中心。車軸を通す。
⑯未詳。数多くの独楽をまわす芸か。
⑰道化役の小人の舞。
⑱あやつり人形、または人形をあやつる芸。

『閑吟集』

編者不明。永正十五年（一五一八）成立。小歌撰集。仮名序と真名序を備え、春・夏・秋・冬・恋という部立となっており、和歌の伝統を意識した構成になっている。所収歌数は中国の『詩経』に倣い、三百十一首。それぞれの歌には、種類や伝来を意味する「小」「大」「放」「近」「田」「狂」「早」「吟」と、朱の肩書が示されている。内容は多岐に渡り、雅と俗の融合による独特の趣がある。また、各歌は多様な連鎖を見せ、配列の妙が看取できる。

〈鬼の出てくる歌〉

一八八（小）①上《うへ》さに人のうち被《かづ》く　②練貫酒《ねりぬきざけ》のしわざかや　あちよろり　こちよろよろよろ　腰の立たぬは　あの人のゆゑよなう③

一八九（小）④きつかさやよせさにしさひもお

①衣（練貫）を頭にかぶる様子。酒をがぶりと飲む意を暗示する。「さ」は方向を表す名詞。
②織物の「練貫」から「練貫酒」を導く。白酒の一種。
③終助詞「な」の転。強い詠嘆の気持ち「なぁ」。
④逆さ読みの歌。「思い差し」は、酒宴で相手を特定し、思いを込めて盃をさすこと。

一九〇(大)⑤ 赤きは酒のとがぞ　鬼とな思《おぼ》しそよ　恐れ給はで　われに相馴れ給はば　⑥興《きよう》がる友と思《おぼ》すべし　われもそなたの御姿　うち見にはうち見には　恐ろしげなれど　馴れて⑦つぼいは山臥《やまぶし》

一九一(早)⑧ いはんや興宴《きようえん》のみぎりには　なんぞ必ずしも　人の勧《すす》めを待たんや

〈恋の歌〉

一(小)⑨ ⑩花の錦の下紐《したひも》は　解けてなかなか⑪よしなや　柳の糸の乱《みだ》れ心《ごころ》　いつ忘れうぞ　寝乱《ねみだ》れ髪《がみ》のおもかげ

二三五(小) あまり言葉のかけたさに　あれ見さいなう　空行く雲の速さよ

（新編日本古典文学全集）

⑤謡曲『大江山』の詞章。御伽草子『酒呑童子』にも。酒宴の座興歌謡。
⑥おもしろい、風変りな。
⑦かわいい。親しみが持てる。『閑吟集』二八一参照。
⑧『宴曲集』巻五「酒」の一節。「自ら榼《こふ》（酒樽）の辺《ほとり》に寄らむ」と続く。宴席の献杯の時に歌われたか。
⑨『閑吟集』開巻の意を含む、巻頭歌。狂言「花子」。
⑩下裳・下袴の紐。「人にこひらるゝ人、したひものとくといふ事あり」（『顕注密勘抄』）。
⑪どうしようもない。「秋の夜の長物語よしなや、まづいざや汐を汲まんとて」（謡曲『融』）。

今回は、歌謡を鑑賞しよう。歌謡は、節をつけて歌われたが、残念ながら曲は残っておらんのじゃ。

それは残念。僕の喉を披露する良い機会だったのに！

（無視）先生、歌謡というと、『平家物語』には、白拍子が今様を歌う場面があったと思うのだけど。

そうじゃな。白拍子は男装の芸能者資料1で、足拍子を取りながら旋回をするという舞が本来の芸であったが、流行歌である今様も歌った。後白河院は今様を愛好し、それらを集成した『梁塵秘抄』を作ったんじゃ。

では、「鬼」が歌いこまれた歌などを読んでいこう。

三三九は、恋の歌ね。あら、女性が相手に対して恨み言を言ってる！

訪ねてこない男に「角が三本生えた鬼になれ、そして人に疎まれよ。」なんて言ってるよ。

気を持たせながら、通ってこない男が悪いのよ。男の不幸を願ってしまう気持ち、分かるわ。

（鬼姫ちゃん、怖いな……）女性の心情は分かったけど、「鬼になって疎まれよ」というのは、鬼としては心外だな。

その点は私も同感！（私みたいに可愛い鬼もいますからね）。でも、『三宝絵』という説話集には、自らの容貌を恥ずかしがる鬼神の話が載っていたわ（中巻第二話「役行者」）。

この女の人は、そういう鬼を思い描いていたのかもね。こんな歌を一人呟いている人間の方が鬼より怖いよ。

ははは、そうじゃな。この歌は、貴族の間でも愛好されたようで、『紫式部日記』に記述がある。法華三十講という法会が終って、貴族たちが音楽を楽しんでいる場面じゃ。ほら、そこの本をとっておくれ。

『紫式部日記』は新編日本古典文学全集に入っているから……これね。朧月夜に若い公達が舟の上で今様を歌っているわ。今様は若い人が歌うものだったのかしら。

そうじゃのう、当時、五十二歳だった藤原正光は、「さすがに今様を歌うのは遠慮した。」とあるからのう。

先生、他に恋の歌はないんですか？

勿論、あるとも。例えば、四五九なんてどうじゃ。

この歌は切ない感じですね。

他には「美女《びんぢよう》うち見れば　一本葛《ひともとかづら》にもなりなばやとぞ思ふ　本《もと》より末《すゑ》まで縒《よ》られればや　切るとも刻むとも離れがたきはわが宿世《すくせ》」（三四二）なんてのもある。和歌の雅な世界とは異なった趣じゃな。

本当だ。美しい女性を見たら蔦葛が縒り合されるように、一体になりたい、この身が切り刻まれても美女と離れがたいのは、私の宿命だってことかな（ドキドキ）。

『梁塵秘抄』の恋の歌は、自分の感情が率直に表現されているのう。他にも様々な恋模様が収録されているから、鑑賞してごらん。

四九一は、百鬼夜行の歌だ！

この歌は、仏教歌謡といわれるもので、四九四までは仏様に関する歌が続いておる。百鬼夜行については、冒頭に説明があったの。藤原師輔は尊勝陀羅尼じゃったが、今回は三帰依を唱えて身を守るとあるの。

夕暮れ時からは、僕たち妖《あやかし》の時間なんだから、人間には遠慮して欲しいなぁ。僕たちを避ける呪文なんか唱えてないでさ！

ほほ、そうじゃの。わしらは夕暮れ時じゃが、仏は暁方に現れるようじゃぞ。「仏は常にいませども　現《うつつ》ならぬぞあはれなる　人の音せぬ暁《あかつき》に　ほのかに夢に見えたまふ」（二六）なんて歌もある。

仏様に関しては、他にどんな歌があるんだろう。

次の二三二を見てごらん。

この歌は、聞いたことがあるわ。ええっと……。

おっ、知っておるかのう？『平家物語』に載っておるぞよ。この歌では、今様の歌い替えを紹介しよう。

今様の歌詞って、歌い替えられることがあるんだ！

さよう。この歌は「祇王」の章段に見える。清盛に以前寵愛を受けていた祇王が、新参の仏御前の無聊を慰める為に呼び出され、舞を所望される。その時に祇王は「仏も昔は凡夫《ぼんぶ》なり　我等も終《つひ》には仏なり　いづれも仏《ぶっ》性《しやう》具《ぐ》せる身を　へだつるのみこそかなしけれ」と歌った。「仏」に仏御前を投影し、「へだつるのみこそ」と、自らの嘆きを切々と訴えかける歌へと変化させているんじゃ。

祇王の哀しみが感じられるわ。きっと心を打つ歌声だったのでしょうね。

そうじゃのう。説話集の中には、今様を歌うことで、離れてしまった妻の心を取り戻す話（『古今著聞集』巻八第三一九話）や、極楽往生したという話（『十訓抄』巻十第五一話）もあるので、読んでみるとよい。

はーい。今様を歌うことで、極楽に往生できるんだ！僕も精進しようかな！

……まだ、歌う気でいるわ。

仏様の歌は知れたけど、神様に関する歌はあるの？

勿論、あるぞよ。次の二五八を読んでみよう。

ええっと、これは熊野詣の歌かな？

中世期には熊野詣が流行していたのよね。真摯な信仰からの参詣でしょうけど、この歌からは、当時の人々が「大変、大変」と言いながらも楽しんでいた様子も目に浮かぶようだわ。

熊野の他にも「八幡へ参らんと思へども～」と歌い始める、石清水八幡宮への参詣の歌など、さまざまな神に関する歌も収録されておるぞよ。

今様でバーチャル参詣だね。ご利益あるかなぁ。

鬼丸君は、すぐに怠けようとするんだから！　他には、どんな歌があるの？

「神ならばゆららさららと降《お》りたまへ　いかなる神かもの恥ぢはする」(五五九)なんてどうじゃ？

「ゆららさらら」という語が印象的ね。

この歌は、もとは神おろしの巫女の歌だけれど、遊女が客を神に見立てて歌ったりもしたようじゃな。

歌う人が変わると、歌の意味も変わってくるんだなぁ。

先生、子供が歌ったような歌はないの？

そうじゃのう。三三〇はどうじゃな？

上手に舞うものが並べられていて、楽しい歌！

歌謡には「～というものは」という、物は尽くしの歌、名所案内、動物や昆虫が登場する歌などもある。そうそう、昆虫といえば、和歌での「きりぎりす」は、その声を愛でられ、哀愁ただよう歌に詠まれておるんじゃ。でも、歌謡では、動物や虫たちが楽し気に合奏する場面で、「鉦鼓の名人」とされとるんじゃよ(三九二)。

同じ昆虫でも、随分、印象が変わるのね。動物や虫たちの合奏って楽しそう。

この歌でも、小楢の葉や、小鳥や蝶なんかが擬人化されているね。他の歌にも、俄然、興味が出てきたよ。

『梁塵秘抄』の次は、室町時代の作品ね。

ふむ、今度は『閑吟集』の鬼に関する小歌を紹介しよう。一八八からは酒盛りの歌が続く。(小)とあるのは小歌じゃ。一八八は勧められるままにお酒を飲んでしまった、という歌。愛しい女(または男)の心を揺り動かす効果のある歌とも言われておる。わしもこんな風に歌いかけられたいのう。

……。

「あちよろり　こちよろよろよろ」という語が、酔っぱらっている様子をよく表しているなぁ。一八九は、なんだろう？　意味が分からないぞ。

本当。一体、何のことかしら？

ほほ、この歌は、逆さ読みの歌で、意中の相手に謎解きのように投げかける、ということもあったようじゃ。前の歌は少し長く、擬音語が入ったりして柔らかい感じだったが、この歌は暗号のような短い語なので、きゅっと締まった感じがするのう。

歌の配列にも、長短などの工夫があるんだ！　一九〇には、鬼が出てきたよ。

これは（大）と肩書があるわ。

そう、この歌は大和猿楽の謡曲『大江山』から取られた歌なんじゃよ。

「大江山」というと、酒呑童子《しゅてんどうじ》さんだね！

これは、酒呑童子 資料2 と、山伏に化けた源頼光との酒宴で歌われた歌で、一八九とセットにして、男色の雰囲気なども指摘されておるのう。

酒呑童子さん、酒宴でネタにされるくらい、有名なんだ！　尊敬しちゃうよ。

次の一九一は、肩書が（早）とあるので早歌で、漢詩句風の酒宴歌謡になっている。一連の歌謡を見ると、酔っ払いたちの歌が、歌の硬軟、長短、緩急が考慮されて、絶妙に配列されていることが分かるじゃろう？

本当だ。さっきも思ったけれど、一連の歌として読むとまた面白いね。酒宴の様子が目に浮かぶようだよ。他には、どんな歌があるのかな？

そうじゃのう。恋の歌を紹介しようかの。「花の錦の下紐は～」の歌は、巻頭歌じゃな。『閑吟集』は『古今和歌集』以来の和歌の伝統を意識して配列がされておるが、この歌も春の雰囲気が感じられるのう。しかし、色っぽい。そこが『閑吟集』らしさといえようの。

花のように美しい下紐がはらりと解けるって表現は、ドキッとしちゃうな。

『閑吟集』という小歌集が、これから始まりますよ、という感じもするわ。そういえば、頭注⑩にもあるけど、思いが通じると愛しい人の下紐や帯、髪の結び目が自然に解ける、という俗信があったのよ。

へぇー、結び目と気持ちが連動しているんだ！　当時の人が信じていたことが歌われているのも、面白いな。

そういえば、この歌は、女性の歌なのかな？

二人はどう思う？　この歌は、男の独白の歌、女の独白の歌、はたまた男女の掛け合いの歌、と三様に解釈ができるんじゃよ。

それぞれの解釈によって、背景にある物語が様々に想像されるのね。

二三五はどうじゃな？

この歌は、僕も共感できるなぁ。声をかけたくて、でも、何を話したらよいのか分からなくて、ついお天気の話をしてしまうっていう。

ふふ、本当！

恋の心は、今も昔も変わらぬものがあるのう。

恋の歌……どんな節だったのかなぁ。

（鬼丸君ったら、また、歌う気でいるわ）

資料1
白拍子の図

資料2
『御伽草子』「酒呑童子」挿絵
（国会国立図書館デジタルコレクションより転載）

（向かって左に座ってる、大きな人物が酒呑童子さんだね！）

◉見目麗しき鬼、酒呑童子(1)

鬼の容姿は大柄で鬼の形相が示すように、恐ろしく厳しいというイメージを抱くであろう。

鬼を欺く武勇で知られる弁慶は、『義経記』の中で母の胎内で十八月経過して生まれ、常人の二、三歳くらいの様子、髪は肩が隠れるほどの長さで、奥歯も向歯も大きく生えそろっていたため、生まれて間もない頃から、「鬼神」と称された。そのうえ、六歳で疱瘡を患ったためますます色黒くなり、比叡山の衆徒からは学問に関しては認められつつも、「容貌は如何にも悪かれ」と言われる。

鬼の代表格、酒呑童子《しゅてんどうじ》に関しては、大柄であるのは間違いないが、それ以外はどうも前述のイメージには当てはまらないらしい。御伽草子の諸本などでは、「色白く肥え太り容顔美麗」とあるので、色白の美男子として描かれている。そのイメージを引き継いでいるということもあろうが、昭和に上映された『大江山酒天童子』では当時を代表する二枚目スターの長谷川一夫が、酒天(呑)童子を演じている。

それにしても、名のある鬼としてはおそらく上位の認知度であろう酒呑童子が鬼の一般的なイメージから外れていて、人間で、仮にも僧侶である弁慶が、出生時から鬼の異名をとるような容姿であるとは何とも皮肉なものである。

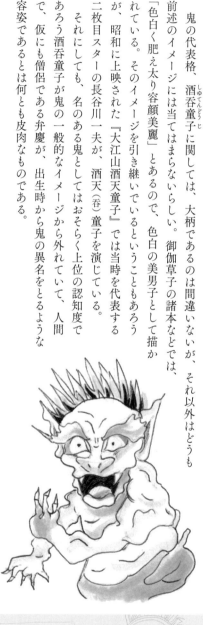

第五章
随　筆

随筆とは、形式や内容の制約なく、著者が筆の赴くままに書き記した散文の著作。自身の見聞や身辺雑事、思想や感慨などを幅広くつづる。

平安時代には、跋文に「この草子《さうし》、目に見え心に思ふ事を、人やは見むとすると思ひて、つれづれなる里居《さとゐ》のほどに、書きあつめたる」（新編日本古典文学全集）と記す、『枕草子』が成立する。この作品には、清少納言の鋭い感性によって捉えられた自然や人々の姿が、長短の章段に記され、王朝貴族の美意識が示されている。

中世期に入ると、『枕草子』に触発された作品として、兼好が著した『徒然草《つれづれぐさ》』が成立する。その序段「つれづれなるままに、日くらし硯《すずり》にむかひて、心にうつりゆくよしなし事《ごと》を、そこはかとなく書きつくれば、あやしうこそものぐるほしけれ。」（新編日本古典文学全集）は、あまりに有名。同書では、無常観を背景に、人の命の儚さや社会の移ろいやすさを訴える。著者の心に浮かぶ様々な事柄を書きつけたとある通り、各章段で扱われる素材は多彩で、仏教に関することのみならず、自然・文学・芸術・有職故実・政治・経済・噂話など多岐にわたる。『徒然草』より以前、鎌倉時代初期に成立した『方丈記《ほうじょうき》』は、著者鴨長明（一一五五～一二一六）が体験した、都の大火・飢饉・大地震の状況などを回想し、無常の世にあっての理想の生き方・住まいについて記述する。この書は、同じく随筆として知られるが、前記二書とは、趣を異にする。章段構成を持たず、明確な構想のもとに叙述されており、慶滋保胤《よししげのやすたね》（?〜一〇〇二）著『池亭記《ちていき》』などと同じく、漢文学における文体の一つである「記」（叙事が主で筋道を立てて書く）の伝統の上に成立したものといえる。これら三書はよく知られ、三大随筆といわれる。

その他にも、随筆に類するものとして、伝鴨長明著『四季物語』や一条兼良《いちじょうかねよし》（一四〇二〜八一）著『小夜の寝覚《さよのねざめ》』『樵談治要《しょうだんちよう》』などがある。『四季物語』は正月から十二月の十二章で構成され、それぞれの時節における、年中行事の由緒故実を中心に、自然の景物など多岐にわたる記述がある。『小夜の寝覚』は、日野富子に進上した書で、文芸論や人材論などを説く。『樵談治要』は、足利義尚に進上された政道書。為政者の心得や有職故実について記し、随筆性は薄らぐものの、当時の世相や公家の政治思想を知ることができる。また、連歌論書でありながら、随筆性をかなり色濃く帯びているものとして、心敬著『ささめごと』『ひとりごと』『老のくりごと』がある。

錫杖《しゃくじょう》を担いだ笙《しょう》（楽器）の妖怪

『徒然草』

兼好著の随筆。二巻。鎌倉時代末期から南北朝時代にかけて断続的に執筆されたとの説が有力。書名は序段の「つれづれなるままに」による。二四三段からなる、作者の随想、見聞などが広範囲にわたって記述され、無常観に根ざした人生観や、世相観、美意識がみえる。その美意識は『正徹《しようてつ》物語』や『さめごと』などで注目され、江戸時代には『徒然草寿命院抄《じゆみよういんしよう》』以下、多くの注釈書が作られた。諸本は、正徹が書写した正徹本、東常縁《とうつねより》筆と伝わる常縁本、烏丸光広《からすまるみつひろ》が校訂した烏丸本、細川幽斎《ゆうさい》が書写した幽斎本などがある。

第四二段――鬼のような顔

①唐橋中将《からはしのちゆうじやう》といふ人の子に、②行雅僧都《ぎやうがそうづ》とて③教相《けうさう》の人の師《し》する僧《そう》ありけり。④気《け》の上《あが》る病《やまひ》ありて、年のやうやう⑤たくるほどに、鼻の中ふたがりて、息《いき》も出《い》でがたかりければ、さまざまに⑥つくろひけれど、⑦わづらはしくなりて、目・眉《まゆ》・額《ひたひ》などもはれまどひて、うちおほひければ、物も見えず、⑧二《に》の舞《まひ》の面《おもて》のやうに見えけるが、ただおそろしく、鬼の顔になりて、目は頂《いただき》の方《かた》につき、額のほど鼻になりなどして、後《のち》は⑨坊《ばう》のうちの人にも見えずこもりゐて、年久しくありて、なほわづらはしくなりて死ににけり。

第四二段

①源雅清か。承元三年（一二〇九）に右中将。『吾妻鏡』に雅清の甥通清を唐橋中将と呼ぶとの指摘がある（新日本古典文学大系）。

②伝未詳。「僧都」は僧正に次ぐ僧官。

③各宗の教義理論。実践的な行法に対する。

④のぼせる病。

⑤老齢になる。「歳闌《た》け、歩みかなはずして」（『無名抄』）。

⑥治療する。「身ニアシキカサイデ、ツクロヘドモヤマザリキ」（『三宝絵』下）。

⑦「病む」の意の「わづらふ」を形容詞にしたもの。病気がちになって。

⑧舞楽の面。「腫面」をさすか。

かかる病もある事にこそありけれ。

第四三段――美しい男

春の暮つかた、①のどやかに艶《えん》なる空に、いやしからぬ家の、奥深く、②木立《こだち》ものふりて、庭に散りしをれたる花、③見過《みすぐ》しがたきを、さし入りて見れば、④南面《みなみおもて》の格子《かうし》、皆おろしてさびしげなるに、東にむきて⑤妻戸《つまど》のよきほどにあきたる、⑥御簾《みす》のやぶれより見れば、⑦かたちきよげなる男の、年廿《としはたち》ばかりにて、うちとけたれど、⑧心にくくのどやかなるさまして、机のうへに⑨文《ふみ》をくりひろげて見ゐたり。

いかなる人なりけん、尋《たづ》ね聞かまほし。

第五〇段――鬼の噂

①応長《おうちやう》の比《ころ》、②伊勢国《いせのくに》より、女の鬼になりたるを③率《ゐ》てのぼりたりといふ事ありて、その比廿日《はつか》ばかり、日ごとに、④京《きやう》・白川《しらかは》の人、鬼見にとて出で惑《まど》ふ。「昨日《きのふ》は⑤西園寺《さいをんじ》に参《まゐ》りたりし」、「今日《けふ》は⑥院《ゐん》へ参るべし」、「ただ今は、そこそこに」など言ひ合へり。まさしく見たりと言ふ人もなく、⑦そらごとと言ふ人

⑨僧侶の住居である僧房。

第四三段

①日差しも柔らかく、優美な様子の空。
②木立も古びた感じで。第一〇段にも「今めかしくきらびやかならねど、木だちものふりて、わざとならぬ庭の草も心あるさまに」とあり、兼好の好みの設定。
③花を見過ごしがたいという行為は、白楽天の詩にある（『白氏文集』巻六六・尋春題諸家園林　又題一絶、『和漢朗詠集』花）。
④御殿の正面の格子。格子は上下二枚の板で、上の格子を釣り上げたり、おろしたりする。
⑤寝殿に設けられた、両開きになる戸。
⑥寝殿の内部、妻戸のある辺りに掛けられている。
⑦容姿の美しい。
⑧奥ゆかしく。
⑨書物。

第五〇段

①花園天皇の時代（一三一一～一三一二）。
②現在の三重県。
③引き連れて、上京した。
④京の市中や白川在住の人。白川は京の東郊。
⑤西園寺公経造営の寺院。元は、京の北郊衣笠にあった西園寺別邸。
⑥上皇（伏見・後伏見院）の御所。持明院殿。現在

もなし。⑧上下《じやうげ》ただ、鬼の事のみ言ひやまず。

その比、⑨東山《ひがしやま》より⑩安居院《あぐゐの》辺《へん》へ罷《まか》り侍りしに、四条よりかみさまの人、皆、北をさして走る。「⑪一条室町《いちでうむろまち》に鬼あり」とののしりあへり。⑫今出川《いまでがは》の辺《へん》より見やれば、院⑬の御桟敷《みさじき》のあたり、更《さら》に通《とほ》り得《う》べうもあらず立ちこみたり。はやく⑭跡《あと》なき事にはあらざめりとて、人⑮を遣《や》りて見するに、おほかた逢《あ》へる者なし。暮るるまでかくたち騒ぎて、はては闘諍《とうじやう》おこりて、⑯あさましきことどもありけり。

その比、⑰おしなべて、二三日《ふつかみか》人のわづらふ事侍りしをぞ、「かの鬼のそらごとは、このしるしを示すなりけり」と言ふ人も侍りし。

第一一七段――友の条件

①友とするにわろき者、七つあり。一つには、②高くやんごとなき人。二つには、若き人。三つには、病《やまひ》なく身強《みつよ》き人。四つには、③酒を好む人。五つには、猛《たけ》く勇《いさ》める兵《つはもの》。六つには、虚言《そらごと》する人。七つには、欲深き人。
よき友三つあり。一つには、物《もの》くるる友。二つには、医師《くすし》。三つには、智《ち》恵《ゑ》ある友。

の上京区光照院の地。
⑦虚言。
⑧身分の高い人、低い人。
⑨京の東側の連峰。当時兼好は東山辺に居住。
⑩上京区にあった、比叡山延暦寺東塔竹林院の里坊。安居院流唱導は著名。
⑪一条通と室町通の交差点。『宇治拾遺物語』巻十二第二十四話にもここに鬼が出没している。
⑫一条通と東洞院通の交差点。
⑬上皇が賀茂祭を見物される常設の桟敷。一条室町近くにあった。
⑭事実無根のこと。
⑮従者か。
⑯あきれるような事柄、刃傷沙汰などか。
⑰『園太暦』延慶四年三月八日条によると、「田楽病」が流行したとある。インフルエンザのような症状で、三日病とも称された。

第一一七段
①『論語』李氏に「益者三友、損者三友」とあることを踏まえ、兼好の友人論が展開されている。
②身分が高く、高貴な人。
③飲酒の弊害と徳に関する記述は、一七五段に見える。

第二〇七段——鬼の諺

①亀山殿《かめやまどの》建てられんとて、②地を引かれけるに、大きなる蛇《くちなは》、数も知らず凝《こ》り集りたる塚《つか》ありけり。③この所の神なりといひて、ことのよしを申しければ、「いかがあるべき」と勅問ありけるに、「古くよりこの地を占めたる物ならば、④さうなく掘り捨てられがたし」と皆人申されけるに、⑤この大臣《おとど》一人、「王土《わうど》にをらん虫、皇居を建てられんに、何のたたりをかなすべき。⑥鬼神《きじん》はよこしまなし。咎《とが》むべからず。ただ皆掘り捨つべし」と申されたりければ、塚をくづして、蛇をば⑦大井河《おほゐがは》に流してげり。さらにたたりなかりけり。

第二〇七段
①後嵯峨上皇の仙洞御所。現在の天龍寺の地にあった。
②土地を平にならすこと。
③この土地の神。地主神か。
④簡単に。
⑤藤原（徳大寺）実基（一二〇一～一二七三）。前段にも登場し、迷信を果断に退ける言動が描かれる。
⑥鬼神は道に外れたことをしない、の意。中世の諺らしく、謡曲・狂言・御伽草子などに見える。「鬼神に横道なし」とも。
⑦大堰川とも。保津川の下流、嵐山の麓、渡月橋の付近をいう。

（新編日本古典文学全集）

今回は『徒然草』だね。「つれづれなるままに〜」という冒頭部、おぼえさせられたなぁ。

ほう、鬼丸も『徒然草』を学んだことがあるのじゃな。作品にはどんな印象をもっておるかのう？

『徒然草』というと、自然の移ろいや生死の問題について語った「無常観の文学」という印象かしら。

それに、世俗を斜に見た隠者が、ちょっとひねくれた価値観を示している作品って感じ。例えば、僕が読んだのは「花はさかりに、月はくまなきをのみ見るものかは。」(一三七)という段で、桜の花は咲き誇っている時だけを、月は一点の曇りもないのだけを見るものであろうか、と問いかけたりしてたよ。

確かに二人が言うような一面もあるのう。例えば、七段では「あだし野の露きゆる時なく、鳥部山《とりべやま》の烟《けぶり》立ちさらでのみ住みはつるならひならば、いかにもののあはれもなからん。世はさだめなきこそいみじけれ。」と、無常について述べておるし、八二段では、「『うすものの表《へう》紙《し》は、とく損ずるがわびしき』と人の言ひしに、頓阿《とんあ》が、『羅《うすもの》は上下《かみしも》はつれ、螺鈿《らでん》の軸《ぢく》は貝落ちて後こそいみじけれ』と申し侍《はべ》りしこそ、心まさりて覚えしか。」など言って、欠けたものの美について語ったりもしておる。そういう話に加えて、『徒然草』には、兼好の見聞した面白い話や、有職故実に関する話、処世術、恋に関する見解やお酒の話など、様々な事柄についても書かれているんじゃよ。

そうなのね。そういえば、今回とりあげた章段は、堅苦しい感じの話題ではないわ。

一つ目の四二段は、「鬼」という字が目についたので挙げてみたぞよ。さて、鬼の字はどこにあるかな？

この章段に、鬼自身は出てこないんだね。えっと、お坊さんが病気になったってお話みたいだけど、この「二の舞の面」のようになってしまった顔のことをさして、鬼のような顔と言ってるのかな。

そうなんじゃ。鬼姫は怒るかもしれんが、尋常ならざる姿を、当時の人たちは「鬼」と表現したようじゃの。

そうね。この腫面の顔を鬼のようと言われるのは心外だけど、病気にかかったのは、気の毒だわ。今回は病気を鬼のせいにしていないから、まだ良しとしましょう。この章段に続く四三段は、うって変わって優雅な雰囲気で、素敵な男性の様子について書かれてるわ。

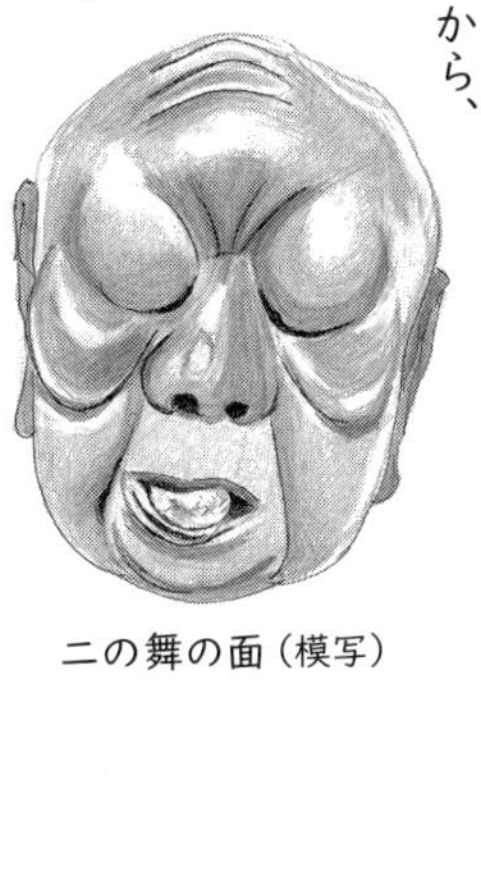
二の舞の面（模写）

そうじゃな。この章段には鬼は出てこなくて、その代わりに美男子が登場じゃ。晩春の頃に垣間見た、美しい男……庭の木も古びた屋敷の中で、ゆったりとした様子で書物を読んでいるとあるのう。

鬼丸君とは、正反対ね。落ち着いた様子が素敵だわ。

何だよ、僕だって……。ま、確かに美男子じゃないけどさ(ちらっ)。

(無視)兼好さん、垣間見で美男子を発見して、「今もその名を尋ねたいものだ。」なんて言っていて、ちょっと色っぽい感じがするかも(ボーイズラブの気配!!)。

男同士でも、その人の雰囲気に憧れたり、いいなって思うことってあるんだよね。

そうじゃな。一二段では「おなじ心ならん人としめやかに物語して、をかしき事も、世のはかなき事も、うらなく言ひ慰《なぐさ》まんこそうれしかるべきに」などと言っておるので、四三段で垣間見た美男子と、そんな付き合いができれば、なんて思っておったのかもしれんのう。

兼好さんの理想の友達は、同じような価値観をもっていて、互いを理解し、語り合える人なのね。

それじゃあ、僕と鬼姫ちゃんみたいなもんだね！

鬼丸君とも本好きってところでは、一致するわね。

うん。次の五〇段は、伊勢の国から鬼の女が都に連れてこられるっていう噂に、人々が右往左往する話だね。

噂に振り回されて都中をあちらこちらと走り回る人々の姿が、生き生きと描かれているわ。兼好さんも、人を遣って噂の真偽を確かめさせてる！　随分物見高いわね。でも、私も有名人のお出ましには、ついつい色めき立ってしまったりするから、野次馬気分も共感できるかも。

そうじゃな。ここでは、群集心理に足をすくわれ、騒ぎまで起してしまう人間の姿を的確に表現しているのう。

先生、本文に「女の鬼になりたるを率てのぼりたり」とあるけど、鬼になった女ってどういうことなんでしょう？　誰かに連れられて来るのかしら。

人間の女が鬼に変化するという話は『閑居友《かんきよのとも》』という説話集(第十章「説話」参照)の中でも語られておる。

もともとの鬼じゃなくって、人間が変化するんだね。酒呑童子さんも、もともとは比叡山の稚児だったって噂もあるし、そういう経緯で鬼になる場合もあるんだなぁ。

それと「率て」という部分じゃが、もしや鬼女は見世物にされていたのかもしれん。時代は下がるが黄表紙の『這奇的《こはめつらしい》見勢《みせ》物語《ものがたり》』に「鬼娘」という見世物が紹介されておる 資料1 。中世期に同様の見世物があったかどうかは不明じゃが、公卿の日記『実隆公記』には、「鬼子(形態異常の子供)」の大路渡《おおじわたし》(大路を引き回す行為)の記述などもあるそうじゃ（小山聡子『鬼と日本人の歴史』ちくまプリマー新書）。皆、鬼の姿を興味津々で見に行ったのじゃろう。

鬼を見世物にするなんて、許せないわ!!

許せないといえば、この章段の締めくくりが、病の流行と鬼の噂を関連付けていることだよ。

そうじゃなぁ。昔は、病の流行を鬼（疫病神）の仕業と考えることがあったんじゃ。また、自ら鬼の姿に変化し、その姿を弟子に写し取らせて、疫病退散のお札資料2を作った坊さんもいた。鬼には鬼で対抗！　ということじゃな。その坊さんは、良源（通称元三大師）という比叡山の僧侶で、鬼大師とも言われておる。

鬼大師か！　なんか、カッコいいな。

（退治されるのに……かっこいいって……。）

ところで、さっきの理想の友達で思い出したが、『徒然草』には、悪い友、良い友についても記述があるぞよ。次の一一七段を見てみよう。

悪い友の条件は七つあるね。嘘をつく人や欲深い人を敬遠するのはわかるけど、若い人、身分が高い人、元気な人、酒が好きな人、猛々しい武士は何故なんだろう？

鬼丸君、考えてみてよ。友達が身分の高い人だったら、気を使って疲れちゃうわよ。お酒を飲む人や、血気盛んな武士は、騒いで手に負えない場合があるわ。でも、若い人や元気な人はどうしてかしら。

こほん。鬼丸や鬼姫はまだ分からんかもしれんが、若者や健康な人は、老人や体の弱い者に対する理解に欠ける場合があるからのう。この頃は小さな字が見にくくて、この間の二人のレポートには難儀したわい（ブツブツ）。

兼好さんは、相手の心情を配慮しえない人間を悪い友としているようね。私たちも、先生に配慮してレポートは大きな字で書くよう気をつけまーす。

良い友の条件は、三つあるね。それにしても、随分、現実的だなぁ。

さっきは「同じ心の人と語り合いたい」みたいなことを言っていたのに、物をくれる友が筆頭にきているわ。

風流な価値観を示してみたり、現実的になってみたり、『徒然草』にはさまざまな見解が示されておるのう。そうじゃ、理想の女性についての記述もあるから、二人とも、読んでみるとよいぞ。

プレゼントをたくさんくれる女性、なんて書いてたりするのかな。

まさか！　でも、あり得るわね。

タダより高いものはなし。何か裏があるかもしれんぞ。

ふん、その点私たちは正直者よね。次の二〇七段には、「鬼神はよこしまなし」の諺が載っているわよ。

おっ、今度は鬼が諺になってるんだ！

この言葉は、わしら妖《あやかし》には身に染みる言葉じゃなぁ。『御伽草子』の「酒呑童子」では、山伏に化けた源頼光一行に心を許し、騙し討ちにされた酒呑童子が叫んだ言葉として記されておる。謡曲『大江山』『鍾馗』、狂言などにもみえるのう。

えっと……この章段は、仙洞御所を造る時のお話ね。土地の神らしき蛇が大量に出てきて困っていた時に、徳大寺実基が「鬼神は道に外れたことはしない。だから祟るはずはない。」といって、蛇のいた塚をくずし、大堰川に流した、とあるわ。

鬼だけでなく、蛇の姿をした神さまも「鬼神」って言われていたんだね。

「鬼神」という言葉は、鬼や妖を指すだけでなく、人知の及ばぬ存在、そうじゃのう、死者の霊魂や神霊なども含まれたようじゃな。「神明に横道なし」という諺もあるぞよ。

この話題では、周囲の人が右往左往する中、実基の迷信を退けた果敢な態度が描かれていて好ましい感じ。

ね、二〇六段にも実基が出てくるって知ってた？　二〇六段には、牛が庁舎に入り込んだ事件に対して、人々が陰陽師に占いをさせるだのなんだのと騒いでいる中、「牛に思慮分別はない。足があるのだからどこにでも上らないということがあろうか」と断じて適切な対処をしているんだ。この人は、現代にも通じる合理的な思考の持ち主だったのかな。鬼姫ちゃんも読んでみたら？

鬼丸君、さては予習していたわね。でも、実基さんなら、鬼の出現を凶事の前触れだの、病の原因だの言わないでいてくれるかも。

ふーむ、それはどうか分からんが、迷信に惑わされる人を納得させる為の発言が、「鬼神はよこしまなし」だったのは感慨深いのう。

それにしても、『徒然草』には、無常観に関することだけでなく、さまざまな事柄が記述されているのね。少し兼好さんの印象が変わりました。

そうじゃのう。『徒然草』は、江戸時代になって多くの人々に読まれ、今とは違う享受のされ方もした。例えば、恋の指南書として読まれることもあったんじゃ。現代の場合は、専ら処世術に関するものがとりあげられておるのう。そうそう、それに、江戸時代には読者が増えたことにより、注釈書も多数作られた。『徒然草』の享受のあり方や注釈書については、川平敏文『徒然草』（中公新書）を読むとよくわかるので、読んでごらん。

はーい。

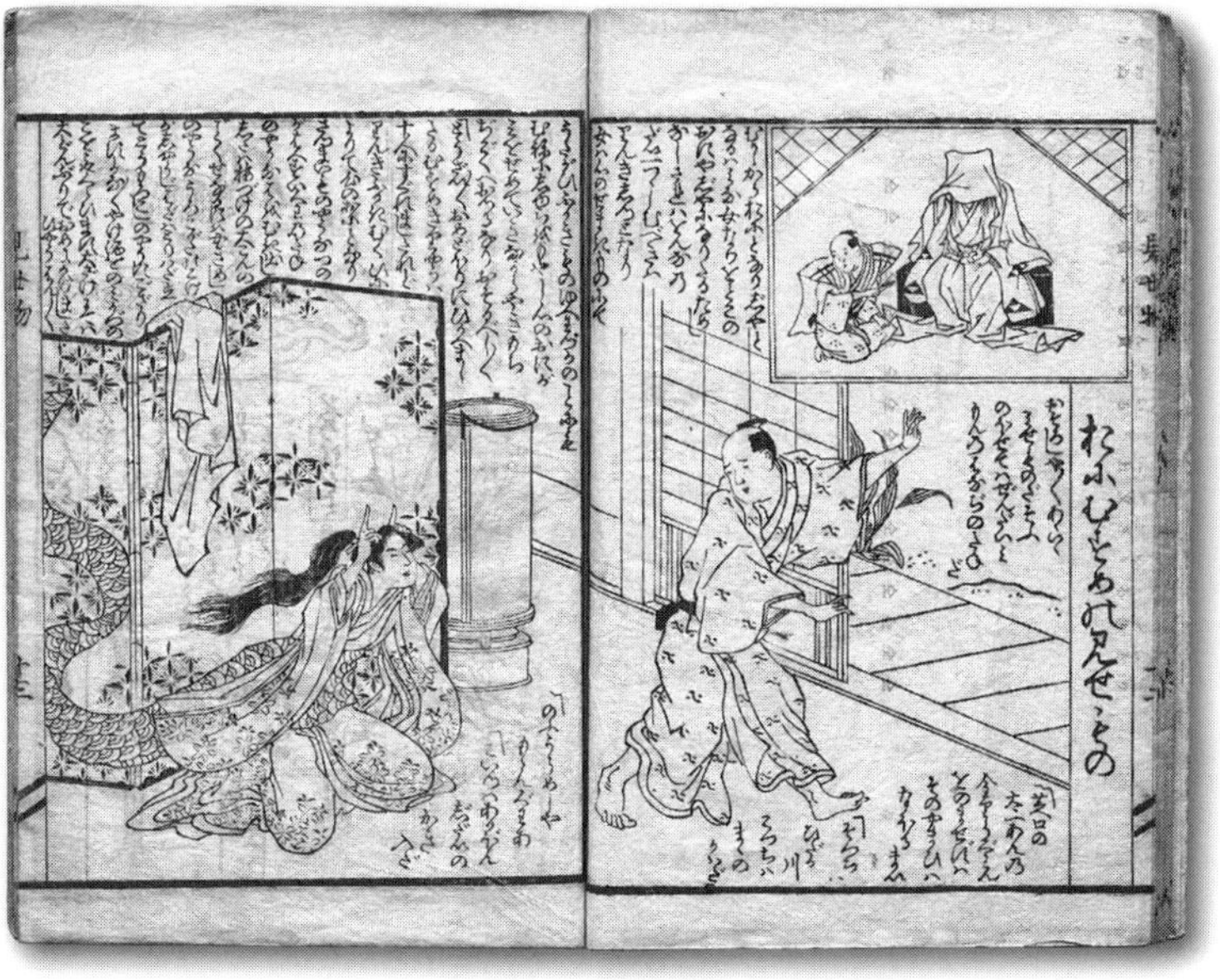

資料1　『這奇的見勢物語』（国会国立図書館デジタルライブラリー）

資料2　元三大師お札

コラム

◉病は鬼から

『徒然草』五〇段では「鬼のそらごと」が「わづらふ事」の「しるし」であったのではないかと述べられているが、『春日権現験記絵』からも、当時は病に鬼が関係していると考えられていたことが窺える。巻八には大舎人入道が「唯識論」の功徳により疫病を免れたことが描かれているが、国中に疫病が大流行したことを伝える場面では、家主と飼い犬が疫病で痩せ細り嘔吐している。その家の屋根から、赤鬼が家の中をまるで首尾を確認するように覗き込んでいる姿がみられる。小松茂美氏は、「板屋根の上の異形の赤鬼は、疫病の悪魔であろうか。」と言及している（『続日本の絵巻』、中央公論社、一九九一　参照）。

また、人の噂話に翻弄されるこのシーン、八九段の猫またの話に通ずるものがあるように思われる。猫またという人喰い妖怪の噂を耳にした法師が、夜道の独り歩きに用心するあまり、自分の犬を猫またと思い込んで小川に転げこんでしまう。恐れていたら、飼い犬も人喰い妖怪にみえるのだから、病は気からとも言うし、鬼の噂で体調不良を訴える者がいても不思議ではないのでは。

『春日権現験記絵』

第六章

歴史物語・史論書

歴史物語とは、歴史を物語的な構成によって叙述し、文学的潤色が豊かになったものをいう。年次の朧化《ろうか》や記述の改変なども見えるが、基本的に史実から乖離することはない。編年体、列伝体、それらを混合した形式で叙述されたものに分かれる。これら事実物語がもたらす感動の特徴を、例えば、加納重文氏は「かつてどこかに確実にあったある人生の感情に対する共感によるもの」(事実の感動)であり、その共感は「共感しうる人間のきわめて個人的な感受にまかされるもの」(個人的感動)である、と述べる(『鑑賞　日本古典文学』角川書店、一九七六)。

平安時代には、『栄花物語』をはじめ『大鏡』『今鏡』が制作された。これらの作品は、六国史など公的な歴史書の編纂が絶えた後に作られ、漢文体の史書に対して、和文で記されており、それぞれ主題を持つという特徴がある。なお、『大鏡』『今鏡』は、後出の『水鏡』『増鏡』と合わせて四鏡といい、これらを総称して鏡物という。

鎌倉時代には、神武天皇から仁明天皇までの歴史を描いた『水鏡』、神武天皇以

鰐口《わにぐち》(仏具)の妖怪

前を描いた『秋津島物語』が制作された。この時期で特筆すべきは、慈円《じえん》（一一五五〜一二二五）が著した『愚管抄《ぐかんしょう》』の出現である。神武天皇から順徳天皇までの歴史を記した上で、歴史を導く道理を明らかにすることを試み、現在の政治を批判し、未来への指針を示す。『愚管抄』は歴史を題材とするが、史論書であり、歴史物語とは区別される。

南北朝時代には、二条良基（一三二〇〜一三八八）著かとされる『増鏡』が成立する。先行する歴史物語の後を受けて、後鳥羽天皇から後醍醐天皇までの歴史を、皇室の出来事を中心に描いている。史論書では、北畠親房《きたばたけちかふさ》（一二九三〜一三五四）によって『神皇正統記《じんのうしょうとうき》』が制作される。神代から後村上天皇にいたるまでの歴史を記述し、皇位継承が神武以来、徳のある正統な天皇へとなされたことを述べ、後村上天皇（南朝）の正当性を論じた。

その他、高倉天皇から後堀河天皇までの見聞を記す『六代勝事記』、後堀河天皇から亀山天皇までの事歴を記す『五代帝王物語』、鎌倉時代から南北朝時代にわたり、足利尊氏の事跡が詳しく記される『梅松論《ばいしょうろん》』なども、歴史物語的な一面を持つ。

なお、『大鏡』は、京都紫野《むらさきの》の雲林院《うりんいん》の菩提講《ぼだいこう》を場とした、大宅世継《おおやけのよつぎ》・夏山繁樹《なつやまのしげき》という非常な高齢の老人による座談という形をとっており、同様あるいは類似の形式は、『今鏡』『水鏡』『増鏡』にも受け継がれている。歴史語りの伝統が、そこにも顕著にうかがえる。『梅松論』の場合は、古本系伝本が語り手・聞き手・書き手の問答を含んでいるのに対して、流布本系伝本ではそれを大幅に削除している。

『水鏡』

著者未詳（中山忠親か）。成立年未詳（十二世紀後半）。三巻。歴史物語。『大鏡』に先行する、神武天皇から仁明天皇までの約千五百年を取り上げ、編年体で記述する。内容は『扶桑略記』からの抜粋を仮名書きにしたもので、所々に著者の感慨や批評が加えられている。

三十二代　敏達《びたつ》天皇

①この御時とぞ覚え侍る。②尾張国に田を作る者ありき。夏になりて田に水任《まか》せんとせし程に、俄かに雷《かみ》鳴り雨降りしかば、木の下に立入りてありし程に、その前に雷《いかづち》落ちにき。その形、幼き子の如し。この男、③鋤《すき》をもちて打たむとせしかば雷「我を殺すことなかれ。必ずこの恩を報いん」と言ひき。男のいはく「何事にて恩を報ゆべきぞ」と言ひき。雷答へていはく「汝に子をまうけさせて、かれにて恩を報いん。我に④楠の船を造りて、水を入れて竹の葉を浮べて、速やかに与へよ」と言ひしかば、この男、雷の言ふがごとくにして与へつ。

雷これを得て、すなはち空へ昇りにき。その後男、子をまうけてき。生れし時に、蛇《くちなは》その頭《かうべ》を纏ひて、尾・頭項《うなじ》の方にさがれりき。年十余になりて、⑤方八尺の石を投げき。

①敏達天皇の御代（五七二～五八五）。
②現在の愛知県。『本朝文粋』には「尾張国阿育郡」とある。
③農具。土を掘り起こす道具。
④古代の船の材料は、多く楠であった。雷の落ちた楠の話題が『日本霊異記』上巻五縁にある。
⑤一尺が約三〇・三センチ。

この童、元興寺⑥の僧に仕へし程に、その寺の鐘撞《かねつき》堂に鬼ありて、夜毎に鐘撞く人を喰ひ殺すを、この童、「鬼の人を殺す事を止《とど》めてん」と言ひしかば、寺の僧ども喜びて、速やかに止むべき由を勧めき。その夜になりて、童、鐘撞堂に登りて鐘を打つ程に、例のごとく鬼来たれり。童、鬼の髪に取りつきぬ。鬼は外へ引き出さんとし、童は内へ引き入れんとする程に、夜ただ明けに明けなんとす。鬼し佗び⑦て髪際《かうぎわ》⑧を放ち落して逃げ去りぬ。夜明けて血を尋ねて求め侍りしかば、その寺の傍なる塚のもとにてなん血止まり侍りにし。昔、心悪し⑨かりし人を埋めりし所なり。その人、鬼になりたりけるとぞ人々申し合ひたりし。その後、鬼、人を殺す事侍らざりき。鬼の髪は、宝蔵⑩に納まりて、いまだ侍めり。

この童、男になり⑪て猶、この寺に侍りき。寺の田を作りて水を任せんとせしに、人々妨げて水を入れさせざりしかば、十余人ばかりして担ひつべき程の鋤柄《がら》を作りて水口⑫に立てたりしを、人々抜きて棄てたりしかばこの男、又五百人して引く石を取りて、異《こと》人⑬の田の水口に置きて、水を寺田に入れしかば、人々怖ぢ恐れてその水口を塞《ふさ》がずなりにき。かくて寺田焼くる事なかりしかば、寺の僧、この男、法師になる事を許してき。世の人、道場法師⑭とぞ申しし。

（河北騰『水鏡全評釈』笠間書院、二〇一一）

⑥前身は日本最初の本格伽藍である法興寺（飛鳥寺）。平城京遷都によって奈良に新築移転され元興寺（現奈良市中院町）となる。

⑦「～わ（佗）ぶ」は、「～しあぐんで」。どうしようもなくて。

⑧髪の生え際。「Coguiua」（『日葡辞書』）。

⑨気立てがわるい。ここでは凶悪な心の人、の意か。

⑩宝物を収めておく蔵。寺院では経典などを収蔵する建物をいう。

⑪元服して、成人になること。

⑫水を取り入れたり、出したりする口。「Mizzuguchi 水の出る口」（『日葡辞書』）。

⑬優れた才能・人格をもっている人、測りがたい能力をもった人をいう。

⑭『本朝文粋』道場法師伝参照。『日本霊異記』中巻二十七縁の「力女」は道場法師の子孫。

『愚管抄』

慈円著。承久二年（一二二〇）頃成立。七巻。内容は三部に分けられ、年代記、神武天皇から順徳天皇に至る歴史叙述、総論となっている。年代記では、中国王朝を列記していること、天台座主補任を記していることが特徴的。歴史叙述では、自らの思索も記述し、歴史の「道理」を明らかにする。また、総論では、歴史を踏まえた上で、当時の政治や今後の対策などについて論じている。後世の『神皇正統記』等にも影響を与える。

巻一「皇極天皇」・「斉明天皇」

三十六女帝

一　①皇極《くわうぎょく》天皇　三年　元年壬寅《みづのえとら》。

御諱宝《たから》。敏達曾孫。前ノ帝舒明ノ妻后也。敏達御子ニ押坂大兄《おしさかのおほえ》皇子。此皇子御子ニ茅《ち》淳《ぬ》王。此王ノ御子也。御母吉備姫《きびひめ》女王。舒明天皇孫云々。

大和国②明日香河原《あすかのかはら》宮。

大臣③蘇我蝦夷臣。

二年十二月子息入鹿事ニヨリテ自死シ了ル。

此御時大臣左右大臣ヲナサル。但次代歟《か》。

①六四二～六四五在位。後に重祚して、斉明天皇として六五五～六六一在位。中大兄皇子の母。斉明七年（六六一）百済救援の為、筑紫に赴き、朝倉橘広庭宮にて急死。

②在所未詳。飛鳥板蓋宮の焼失によって遷宮。翌年には飛鳥岡本宮に遷宮。

③？～六四五。蘇我馬子の息。豊浦大臣とも。乙巳の変により誅殺される（自害とも）。

豊浦《とよら》大臣ノ子④蘇我入鹿世ノ政ヲ執《と》レリ。其振舞宜《ふるまひよろし》カラズ。王子タチ乱ヲ興《おこ》スト云ヘリ。此時中大兄《なかのおほえ》皇子。天智天皇也。中臣鎌子《なかとみのかまこ》。大織冠也。是二人シテハカリテ入鹿ヲ誅セラレヌ。父豊浦ノ大臣家ニ火ヲサシテ焼死ヌ。又⑤日本国ノ文書ヲ此家ニテ皆焼ヌト云ヘリ。

此大臣大鬼トナレリ。

此女帝三年ノ後弟ニ位ヲ譲リ給フ。

三十八女帝⑥重祚

一　斉明《さいめい》天皇　七年　元年乙卯《きのとう》。

皇極再ビ位ニ即《つき》給ヒ、大和国⑦岡本宮ニオワシマス。先ヅ飛鳥川原《あすかのかはら》宮遷幸。此女帝始ニハ用明ノムマゴ高向《たかむこ》ノ王ニ具シテ一子ヲ生ミ給ヒ、後ニ又舒明ノ后トシテ御子三人オワシマス。

⑧此御時ノ末ニ人多死《おほくしに》ケリ。豊浦ノ大臣ノ霊ノスルト云ヘリ。其霊龍ニ乗リ空ヲ飛ビテ人ニ見《みえ》ケリ。此天皇葬《はぶり》ノ夜ハ⑨大笠ヲキテ、世間ヲ見アリキケリ。

左大臣大紫⑩巨勢徳《こせのとこ》大臣。四年正月薨ズ。

内大臣大錦中臣鎌子《なかとみのかまこ》連。

（日本古典文学大系）

④?～六四五。蘇我蝦夷の息。鞍作とも。皇極天皇の頃から、国政を執る。乙巳の変により暗殺される。

⑤『天皇記』『国記』等。

⑥一度退位した天皇が再度位につくこと。

⑦在所未詳。舒明天皇・斉明天皇の宮。

⑧『日本書紀』によると、斉明天皇七年五月。

⑨大きなかさ。笠は鬼の出現に不可欠な装いとの指摘がある。

⑩巨勢徳陀古（?～六五八）。蘇我入鹿の命を受け、山背大兄王を襲撃。乙巳の変では、中大兄皇子の命を受け、蝦夷側に抗戦を断念させる。

さて、今回は歴史物語や史論書について話そうかの。

歴史物語って、歴史を物語風にした作品よね。

そうじゃな。歴史物語は、作者の視点によって記述の変化はあるが、基本的に史実を逸脱しないという特徴がある。

歴史も物語風になっていると、面白そうだね。

さて、今回取り上げるのは『水鏡』という作品じゃ。『水鏡』は、『扶桑略記』という歴史書から記事を抜き出し、和文にするという形式で書かれておる。『扶桑略記』は漢文で書かれておるからのう。

『扶桑略記』の文章を、和文で読みやすくしたのね。

漢文だと難しいけれど、仮名だと僕でも読めそう！

読みやすいというだけではなく、和文ならではの表現もされているから、両書を比べてみるとよいのう。ちなみに『扶桑略記』は、国史大系に収録があるぞよ。

そういえば、先生、歴史物語にも僕たち鬼の記述はあるの？

勿論じゃ。『水鏡』には雷を助けた農夫が、その恩返しに大力の子供を授かり、その子供が元興寺の鬼を退治する、という話が載っておる。

落ちてきた雷を助けるというのが、面白いわ。何を史実と捉えるか、時代の気分が感じられるわ。

ね、見て見て、落ちてきた雷は、楠の水槽に浮かべた竹の葉の船で空に帰ったとあるよ。

良いところに目をつけたのう。こういう伝承には民俗学的なアプローチが有効な場合があるぞ。雷、楠、竹にどのような関係があるのかを調べてみなさい。

はーい。次は子供が生まれる場面ね……きゃぁ！　生まれた子どもは、頭に蛇が巻きついていたとあるわ！

鬼の僕たちよりも、よっぽど怖いよ。

ふふふ。このような尋常ならざる様子は、この子が人知の及ばぬ存在からの授かりもので、不思議な力が備わっていることを暗示しておる。

えっと……鬼はどこに出てくるのかしら？　先を読んでいきましょう。

あっ、鬼は元興寺の鐘撞きの童子を喰い殺していた、とあるよ。

ねぇねぇ、『画図百鬼夜行』資料1を見て！　私には似ても似つかない悪そうな顔つきをしているわ。

こんな鬼が出てきたら怖いし、こいつなら子供を喜んで喰い殺しそう。酷いなぁ！

鬼丸が憤慨する気持ちは分かるが、先に進もう。童子が鬼退治を申し出ておるぞ。おっ、鬼は力負けして、髪を残して逃げた、とある。鬼の血の跡をたどると、昔、悪人を埋めた所に辿り着いたようじゃ。悪人の霊が鬼になったんじゃな。

だから、あんなに凶悪な顔をしていたのね。

納得、納得。これは人間が鬼になった例だね。この鬼の髪の毛、今でも宝蔵にあるって書いてあるよ。

うーむ。現在、元興寺には所蔵されていないようじゃな。でも、この鬼については「元興神《がごぜ》」としてキャラクター化もされて、お守りにもなっておるぞ。そうそう、江戸時代の『大和名所図会』にも「美しい女を鬼ときく物を、元興寺にかまそというは寺の名」という狂歌が載っていて、元興寺の鬼は有名だったとわかる。

あれ？ 今や退治された鬼の方が有名なんだね！ 鬼としては、嬉しいかも。

さっきまで怖い、怖いって言ってたのに、変わり身が早いのね（笑）。

さて、この話題は、『日本霊異《りょうい》記《き》』や『本朝文粋《ほんちょうもんずい》』にも載っている。それぞれを比較検討してごらん。

漢文は苦手だけど、違いを見つけるのは面白そうだな。

そうね。相違点を見つけて、それぞれの作品の意図を考えていくのも大切ね。

よしよし、結果報告を楽しみにしておるぞ。さて、次は史論書を読んでいこう。

史論書？……なんだか難しそうで眠くなりそうだよ。

そうかしら？ 歴史を振り返って自分を見つめなおすって、とても大事なことよ。歴史から学ぶことは多いもの。私たちだと、「桃太郎に要注意！」とか。

そっか。でも、やっぱり、僕は眠たくなりそうだなぁ。

確かに、二人には難しいかもしれんな。でも、当時の人が、歴史をどのように考えていたのかを知る為には、難しくても読みといていくことが大事なんじゃよ。

次に取り上げる作品は『愚管抄』ね。どんな作品なのかしら？

この作品は、慈円という天台宗のお坊さんが書いたものじゃ。全体は三部に分かれていて、第一部（巻一～二）は年代記。天皇一代ごとに、諡号《しごう》、諱《いみな》、在位年数、崩御の年齢、系譜、都の所在地、后妃、皇子女等を記した後、主要な臣下の補任についても書かれている。そうそう、天台座主補任についても記述がある。これは本書の特色といえような。

天台座主について書かれているのは、慈円が天台宗のお坊さんだったから？

先輩の事跡をしっかり書き残しているのね。ここには、著者の意図が感じられるわ。私たちが朝廷を補佐していましたよって。

そうじゃな。自らが属する集団を歴史にどのように位置づけているのか、垣間見られる部分でもあるのう。さて、次の第二部（巻三～六）は、慈円の同時代までの歴史が書かれていて、『愚管抄』の本体をなす部分じゃ。慈円は摂関家に生まれ、天台座主にもなり、朝廷に重んじられていた。そのような人物であったからこそ、多くの資料を見る事ができたし、通史を書くことができたんじゃろう。一人の人物の目で、歴史が通観されたという点でも、とても重要な書といえるのう。

第二部を読むと、著者がどのように歴史を捉えていたのかが知れるのね。

そうじゃよ。例えば、保元の乱について語られた「保元元年七月二日、鳥羽院ウセサセ給《たまひ》テ後、日本国ノ乱逆《らんげき》ト云《いふ》コトハヲコリテ後ムサノ世ニナリニケルナリ。」という言葉は有名じゃ。

「ムサノ世」って……。

もう、鬼丸君ったら、武士の世の中ってこと。確かに、保元の乱以後、武士が台頭してきたわよね。

そうじゃな。歴史の転換点を捉え、これまでとは違った時代の始まりが認識されておる。中世の始まりじゃ。『愚管抄』では、同時代の事柄についても、動向を的確にとらえており、その点でも高い評価を得ておる。

すごいなぁ。難しそうだけど、慈円さんがどんな風に世の中を見ていたのか知りたくなってきた。僕たち鬼の歴史も書いてもらいたいな。「後、鬼の世になりにけるなり」なんていうのはどう？

鬼丸君は調子がいいんだから！　先生、続きの第三部にはどんなことが書かれているの？

第三部は、第二部を踏まえて、現在の政治について語ったり、今後の指針を示したりしている。慈円の思想は第三部に集約されているといえような。

第三部は特に難しそうだけれど、慈円さんの思想を知る為に挑戦してみよう！

うむ。さて、今回取り上げたのは、第一部、年代記の部分じゃ。

見たところ、有名な「乙巳《いっし》の変《へん》」に関する話題ね。中大兄皇子と中臣鎌子が協力して、蘇我入鹿を誅伐したという……。

あっ、僕、『多武峰《とうのみね》縁起絵巻』で、その場面をみたことがある！　入鹿の首が斬られて、ポーンと空中に浮かんでいるんだ。入鹿が、恨みで鬼になったのかなぁ。

これこれ、先走らずに。まず、記述の形式を確認してみよう。

先生がおっしゃっていた通り、まず、天皇の諱や系譜、都の所在地、大臣蘇我蝦夷の名が書かれていますね。

そう、そしてその後に、蝦夷の死と事件について言及されている。入鹿が殺害された後、その父であった蝦夷が家に火を放って自死した、とあるのう。

自分も助からないと思ったんだね。あっ、その後に「此大臣大鬼トナレリ」とある！ 入鹿ではなく、蝦夷が鬼になったんだ。息子を殺され、自死へと追い詰められた蝦夷の怨念だね。

この事件については、『日本書紀』皇極天皇四年にも記述があるから、確認してごらん。

あら、蝦夷が鬼になったという記述はなくって、蘇我氏の滅亡も天命と、暗示するような記述になってる。『日本書紀』を編纂した朝廷が、蘇我氏を滅ぼした側だったから、事件を正当化しているのかしら。

よく知っておるのう。ただ、鬼の記述は、『日本書紀』斉明天皇七年の天皇崩御の項目に、朝倉山の上から鬼が、葬儀を見ていた、とある。鬼が誰であるのかは明示されていないがの。

『愚管抄』では、斉明天皇の時代に人が多く亡くなったのは、蝦夷の霊の仕業、とはっきり書かれているよ。

『日本書紀』では、鬼の出現が記述されるだけじゃが、時代が下がると、それが蝦夷の霊とされ、人々もその言説を信じるようになったんじゃな。『愚管抄』に先行する『簾中抄』や『扶桑略記』にも同様の記述があるから、平安時代末期にはこの言説が広がっていたと知れる。

蘇我氏は、誅伐されるほどの悪事を行っていない、という説もあるみたい。だとすると、誅伐した側はその怨みを恐れ、鬼という存在を生み出してしまったのかも。

怨みを恐れる心が鬼を生み出すのか……。

そういえば、葬儀を眺めていた鬼が、大笠をかぶっていた、というのも興味深いわ。

鬼が着用している笠については、「異界身を象る装い」であり、「不可視の霊物である鬼にとっての笠は、衆人の目によってその存在感が知覚されるかたちに変身する呪具であり、鬼出現に不可欠の装い」という見解が示されておる（小林茂美「帝王の「犯し」――物語の始動・展開の装置

II」『源氏物語の表現機構』おうふう、一九九六）。興味があったら読んでみるとよい。

是非、読んでみることにします。あっ、そういえば、この間『丹生都比売』（梨木香歩、原生林、一九九五）という小説を読んだの。この小説は、天武天皇の子、草壁皇子が主人公なんだけれど、大笠をかぶった鬼が重要なモチーフとして使われていて面白かったわ。

おっそれは、わしも知らなかったな。その鬼はやはり蝦夷なのかのう？

先生、それは自分で調べてみなくっちゃ！

おやおや、今回はお株を奪われたわい。

資料1　『画図百鬼夜行』より「元興寺《がごぜ》」
（鳥山石燕『画図百鬼夜行全画集』角川ソフィア文庫、二〇〇五）

◉見目麗しき鬼、酒呑童子(2)——女の怨念で鬼になる

新潟県に伝わる「童児口説」によると、童児（酒呑童子）があまりに器量が良いので村の娘たちが手紙で思いを伝えようとしたが、見ることもなくつづらに入れて放置しておいたところ、そのつづらから焔があがり、童児の顔には角や金歯が生え、村にはいられなくなり、山へ入ったという。「人の思いは恐ろしもので」と一節があることから、女たちの自分の気持ちを無下にされた怨念のようなものが、童児を鬼の姿に変えたと語られているのである。

稚児に上りし十六さいで
あまり童児が器量よいままに
庄屋むらおさ娘たちァ惚れて
つもる文をばつづらに入れて
なにも見ないで、そのまま置けば
人の思いは恐ろしもので
つづらの中から焔があがり
顔に角はえ金歯が生える
ここに居られず弥彦の山へ

（「童児口説」『日本伝説大系』第三巻、みずうみ書房、一九八二）

第七章

日記文学

平安時代に成立した文学ジャンルである日記文学は、一人の人間の体験にもとづいて、その人生を再構成し、その内面を表出した文学作品であり、男性貴族が、主に公的行事を記録した漢文日記とは一線を画す。事実を基盤とし、時に虚構も加えながら、自己の人生を回想することによって、己の人生の意味を追究したところに日記文学の本質がある。平安時代前期に書かれた紀貫之の『土佐日記』（女性に仮託）が嚆矢《こうし》であるが、以後女性の筆によることが多い。また、私家集の体裁をとっていても、その詞書が長文の場合は日記文学的要素を読み取ることも可能である。

平安時代の代表的な作品は、『土佐日記』以降、藤原道綱母による『蜻蛉《かげろう》日記』、和泉式部の『和泉式部日記』、紫式部の『紫式部日記』、菅原孝標女《たかすえのむすめ》の『更級《さらしな》日記』、源俊賢女《としかたのむすめ》による日記文学的家集『成尋阿闍梨《じょうじんあじゃりの》母集《ははのしゅう》』、藤原顕綱女《あきつなのむすめ》である長子の『讃岐典侍《さぬきのすけ》日記』などがあり、宮廷に仕えた女房によって書かれることが多かった。その傾向は鎌倉時代以降も続き、建礼門院（平徳子）に仕えた右京大夫《うきょうのだいぶ》の日記文学的家集『建礼門院右京大夫集』、建春門院（平滋子《しげこ》）に仕え、中納言と呼ばれた女房による『たまきはる（建春門院中納言日記）』、阿仏尼《あぶつに》による『うたたね』と『十六夜《いざよい》日記』、藤原信実女《のぶざねのむすめ》で、後深草院に仕えた弁内侍《べんのないし》による『弁内侍日記』、藤原永経女《ながつねのむすめ》で、伏見天皇に仕えた中務《なかつかさ》による『中務内侍日記』、源雅忠女《まさただのむすめ》で、後深草院に仕えた二条による『とはずがたり』、日野資名女《すけなのむすめ》で、西園寺公宗《きんむね》の妻名子による『竹むきが記』などがある。しかしながら、南北朝時代に成立した『竹むきが記』以後、後宮の衰退とともに宮廷女流日記文学は姿を消す。一方、男性による日記文学は、数が少ない。平安時代では源通親《みちちか》による高倉院の死去から一周忌までの様子を描いた『高倉院升遐記《たかくらいんしょうかき》』、鎌倉時代では後鳥羽上皇に仕えた源家長《いえなが》による『源家長日記』、飛鳥井雅《あすかいまさ》有《あり》（第一章「和歌」）の『飛鳥井雅有日記』（『無名の記』『嵯峨の通ひ路』『もがみの河路』『都路の別れ』『春の深山路』の総称）などがある。

また、鎌倉時代以降、東海道が整備されるとともに、『海道記』（著者不明）、『東関紀行《とうかんきこう》』（著者不明）などの東海道往還の紀行文も出現した。以降は、歌人・連歌師の紀行文が目立つ。たとえば、室町時代では宗祇《そうぎ》の『白河紀行』『筑紫道記《つくしみちのき》』、道興准后《どうこうじゅごう》の『廻国雑記《かいこくざつき》』、宗長《そうちょう》の『宗長手記』『宗長日記』などである。江戸時代以降は、芭蕉の俳文紀行に受け継がれていく。なお、漢文日記でも日記文学的要素を読み取ることは可能であることも付記しておく。

幡《はた》を捧げた白狐の妖怪

毛むくじゃらの犀《さい》

払子《ほっす》（仏具）の妖怪

『建礼門院右京大夫集』

建礼門院右京大夫の自撰家集。鎌倉時代初期の成立。二巻二冊。諸本により異同はあるが、約三百六十首の和歌が収録される（以下に記す歌番号は九州大学附属図書館所蔵細川文庫本に拠る）。詞書が長文になることが多く、歌集ではあるが日記文学に近いものとなっている。前半（二〇四番歌まで）は平家公達との交流、平資盛や藤原隆信との恋愛などが、後半（二〇五番歌以降）は母を失い、恋人の資盛とも死別した悲嘆などが綴られる。三五八番歌の詞書には、右京大夫が八十歳前後のとき、藤原定家から『新勅撰和歌集』の資料収集のために声を掛けられたことが載り、本作品もそのために編まれたかと言われる。

宮①の②まうのぼらせたまふ御供して帰りたる人々③、物語せしほどに火も消えぬれど、炭櫃《すびつ》の埋《うづ》み火《び》ばかり搔《か》き起こして、同じ心なる筋④《すぢ》四人ばかり、「さまざま心の内ども、⑤かたへは残さず」など言ひしかど、思ひ思ひに下⑥《した》むせぶことは、まほにも言ひやらぬしも、わが心にも知られつつ、あはれにぞ覚えし。

一九三　思ふどち　夜半《よは》の埋み火　かきおこし　闇のうつつに　まとゐをぞする

〈気の合った者同士が夜中、埋み火をかき起こして、夢のような闇の中で親しく語り合っているよ。〉

一九四　誰《たれ》もその　心の底は　数々に　いひはてねども　しるくぞありける

〈誰もその心の奥底で思っていることは、あれこれとすっかり言わないが、（それぞれに悩みがあるの

①中宮徳子。
②帝の御座所へ参上なさる。
③女房たち。
④底本は「すち」。刊本などは「どち」。
⑤「かたへ」は、一部分。全部打ち明けて語り合おうということ。
⑥人知れず心の奥底で思い悩む。

は）はっきりと分かるよ。〉

など思ひ続くるほどに、⑦宮《みや》の亮《すけ》の、「内⑧の御方の番に候ひける」とて入り来て、例のあだごと⑨も、まこと⑩しきことも、さまざまをかしきやうに言ひて、我も人⑪もなのめならず笑ひつつ、はては、恐ろしき物語どもをしておどされしかば、まめやかにみな、汗⑫になりつつ、「今は聞かじ。のちに」と言ひしかど、なほなほ言はれしかば、はては衣《きぬ》を引きかづきて、「聞かじ」とて、寝てのちに心に思ふこと、

一九五　あだごとに　ただいふ人の　物語　それだに心　まどひぬるかな

〈ただ冗談に言う人の話なのに、それでさえ（恐ろしくて）心が乱れてしまったよ。〉

一九六　鬼をげ⑬に　見ぬだにいたく　おそろしきに　後の世をこそ　思ひ知りぬれ

〈鬼を（話に聞くだけで）実際に見ないのでさえひどく恐ろしいのに、（その鬼に責められるという）後の世が（どんなに恐ろしいかが）思い知られるよ。〉

（新編日本古典文学全集。ただし現代語訳は担当者。）

⑦中宮亮《ちゅうぐうのすけ》。平資盛の叔父、重衡《しげひら》。承安二年（一一七二）二月から治承二年（一一七八）十二月まで中宮亮であった。
⑧内裏の宿直をする当番。
⑨冗談。
⑩まじめな話。
⑪重衡。
⑫冷や汗をかいて。
⑬「実《げ》に」は「現《げん》に」の転じたものとされる。「げん（現）にあり。是を見よ」（『宇治拾遺物語』巻二第四話）。

『とはずがたり』

後深草院二条による自伝的作品。鎌倉時代後期の成立。宮内庁書陵部蔵本「御所本」（江戸時代前期の写本）五冊のみ現存するが、その他、古筆断簡もある。作者十四歳の春を迎えた年〔文永八年（一二七一）〕から起筆し、巻一から巻三までは主に御所での生活を、巻四から巻五までは御所追放後、尼姿となって各地を旅した四十九歳〔嘉元四年（一三〇六）〕ごろまでを回想する。『源氏物語』や西行の影響などが見られ、事実と虚構（あるいは記憶違い）を織り交ぜながら作品世界を構築する。

《巻三——二条、後深草院の使いとして有明の月のもとへ》

常に①御使に参らせらるるだにも、日ごろよりも、②心の鬼とかやもせむ方なき心地するに、いまだ③初夜もまだしきほどに、④真言のことにつけて、⑤御不審どもを記し申さるる⑥折紙《をりがみ》を持ちて参りたるに、いつよりも人もなくて、⑦面影霞《おもかげかす》む春の月、おぼろにさし入りたるに、脇息《けふそく》に寄りかかりて、念誦《ねんじゆ》したまふほどなり。

「⑧憂かりし秋の月影は、⑨ただそのままにとこそ、仏にも申したりつれども、かくてもいと堪へがたくおぼゆるは、なほ身に代ふべきにや。⑩同じ世になき身になしたまへとのみ申すも、⑪神も受けぬ禊《みそぎ》なれば、いかがはせむ」と

《巻三——二条、後深草院の使いとして有明……》

①後深草院から「有明の月」への使い。

②良心の呵責。ここでは後深草院の意向により、「有明の月」に近づく後ろめたさをいう。

③初夜の勤行。夜を初・中・後に区分した最初の時間で、およそ午後六時から午後九時までに当たる。

④仏教の教理。

⑤後深草院の疑問。

⑥料紙を横長に二つ折りにしたもの。ここは消息用。

⑦「面影の霞める月ぞ宿りける春や昔の袖の涙に」（『新古今和歌集』一一三六）によるか。

⑧巻二で作者が叔父四条隆顕の手引きで「有明の月」と逢い、つれなく応対した最後の逢瀬を指す。

⑨もうこのまま忘れさせてください。

⑩彼女と同じ世に住まない身にしてください。早く死なせてください。

て、しばし引き留《と》めたまふも、いかに漏るべき憂き名にかと恐ろしながら、⑫見る夢のいまだ結びも果てぬに、「⑬時《じ》なりぬ」とてひしめけば、後ろの障子より出でぬるも、⑭隔つる関の心地して、「⑮後夜《ごや》果つるほど」と、かへすかへす契りたまへども、さのみ憂き節《ふし》のみ留まるべきにしあらねば、また立ち帰りたるにも、「⑯悲しさ残る」とありし夜半よりも、今宵はわが身に残る⑰面影も、袖の涙に残る心地するは、これや逃れぬ契りならむと、⑱我ながら先の世ゆかしき心地して、うち臥したれども、⑲また寝に見ゆる夢もなくて、明け果てぬれば、さてしもあらねば、参りて⑳御前《ぜん》の役《やく》に従ふに、折しも人少《ひとずく》なる御ほどにて、「㉑夜《よ》べは心ありてふるまひたりしを、㉒思ひ知りたまはじな。㉓我《われ》知りがほにばしあるな。㉔包みたまはむも心苦し」など仰せらるるぞ、なかなか言の葉なき。

《巻四——二条、鎌倉に入り、鶴岡八幡宮《つるがおかはちまんぐう》へ》

明くれば鎌倉へ入るに、①極楽寺といふ寺へ参りて見れば、僧のふるまひ都に違《たが》はず。なつかしくおぼえて見つつ、化粧坂《けはひざか》といふ山を越えて鎌倉の方を見れば、東山《ひんがしやま》にて京を見るには引き違へて、階《きざはし》などのやうに重々に、

⑪「恋せじと御手洗川《みたらしがわ》にせし禊《みそぎ》神はうけずもなりにけるかな」(『伊勢物語』六十五段)、「恋せじと御手洗《たらし》川《がわ》にせし禊《みそぎ》神はうけずぞなりにけらしも」(『古今和歌集』五〇一)の歌による。
⑫契りを結ぶことを夢にたとえる。
⑬ご祈禱のお時間です。
⑭障子が二人を隔てる関所のような気がして。
⑮後夜の勤行が終った時分に訪れてほしい。「後夜」はおよそ午前三時から五時までに当たる。
⑯巻二の「うつつとも夢ともいまだわきかねて悲しさ残る秋の夜の月(あなたと逢ったことは、現実とも夢ともまだ区別できかねて、悲しさが残る、秋の夜の月よ)」という「有明の月」の和歌を指す。
⑰「有明の月」の面影。
⑱底本「我なら」。
⑲後朝の別れののちまた寝ること。
⑳「御膳の役」とする説もある。
㉑以下、後深草院の言葉。
㉒「有明の月」はご存じないだろうな。
㉓私が事情を知っているという様子を出してはいけない。「ばし」は強調を表す助詞。
㉔「有明の月」が私に遠慮なさるのも気の毒だ。

《巻四——二条、鎌倉に入り、鶴岡八幡宮へ》
①神奈川県鎌倉市。霊鷲山感応院極楽寺と号し、真言律宗。本尊は釈迦如来。開山は良観房忍性、開基は北条重時。

袋の中に物を入れたるやうに住まひたる、あなものわびしと、やうやう見えて、心留《とど》まりぬべき心地もせず。

②由比《ゆひ》の浜といふ所へ出でて見れば、大きなる鳥居《とりゐ》あり。③若宮《わかみや》の御社《みやしろ》遥《はる》かに見えたまへば、「他の④氏《うぢ》よりは」とかや誓ひたまふなるに、⑤契りありてこそさるべき家にと生《うま》れけめに、いかなる報いならむと思ふほどに、まことや、父の生所《しやうじよ》を祈誓《きせい》申したりし折、「今生《こんじやう》の果報《くわほう》に代《か》ゆる」とうけたまはりしかば、恨み申すにてはなけれども、袖を広げむをも嘆くべからず。また⑥小野小町も衣通姫《そとほりひめ》が流れといへども、⑦簣《あじか》を肘《ひぢ》にかけ、蓑《みの》を腰に巻きても身の果てはありしかども、我ばかり物思ふとや書き置きしなど思ひつづけても、まづ御社《みやしろ》へ参りぬ。

所のさまは⑧男山《をとこやま》の気色《けしき》よりも、海見《み》はるかしたるは、見所《みどころ》ありとも言ひぬべし。大名ども、⑨浄衣《じやうえ》などにはあらで、色々の⑩直垂《ひたたれ》にて参る、出づるも、やう変りたる。

（新編日本古典文学全集）

②由比が浜。鎌倉の海岸。
③鶴岡八幡宮。神奈川県鎌倉市。源氏の氏神。明治三年（一八七〇）の神仏分離までは鶴岡八幡新宮《いまみや》若宮《わかみや》・鶴岡八幡宮寺とも称した。
④他の氏《うぢ》よりは源氏を守ろう、の意。
⑤前世からの因縁があったので八幡神に守護されるべき家に生を受けたのに、の意。作者の父方が村上源氏であることに由来する。
⑥平安時代初期の歌人。六歌仙、三十六歌仙の一人。生没年未詳。仁明、文徳両天皇の後宮に仕えた。『古今和歌集』以下の勅撰集にみえ、家集に『小町集』がある。伝説的美女として謡曲、浄瑠璃、御伽草子などの題材となる。『古今和歌集』仮名序には「小野小町は、古《いにしへ》の衣通姫《そとほりひめ》が流なり」とある。
⑦『玉造小町壮衰書《たまつくりこまちそうすいしよ》』の表現に似る。「簣《あじか》」は竹・葦《あし》・藁《わら》などで編んだかご。
⑧現、京都府八幡市。石清水八幡宮。
⑨神事や祭礼などで着用した清浄な白衣。
⑩武士の平常服。

『建礼門院右京大夫集』は、作者と仲良しの女房たちとのおしゃべりから始まっているわね。

なんか、雰囲気暗くない？

まぁ、そうじゃな。一九三番歌や一九四番歌から、それぞれの心の奥底にある深刻な思いは読み取れるのう。「炭櫃の埋み火」という表現は、心の奥底に隠してある悲しみを示唆しておるのじゃろう。

後半は、平重衡 資料1 という人が登場するんだね。

そうじゃ。鬼丸は重衡を知らんのか？

（あらぬ方向を見ながら）えっ？　もちろん知ってるよ（汗）。

もう！　鬼丸君は何も知らないんだから！　重衡といえば、『平家物語』にも出てくる重要人物よ。平清盛の末っ子で、南都焼討ちの総大将を務めた武将なの！

そうじゃ。作者は建礼門院徳子にお仕えした女房じゃったから、この作品には平家公達との交流がたくさん描かれておる。重衡とは特に親しかったようじゃ。寿永三年（一一八四）二月七日の一ノ谷の戦いで、重衡が源氏方に生捕りにされ、都を引き回された折には、作者はこの時の記事を懐かしく回想しておる。ちなみに彼は、作者の恋人平資盛の叔父じゃな 資料1。

それにしても、重衡ってなーんか、女房たちと親しげじゃない？　女子からの人気……ぐぅ、うらやましい。

（気を取り直して）そうそう、『平家公達草紙』という作品も面白いぞ。鎌倉時代の姫君やその周囲の人々が『建礼門院右京大夫集』や『平家物語』をもとに二次創作をしておるわい。もちろん、平重衡も登場するぞ。

ちなみに『建礼門院右京大夫集』ではこの後も作者と重衡とのやりとりは続くのよ。

よく知っておるのう。この後二人の恋めいた贈答が展開されるんじゃ。そして一九七番歌「濡れそめし袖だにあるをおなじ野の露をばさのみいかが分くべき」は『玉葉和歌集』恋三に、一九八番歌「忘れじの契りたがはぬ世なりせば頼みやせまし君がひとこと」は『新勅撰和歌集』恋三にそれぞれ入集したんじゃよ。本文解題でも触れてあったが、そもそも、この作品は、藤原定家が『新勅撰和歌集』撰進の際に、作者に和歌を求めてきたことがきっかけで作られたんじゃ。実際に入集したのは二首じゃが、その一首が一九八番歌じゃ。ちなみにもう一首は一一二番歌「吹く風も枝にのどけき御代なれば散らぬもみぢの色をこそ見れ」じゃ。

勅撰集に採られるなんて、すごいなあ！　作者は和歌の才能あるんだね。

平家公達との和歌を介した交流がこの作品の魅力の一つね。それにしても、他にも多くの平家の武将が登場するなんて、なんだか『平家物語』の世界そのものね。

そうじゃ。この作品は『平家物語』の資料として読むこともできるのう。重衡についても、『平家物語』諸本と比較してみると面白いはずじゃ。また、この作品は星を詠んだ和歌を載せていることでも有名じゃな。

それも面白そうだけど、僕が今気になっているのは、重衡が語った恐ろしい鬼の話かな。僕も鬼として男をみがかなくっちゃね。

私は、『平家公達草紙』に興味があるわ。平家公達！響きがステキ！

……いずれにせよ、それぞれに興味を持ってもらえて何よりじゃ。『平家物語』については、この後の第八章「軍記物語」で改めて解説する予定じゃ。さて、次は『とはずがたり』の出番じゃな。

この場面は、後深草院が二条と「有明の月」の間を取り持つ役割をしているわね。

そもそも「有明の月」って、誰？

「有明の月」は、後嵯峨院の第六皇子で後深草院の異母弟、性助法親王《しょうじょほっしんのう》と考えられているぞ 資料2。後深草院よりは四歳年下、二条よりは十一歳年上じゃよ。五歳の時、仁和寺に入って十一歳で出家し、後中御室と称された高僧じゃ。

高僧！驚きだなぁ。二条を口説いてるけどいいの？

「有明の月」が登場するのは巻二からで、法華八講の際に二条に近づいて恋心を漏らし、その後執拗に彼女に迫ったりして、愛欲にとらわれた人間として描かれているんじゃ。高僧が愛欲の念にとりつかれた例としては、柿本の僧正（真済《しんぜい》）や志賀寺の聖が有名じゃ。愛欲にとらわれた高僧が物《もの》の怪《け》となる例（第十章「説話」参照）もあることから、今回の場面は、「有明の月」と二条との関係を知った後深草院が、「有明の月」が愛欲によって物の怪とならないように計らったということじゃ。

高僧の愛欲、執念深そう。でも、後深草院は確か、二条と関係を持っていたはず。二人の間には皇子も生まれていたし。このときの後深草院の気持ちはどうだったんだろう？

自分の恋人をほかの男性のもとに行かせるなんて、僕だったら、あり得ないよ。（鬼姫をチラリ）

そうじゃのう。後深草院は二条を幼い時から手元に置いていたということから、二人の関係はあたかも『源氏物語』の光源氏と若紫のようじゃ。だから二条にとって院は恋人のようでもあり、時に兄のような、父親のような存在として描かれておる。だが、今回の相手は高僧じゃからのう。一筋縄ではいかぬわけじゃ。

なんだか、二条がかわいそう。だから、ショックのあまり出家して諸国を旅してしまったのかしら？

よく知っとるのう。今回の件が直接のきっかけではないが、二条は後編の巻四、巻五では、尼姿となって登場し、東は鎌倉、善光寺へ、西は厳島神社、和知、足摺岬まで行ったと書かれておる 資料3 。本当だとしたら、とてつもない行動力じゃ。幼いころに見た「西行が修行の記といふ絵」に憧れたということから「女西行」とも言われておるのう。

へぇー。幅広い面を持つ作品なんだね。興味あるなぁ。でも、ぼくはとりあえず、二条をめぐる後深草院と「有明の月」との関係が気になるよ。

鬼丸君って、恋愛関係が好きよね。私も三角関係は気になるけど、それよりも、諸国遍歴の後編に興味があるわ。尼姿でいきなり登場して、颯爽と各地を旅している姿、女性として憧れるかも。

ほっ、ほっ、ほっ。みな張り切っておるのう。そうじゃ、二条については当時流行した白描《はくびょう》物語絵の『豊明絵《とよのあかりのえ》草《ぞう》子《し》』との関連も指摘されておる。詞書の文体が『とはずがたり』に近似していることから、彼女の作か、あるいはその影響作かとも言われておる。白描画も見てみるとよいのう。

資料1 『平家物語』平氏主要関係系図

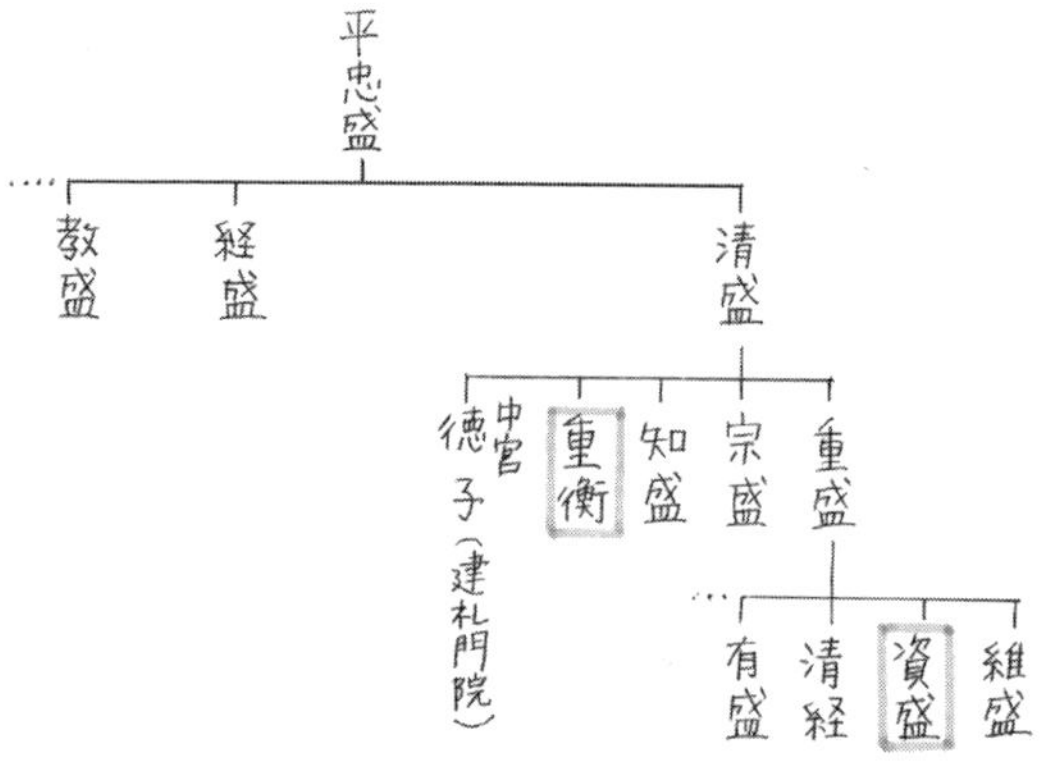

資料2 『とはずがたり』主要関係系図

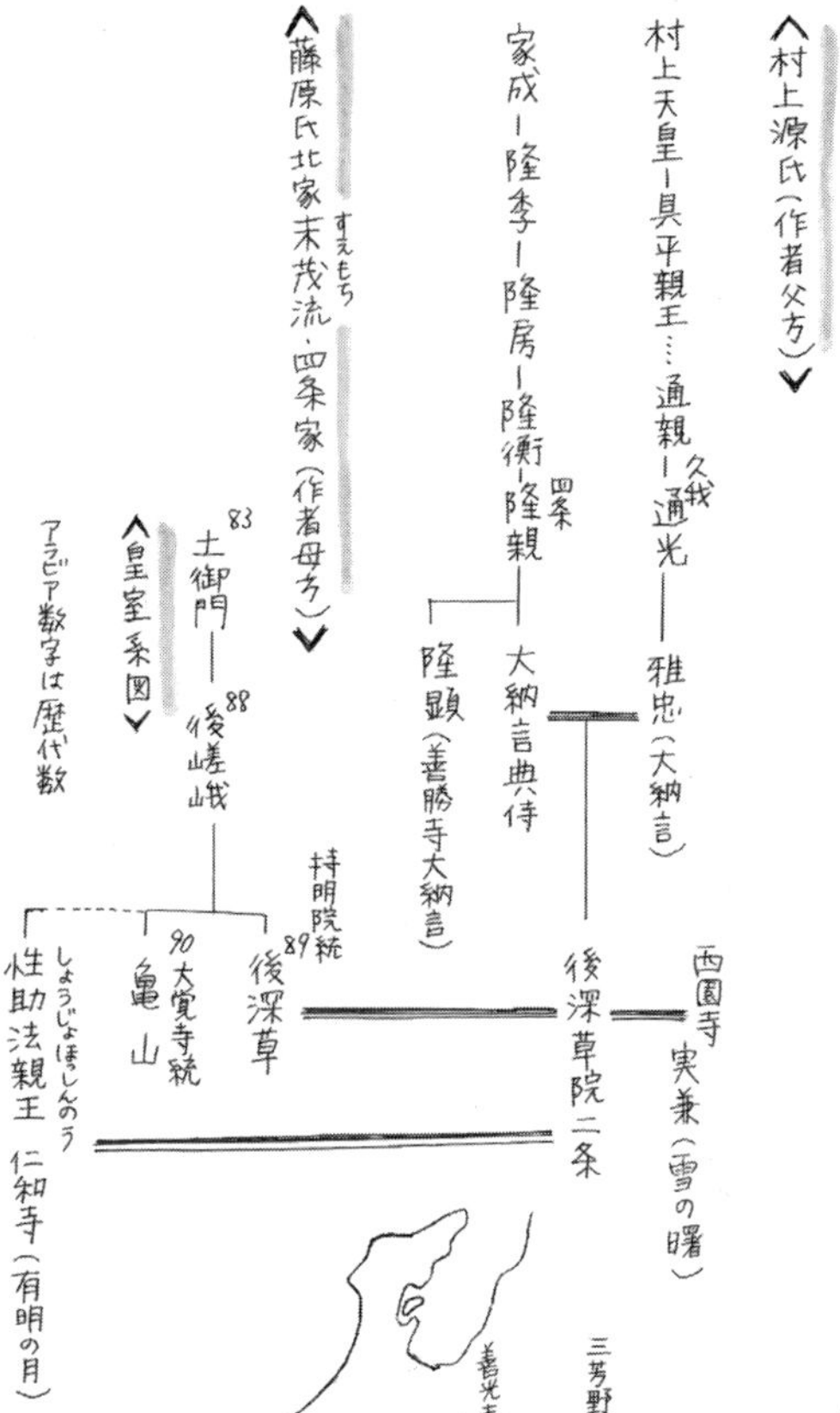

資料3 『とはずがたり』で二条が訪れたとされる場所

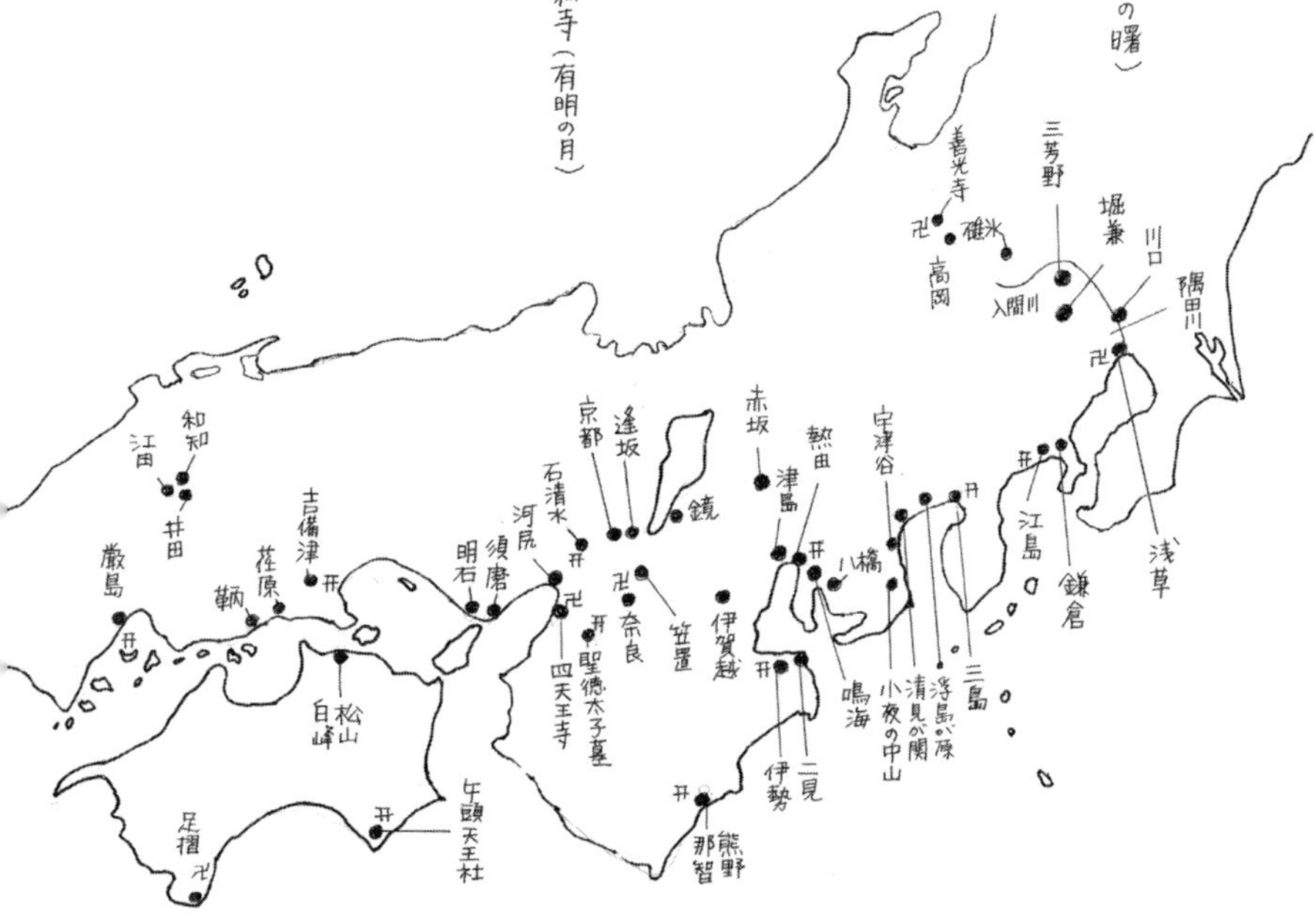

コラム

◉接頭語としての「鬼」

「鬼」という語は名詞に付いて、勇猛な、無慈悲な、巨大な、異形のという意味を表す。また、形容詞の「鬼し」は鬼のように荒々しく残酷であるさまを示す。例えば「鬼玄番《げんば》」（＝佐久間盛政『太閤記《たいこうき》』巻六）のように、戦国軍記の中で「鬼～」の異名をもつ者は枚挙に暇がない。氏名の前に「鬼」を冠して強く勇猛な武将を称えるようになったのは、この頃からであろう。鬼百合はその色合いや形状から異形という意味で用いられていると思われる。オニヤンマは日本最大のトンボであることから大型の意味で用いられていることは明白である。ただ、いわゆる鬼のパンツと呼ばれる、具現化した鬼がよく着用している腰巻きとオニヤンマの腹の部分の色合いが似通っているのは偶然にしろ興味深い。

近年、主に若者の間で程度がかなりはなはだしいことの意で用いられるようになった（『大辞林　第四版』参照）。非常に旨いという意味で「鬼うま」はともかく、非常に可愛いという意味で「鬼かわ」を用いるのは「鬼～」が表す元々の意味を考えてしまうと、どうも憚《はばか》られる。

第八章
軍記物語

軍記物語とは、実在した合戦の経緯、ならびにその合戦に関わる人々の行動と心情、それらを含む社会状況を主題とする、戦乱を題材にした作品である。中世以前では、『古事記』『日本書紀』などの合戦描写に、軍記物語の萌芽が見える。また、平安時代初期には、関東で勃発した合戦とその経緯を記す、『将門記《しょうもんき》』『陸奥話《むつわ》記《き》』が登場する。

中世期には数々の合戦が生起し、その前後の状況を記した作品が数多く制作される。鎌倉時代には、『保元物語』(保元の乱)、『平治物語』(平治の乱)、『平家物語』(寿永の乱)、『承久記』(承久の乱)が成立し、四部《しぶ》合戦状といわれる。この内、『平家物語』は、平家の盛衰を描き、世の無常を強く感じさせる作品であるが、時代に翻弄されながらも懸命に生きる人々の姿が活写され、その心情も丁寧に描かれている。この時期の作品で注

目すべきは、異本が出現し、人物造型・出来事の展開が筆者の理解に応じた記述となることである。

室町時代初期には、南北朝の争いを描いた『太平記』が成立する。『太平記』では、下剋上の気運を反映して、体制の武士とは異なる武装民（「溢《あぶ》れ者《もの》」）の活躍も描かれ、合戦描写に活気を添える。また、筆者が人物や事件について批評を行い、この批評精神は、後世の軍記・軍書に影響を与える。

室町時代中期以降は、動乱の時代を反映して、『明徳記』（明徳の乱）、『応永記』『堺記』（応永の乱）、『永享記』『結城《ゆうき》戦場《いくさば》物語《ものがたり》』（永享の乱）、『嘉吉記』『嘉吉物語』（嘉吉の乱）、『応仁記』（応仁の乱）などの作品が制作される。この時期は、動乱そのものを描いた年代記的傾向の強い作品と、情意的な表現がされる物語的な作品の両方がみえる。また、合戦そのものではなく、個人の私闘が作品化された『曾我物語』『義経記』も成立する（準軍記）。

応仁文明の乱が一応の終結をみせた文明九年（一四七七）から、元和偃武《げんなえんぶ》に至るまでの戦国時代は、全国で各地方に争乱が拡大し、それらの争乱を描いた戦国軍記が成立する。その形態は特定の地域・合戦・個人・家の記述を主な対象とするもの、事実に比較的忠実であるもの、創作を含むものなど様々であり、文《もん》書《じょ》として扱うものとの境も明確ではない。『大内義隆記』『細川両家記』『浅井三代記』『信長記《しんちょうき》』『太閤記』など、書名に主な登場人物の名が用いられる傾向がみえ、作者の関心が時代を動かす「人」に向けられていたことが見て取れる。また、軍記著者の担い手層が変化し、争乱の体験者が定着するのは、この時期からである。

『平家物語』

作者、成立年未詳。前半は平清盛を中心とする平家一門の興亡を、後半は源平の争乱と平家の滅亡の様子を描く。琵琶法師によって語られたことが確認され、各種芸能とも関わる。諸本は多く、読み本系と語り本系に大別される。

巻二・「大納言死去《だいなごんのしきよ》」

さる程《ほど》に①法勝寺《ほつしようじ》の執行俊寛僧都《しゆぎやうしゆんくわんそうづ》、②平判官康頼《へいはうぐわんやすより》、③この少将相具《あひぐ》して、三人④薩摩潟鬼界《さつまがたきかい》が島《しま》へぞながされける。彼島《かのしま》は都を出ではるぐ〳〵と、浪路《なみぢ》をしのいで行く所なり。⑤おぼろけにては舟もかよはず。島にも人まれなり。⑥おのづから人はあれども、此土《このど》の人にも似ず、⑦色黒うして、牛の如《ごと》し。身には頻《しき》りに毛おひつつ、云ふ詞《ことば》も聞き知らず。男は烏帽子《えぼし》もせず、女は髪もさげざりけり。衣装《いしやう》なければ人にも似ず。食する物もなければ、只《ただ》⑧殺生《せつしやう》をのみ先とす。⑨しづが山田を返さねば、米穀のるいもなく、⑩薗《その》の桑をとらざれば、絹帛《けんぱく》のたぐひもなかりけり。島のなかには、たかき山あり。鎮《とこしなへ》に火もゆ。硫黄《いわう》と云ふ物みちみてり。かるがゆゑに硫黄《いわう》が島とも名付《なづ》けたり。⑪いかづち常になりあがり、なりくだり、麓《ふもと》には雨しげし。一日⑫片時《へんし》人の命たえてあるべき様《やう》もなし。（略）

巻二・「大納言死去」

①後白河院近習の僧。法勝寺は、白河天皇の創建で六勝寺随一の寺。執行《しゆぎよう》は寺を総轄する職。
②後白河院の近臣。『宝物集』の作者。
③藤原成経（一一五六～一二〇二）。後白河院寵臣藤原成親の長男。
④薩摩潟は、屋代本等では「薩摩方」とあり、薩摩南方の海域を広く称したものか。鬼界が島は、硫黄島（現鹿児島県三島村）とも、薩南諸島の古称とも。なお、延慶本には「鬼界嶋ハ異名也。惣名ヲハ流黄嶋トソ申ケル」とある。
⑤並大抵では。
⑥たまに。まれに。
⑦古活字本『保元物語』に類似の描写がある。
⑧生き物の命を断つこと。この場合、狩猟や漁労などをさす。

巻三・「足摺《あしずり》」

御使《おんつかひ》は①丹左衛門尉《たんざゑもんのじよう》基康《もとやす》といふ者なり。舟よりあがッて、「是《これ》に都よりながされ給ひし、丹波少将殿《たんばのせうしやうどの》、②法勝寺執行御房《ほつしようじのしゆぎやうごばう》、平判官入道殿《へいはうぐわんにふだうどの》やおはする」と、声々にぞ尋ねける。二人《ににん》の人々は、例の③熊野《くまの》まうでしてなかりけり。俊寛僧都一人《いちにん》のこッたりけるが、是を聞き、「あまりに思へば夢やらん。又④天魔波旬《てんまはじゆん》の、我心《わがこころ》をたぶらかさんとていふやらん。うつつとも覚《おぼ》えぬ物かな」とて、あわてふためき、はしるともなく、倒《たふ》るるともなく、いそぎ御使のまへに走りむかひ、「何事ぞ。是こそ京よりながされたる俊寛よ」と名乗り給へば、⑤雑色《ざつしき》が頸《くび》にかけさせたる⑥文袋《ふぶくろ》より、入道相国の⑦ゆるし文取出《ぶみとりいだ》いて奉る。ひらいてみれば、「⑧重科《ちゆうくわ》は遠流《をんる》に免《めん》ず。はやく帰洛《きらく》の思《おもひ》をなすべし。⑨中宮御産《ごさん》の御祈《おんいのり》によッて、非常の赦《しや》おこなはる。然《しか》る間《あひだ》鬼界が島の流人《るにん》、少将成経、康頼法師、赦免《しやめん》」とばかり書かれて、俊寛と云ふ文字《もじ》はなし。⑩礼紙《らいし》にぞあるらんとて、礼紙をみるにも見えず。奥より端《はし》へよみ、端より奥へ読みけれども、二人《ににん》とばかり書かれて、三人とは書かれず。

さる程に、少将や判官入道も出できたり。少将のとッてよむにも、康頼入道が読みけるにも、二人とばかり書かれて、三人とは書かれざりけり。夢にこそかかる事はあれ、夢かと思ひなさんとすればうつつなり。うつつかと思へば又夢のご

⑨農民が田を耕さないので。「しづ」は身分の低い者。「返す」は田の土を掘り返し、耕すこと。
⑩園に桑を植えて葉を取らないので。養蚕をしないことをいう。
⑪雷。音を伴うことから、大きな恐ろしい音も表す。噴火の轟音を指すか。
⑫わずかの間。「片時」は一時の半分。

巻三・「足摺」
①未詳。『尊卑文脈』に丹波基康の記述があるが、点薬頭。別人か。
②俊寛のこと。底本では見せ消ちにする。
③成経と康頼は、島の中での熊野詣を日課としていた（巻二「康頼祝言」）。
④欲界の第六天の魔王。その名が波旬で、悪者の意。
⑤蔵人所やその他の役所、貴顕の家などに仕えて、雑務を行う者。
⑥文書を入れる袋。伝送に用いた。
⑦赦免状。
⑧重い罪。「Giuqua 重い罪科」（『日葡辞書』）。
⑨懐妊中の中宮徳子の安産を願って大赦が行われた。
⑩書状や文書の上包みの紙。

とし。そのうへ二人の人々のもとへは、都よりことづけ文共いくらもありけれども、俊寛僧都のもとへは、事問ふ文一つもなし。さればわがゆかりの者どもは、都のうちにあとをとどめずなりにけりと、思ひやるにもしのびがたし。「抑《そも〳〵》われら三人は、罪も同じ罪、配所《はいしよ》も一所《ひとつところ》なり。いかなれば赦免の時、二人は召しかへされて、一人ここに残るべき。平家の思ひ忘れかや、⑪執筆《しゆひつ》のあやまりか。こはいかにしつる事共ぞや」と、天にあふぎ地に臥《ふ》して、泣きかなしめどもかひぞなき。少将の袂《たもと》にすがッて、「俊寛がかくなるといふも、御へんの父、⑫故大納言殿、よしなき謀叛《むほん》ゆゑなり。さればよその事とおぼすべからず。ゆるされなければ、都までこそかなはず⑬共《とも》、此舟《このふね》に乗せて、⑭九国《くこく》の地へつけて給《た》べ。おの〳〵の是におはしつる程《ほど》こそ、春はつばくらめ、秋は⑮田のもの鴈《かり》の音づるる様《やう》に、おのづから古郷《こきやう》の事をも伝へ聞いつれ。今より後、何としてかは聞くべき」とて、もだえこがれ給ひけり。（中略）

既に船出《いだ》すべしとて、ひしめきあへば、僧都乗ッてはおりつ、おりては乗ッつ、⑯あらまし事をぞし給ひける。少将の形見《かたみ》には、よるの⑰衾《ふすま》、康頼入道が形見には、一部の法華経《ほけきやう》をぞとどめける。⑱ともづなといておし出《いだ》せば、僧都《そうづ》綱に取りつき、腰になり脇になり、たけの立つまではひかれて出づ。たけも及ばずなりければ、

⑪筆を取って記録する者。書記役。
⑫藤原成親。諸本「故大納言殿の」とある。
⑬底本に「と云共」とあり「と云」を見せ消ちにする。
⑭九州。
⑮「我かたによるとなくなるみよしのゝたのむの雁をいつかわすれむ」（『伊勢物語』十段）を踏まえる。底本「田のむ」の「む」を見せ消ちにし、「も」とする。
⑯こうあればいいと思う事柄。舟に乗り、帰京することを切望する動作。
⑰寝具。
⑱船尾（艫）に取り付けた綱。岸に船を繋ぎとめる。

舟に取りつき、「さていかにおの〳〵、俊寛をば⑲遂に捨てはて給ふか。是程とこそ思はざりつれ。日比《ひごろ》の情《なさけ》も今は何ならず。ただ理《り》をまげて乗せ給へ。せめては九国の地まで」とくどかれけれども、都の御使、「いかにもかなひ候まじ」とて、取りつき給へる手を引きのけて、舟をばつひに漕《こ》ぎ出《いだ》す。僧都せん方なさに、渚《なぎさ》にあがり倒《たふ》れふし、をさなき者の、めのとや母なンどをしたふやうに、⑳足ずりをして、「是《これ》乗せてゆけ、具《ぐ》してゆけ」と、をめきさけべども、漕ぎ行く舟の習《ならひ》にて、㉑跡は白浪《しらなみ》ばかりなり。いまだ遠からぬ舟なれども、涙に暮れて見えざりければ、僧都たかき所に走りあがり、沖《おき》の方をぞまねきける。㉒彼松浦《かのまつら》さよ姫《ひめ》が、もろこし舟をしたひつつ、ひれふりけんも、是には過ぎじとぞみえし。舟も漕ぎかくれ、日も暮るれども、あやしのふしどへも帰らず、浪《なみ》に足うちあらはせて、露にしをれて其夜はそこにぞあかされける。さりとも少将は、情ふかき人なれば、よき様《やう》に申す事もあらんずらんと、憑《たのみ》をかけ、その瀬に身をも投げざりける、心の程こそはかなけれ。㉓昔壮里《さうり》、息里《そくり》が、海岳山《かいがくざん》へはなたれけんかなしみも、今こそ思ひ知られけれ。

（新編日本古典文学全集）

⑲「遂に」「捨てはて」と決定的な表現をしている。「果つ」は補助動詞で、すっかり～してしまうの意。

⑳足をばたばたさせること。地団駄を踏む。焦燥感、絶望を表す動作。また、倒れた状態で泣きながら、足をこすり合わせる動作（『日葡辞書』）という説もある。

㉑「世中を何にたとへむ朝ぼらけ漕ぎ行く舟の跡の白波」（『拾遺和歌集』一三二七）を踏まえる。

㉒大伴佐提比古が任那に遣わされた時、妻が山上から領巾を振り、別れを惜しみ見送ったという言説。『万葉集』八七一、『肥前風土記』に見え、『古今著聞集』巻五第一八〇話、『十訓抄』中巻第六ノ二十二にも収録される。

㉓早離・速離。継母の為に絶海の孤島に捨てられた、南天竺の兄弟。『観世音菩薩往生浄土本縁経』に見える話題。『宝物集』にも収録。

「祇園精舎の鐘の声、諸行無常の響きあり〜。」

先生、『平家物語』の冒頭部ね。『平家物語』は、栄華を誇った平家が合戦に破れ、滅びゆく様子を描いた作品よね。

そうじゃな。今回は、『平家物語』を読んでいこうかのう。

『平家物語』って、軍記物語だよね。この分野の作品は、中世にたくさん作られたようだけど、なんでかな？

中世が戦乱の世であったことは、知っておるの？　朝まであった命が、夕《ゆう》べには失われる、そんな無常の世であることを、当時の人は強く感じていたんじゃ。そこで戦乱の顛末を記録し、人々の功名を後世に伝えようとした。また、戦いに破れ、落命した人の魂を悼み、慰める行為も必要じゃった。つまり、鎮魂の語りじゃな。

そうか。軍記物語を読むと、中世の人々の生き様や、当時の人がそれをどんな風に捉えていたかを知ることができるんだね。

戦乱の多かった中世ならではの作品ね。

本文を見てみると……あれ？　挙げられている部分には、栄華を誇る平家の様子も、合戦の場面もない。それに、鬼も出てこないような……。

本当！　鬼はどこに出てくるのかしら？

本文は、鹿ケ谷の謀議の顛末を記した部分じゃ。軍記物語には、血なまぐさい戦争の場面だけでなく、様々な人生の喜怒哀楽についても描かれておる。こういう部分を読むと、軍記物語が「物語」であって、単なる「合戦記」ではないことがわかるのう。さて、二人とも、鹿ケ谷の謀議は知っておるかの？

謀議ということは、誰かが何かを企んでいたってことかしら？

そう、栄華を誇る平家に対しては、反感を抱く人もいた。その内の一人が後白河法皇じゃ。そして、法皇に仕えていた院近臣は鹿ケ谷に集まり、打倒平家を計画した（巻一「鹿谷」）。そして、謀議が露見し、俊寛、平康頼、藤原成経は流罪となる。これが本文の「大納言死去」冒頭部じゃ。本文をよく見てごらん。鬼がどこかに潜んでおるぞ。

うーん。わからないなぁ。あっ、もしかして、先生、「鬼界が島」？

そうそう、よく気が付いたのう。三人が流される先が「鬼界が島」じゃ。

鬼が住んでいるような、怖ーい所ってことなのかしら？　えっ……、住民の姿が毛むくじゃらって書かれてる！（私はこんなに可愛いのに酷い！）

当時の鬼のイメージなんだろうけど、僕も毛むくじゃらは嫌だなぁ。

まぁまぁ、二人とも。鬼が棲む島については『保元物語』「為朝鬼が島に渡る事」にも記述があるから、読んでみるとよい（……ここにも「身には毛ひしとおひて、色くろく牛のごとくなる」とあるがの）。『保元物語』では、住民たちが自らを「鬼の子孫」と名のっているのも興味深い。昔の威勢を引き合いに出して、現状を嘆いたりしておる。

その部分を読むと、ご先祖様のことを知ることができそうね！

また、御伽草子の『一寸法師』や『御曹司島渡《おんぞうししまわたり》』にも、不思議な島の記述がある 資料1。『平家物語』の「鬼界が島」は、現在の硫黄島と比定されているが 資料2、『一寸法師』などでは、異界にワープした雰囲気で描かれているんじゃ。鬼が棲む島が、現実のものなのか、想像の世界のものなのか、その狭間に存在しているのか……不思議な島が出てくる他の作品も、異界を旅行する気分で読んでみると面白いじゃろう。

へーっ、異界旅行かぁ。面白そう！　どんな島があるのか、読んでみよう。

そういえば、流罪になった人は、島ではどんな生活をしていたのかしら。

ここには載っとらんが、「康頼祝言」「卒塔婆流」という章段に、島での三人の生活が書かれている。成経と康頼は、熊野権現への信仰があったので、熊野に似た地形を見出して、そこへの参詣を日課としていたんじゃ。

もう一人の俊寛さんは？

俊寛は、そんなことをしても仕方がない、と参加しなかった。

僕も島流しなんかにあったら、俊寛みたいに思うかも。ふて寝をしたりしてさ。

でもな、熊野参りをした二人には、神からの夢告《むこく》があったり、歌を書きつけて流した卒塔婆が、家族のもとに届くなどの霊験があったんじゃよ。

熊野の神さまってすごい！　でも、そうなるとお参りしなかった俊寛さんが心配だわ。

その後についてかいつまんで話すと、高倉天皇の中宮徳子（清盛の娘）懐妊の記事が続き、中宮を害する物の怪等が心配されて、恩赦が行われることになる。

もう！　悪い事はすぐに、鬼や物の怪のせいになるのね。でも、恩赦ってことは、鬼界が島の三人も許されるのかしら。

そうじゃな。鬼界が島の流人たちにも恩赦が行われた（「赦文」）。

じゃあ、お参りをしなかった俊寛は得をしたね。労力なくして助かるなんてさ。

さて、そううまくいくかな。「足摺」を読んでみよう。

おっ、二人が例の熊野詣をして留守だから、俊寛が一人で赦免船の役人に対応しているぞ。最初に朗報を聞くことが出来たんだね。

……えっ、でも、赦文に俊寛さんの名前がないわ！

そうなんじゃ。赦文には、成経・康頼の名前しか載っていなかった。

熊野権現にお参りしなかったのが良くなかったのよ！

ふて寝はダメだったんだ！

こりゃこりゃ、二人とも、落ち着いて。熊野権現の霊験ということもあろうが、何故、俊寛の名前がなかったのかについては、「赦文」の章段を読んで確認しなさい。清盛が俊寛を許さなかった事情が書かれておるからの。その後には、俊寛が「何故、自分だけが許されないのか。」と悶え苦しみ、船に乗せるよう訴え、中略した部分には、それを成経が言葉をつくして宥める、という場面が続く。さ、船出の場面を声に出して読んでみよう。

(音読)

一人、鬼界が島へ取り残されんとする俊寛さんの姿が、鬼気迫る様子で描かれていて、哀切な叫びに、胸が引き裂かれるよう。

本当。嗚呼、舟にのせておくれよ。一緒に連れて帰っておくれよ。

おやおや、二人とも、すっかり、俊寛に感情移入してしまっているの。

だって、船が出ようとする時の「僧都乗ツてはおりつ、おりては乗ツつ、あらまし事をぞし給ひける」という部分なんて、船になんとしてでも乗ろうとする情景が、目に浮かぶようだもの(涙)。

そうじゃのう。『平家物語』は、琵琶法師によって語られることもあった。多くの諸本があるが、語り本系の本文は、リズム感がよく、琵琶法師の息遣いが感じられるようじゃな。

ああ、それで、音読してみると、より胸に迫って感じられるんだ。

先生、読み本系の本文にも、この部分の記述はあるの？

それも調べてみなさい。それぞれ

の諸本によって、本文に相異があると気付くじゃろう。例えば、延慶本では、赦免船を最初に目にするのは、成経と康頼となっておる。こうなると、印象はまた変ってくるのう。

『平家物語』は、沢山の諸本があるから大変そうだけど、二人で調べてみましょうよ。

同じ物語でも、記述が違っているなんて、一つで二度おいしい感じかなぁ。

二度美味しいとは、面白いことをいう。後世、この話題は、能（『俊寛』）や浄瑠璃（『平家女護島』）、歌舞伎（同）でも取り上げられたんじゃよ。それぞれの作品でどのように描かれているのかについても調べてごらん。そうそう、現代でも『源平六花撰』（奥山景布子、文藝春秋、二〇〇九）という小説に鬼界ヶ島流刑を素材にした「啼く声に」という短編が収録されておる。現代版の『平家物語』もあれこれ調べてみるとよいぞよ。二度どころか、何度も美味しい作品じゃ。

ふぅ、先生の「調べてごらん」が、また出たね。

私は能や歌舞伎など、演劇の世界で、どのように描かれているのかに興味があるわ。ささ、課題が多くて、早く始めないと中々終わらないわよ。

僕はこの部分だけでなく、平家の栄華や合戦の場面も読んでみたいなぁ。人々がどんな風に戦い、どんな思いを抱いていたのか、琵琶法師は語っているはずだもの。

人々の生き様が、その滅びゆく姿とともに描かれた『平家物語』、二人とも興味をもったみたいじゃな。ふむ、よしよし。……まだ余裕があるようじゃから、本文は挙がっとらんが、『太平記』の事例について、おまけで話しておこうかの。日本古典文学大系が収録する『太平記』巻十六「日本朝敵ノ事」には、藤原千方《ちかた》という人物が、「金鬼《キンキ》・風鬼・水鬼・隠形鬼《オンギヨウキ》」という鬼を使って、朝廷に抵抗したとある。それらの鬼について、「金鬼ハ其《ソノ》身堅固ニシテ、矢ヲ射ルニ立《タタ》ズ。風鬼ハ大風ヲ吹《フカ》セテ、敵城ヲ吹《フキ》破ル。水鬼ハ洪水ヲ流シテ、敵ヲ陸地《ロクチ》ニ溺《デキ》ス。隠形鬼ハ其《ソノ》形ヲ隠《カク》シテ、俄《ニハカニ》敵ヲ拉《トリヒシク》。」と説明しておるんじゃが、さて、このあとはどう書いとるか、調べてみるとよいぞよ。

おっ、こっちも面白そう！

ほんと！ 鬼丸君、『平家物語』以外の軍記物語もあれこれ読んでみましょうよ。

うん！

資料1　『御曹司島渡』（模写）

資料2　推定される鬼界が島の位置

◉『伊勢物語』の鬼

毒見役のことを「鬼」や「鬼役」または「鬼食い」などと呼ぶ。宮中で元旦に供御《くご》に奉る屠蘇を試食する薬子が鬼の間から出てきたことに基づいているとされるが、一説に『伊勢物語』第六段に由来すると言われている。高校の教科書などには、よく「芥川」という題で採られている話である。主人公の男が長く思い続けていた高貴な女をやっとのことで盗み出す。逃避行の末に、夜が更けて雷雨を避けるために滞在した荒れた蔵で女は鬼に一口で食われてしまう。女を守るために夜通し弓や胡簶《やなぐい》を背負って戸口に座っていた男は女がいなくなったのに気付き、地団駄を踏んで悔やみ、嘆きながら、歌を詠む。毒見役は貴人の食物を一口試食することから、この話の「鬼はや一口に食ひてけり」に由来するとも言われている。また、「鬼一口」が鬼が人を一口に食うこと、また、そのような危機にあうことを意味するようになったのもこのエピソードからきている。

『太平記』巻二十三では、大森彦七盛長が、十七、八歳の美しい女に、山の細道で出会う場面でその女が薄物の衣の重さにも耐えられそうもないほどのか弱い容姿だったので、盛長が背負って行くことになるのだが、その場面で、「白玉か何ぞと」という歌の部分を引用し、『伊勢物語』が想起されることが語られる。ここでは、何とこの女自身が長八尺ばかりの鬼となる。『太平記』巻十二では雷鳴で「在原業平が弓・棚（やなぐい）」を連想しており、ここでも『伊勢物語』の第六段を引用している。

第九章
中世王朝物語

中世において王朝物語の系譜に連なる物語は、公家の手で数多く作られた。鎌倉時代初期の成立とされる『無名草子《むみょうぞうし》』の物語評論（第十二章「評論」参照）や、文永八年（一二七一）に大宮院姞子《きっし》の命によって撰進された物語歌集『風葉和歌集《ふうようわかしゅう》』（全二十巻、末尾二巻を欠く）の編纂などからも、鎌倉時代以降もなお、物語への高い関心があったといえる。しかしながら、当時存在していたであろう物語の多くは現存しない（散逸《さんいつ》物語）。たとえば前掲の『無名草子』では院政期の成立と考えられる十四、五編の物語について言及しているが、現存するものは三編であるし、『風葉和歌集』では当時存在したと考えられる二百余の物語から約千四百余首の歌が採られているが、そのうち現存する物語は二十四編である。

「中世王朝物語」は「擬古物語」、「鎌倉時代物語」とも言われる。中世から近世に成立した物語は従来「擬古物語」という、『源氏物語』の影響下にある作品群としていささか否定的なニュアンスで呼ばれていた。しかし『鎌倉時代物語集成』全七巻・別巻（笠間書院、一九八八～一九九四、二〇〇一）や『中世王朝物語全集』全二十二巻・別巻（笠間書院、一九九五～続刊）の刊行に伴い、「鎌倉時代物語」「中世王朝物語」の呼称が広く採用されるようになった。

各作品の成立時期を確定することは困難ではあるものの、おおよその時期については大槻修氏が『中世王朝物語を学ぶ人のために』第一章「中世王朝物語」の世界（世界思想社、一九九七）の中で、次のように前期（『無名草子』成立後、『風葉和歌集』成立以前）と後期（『風葉和歌集』成立以後）とに分類した。それを参考に、代表的な作品を列挙すると次のようになる。

前期：『浅茅《あさじ》が露』『有明の別れ』『石清水物語』『いはでしのぶ』『今とりかへばや』『風につれなき』『苔の衣』『雫ににごる』『住吉物語（改作）』『松浦宮物語』『むぐら』『我が身にたどる姫君』

後期：『あきぎり』『海人《あま》の苅藻《かるも》（改作）』『風に紅葉《もみじ》』『木幡《こはた》の時雨《しぐれ》』『恋路ゆかしき大将』『小夜衣』『しのびね（改作）』『しら露』『兵部卿《ひょうぶきょう》物語』『松陰《まつかげ》中納言』『八重葎《むぐら》』『別本八重葎』『山路の露』『夢の通ひ路物語』『夜の寝覚（改作）』

「中世王朝物語」では、先行する物語の詞章をそのまま、あるいは多少の改変を加えて文章を構成する態度である「物語取り」や、改作、改変の現象が見られる。また、男装・女装・仮死・蘇生・転生など数多くの題材が盛り込まれており、そこには新たな趣向を開拓しようとした各作者の意気込みも感じ取ることができる。作品ごとに性格は異なるため様々なアプローチが今後も期待される分野である。

白龍の妖怪

着物を着た狐の妖怪

『松浦宮物語』

三巻。鎌倉時代前期の成立。藤原俊成卿女《しゅんぜいきょうのむすめ》（一一七一？〜一二五二）の作とされる『無名草子』には「定家の少将の作りたる」とあり、藤原定家の少将時代（一一八九〜一二〇二）の作と伝える。主人公は弁の少将橘氏忠で、遣唐副使として渡唐して現地で活躍し、帰国する話。神奈備皇女《かんなびのみこ》・華陽公主《かようこうしゅ》・鄧《とう》皇后との恋も描かれる。『無名草子』に「『うつほ』など見る心地して」とあったように、主人公が一人子であることや、七歳で帝にその才能を認められた点などでは『うつほ物語』と、渡唐して活躍する点については『浜松中納言物語』とそれぞれ似ている。

《巻二——鄧皇后、氏忠の戦功に感謝》

月はなやかにさし出でてをかしきほどに、后も、少し気近くおはしますほどに、「（后）さても（中略）はからざる①一人の力によりて、身の上の恥をのがれ、我が②宗廟《そうべう》・③社稷《しやしょく》をふたたび興《おこ》し継ぎつること、言葉に述べ、筆に書き尽くすべき恩の深さにあらず。代々《よよ》の行ひ来たる古き跡に従はば、時のまつりごとを授け、国の半ばを分かつとも、なほこの④面《おもて》深きに報ひがたし。今この時に当たりて、恩を報ひ、賞を行はぬ跡を残す、人のあやしび疑ふべきところなるは。まづ、国のならひ、⑤かばかりの際《きは》ならぬ賤しき位をだに授けつる後《のち》、もとの国に帰り、わが朝《てう》を去るためしなし。かつは、恩を知り、跡に従はば、

《巻二——鄧皇后、氏忠の……》

①氏忠。

②祖先の霊を祀った宮殿。転じて国家。

③古代中国において国家で崇拝した土地の神と五穀の神。転じて国家。

④後光厳院宸筆本は「このおもて」。あなたの厚情、思いやりの意。伏見院本では「これをもて」。これでもって、と解する説もある。

⑤竜武《りょうぶ》大将軍。「竜武軍」の大将軍。左右があった。

たとひその心ざしに背くとも、惜しみとどむる言葉を尽くして、ひとへに慕ひ思ふべきを、ことわりなり。しかあるを、その身におきては、先帝も鑑《かが》み知り給へりき。⑥おろかなる心にも、思ふところあり。必ず本国に帰る願ひ深くして、これを妨《さまた》げば、恩を知る本意に背くべし。また、その身に⑦冥《みやう》の助けありて、目の前にあらはれたる鬼神《おにがみ》の力立ち添ひて、ただ人のならひにことなるは、⑧国つ神の、従ひ守り、待ち迎へ給ふ心の深きによるゆゑなり。（後略）」とのたまはするままに⑨、⑩御涙のほろほろとこぼれぬる御かたち・けはひの、らうたく清らなるさま、春の花の、雨に濡れたらんよりも、⑪梅が香を匂ひ、柳が枝に咲きてだに、なほ飽かずうつくしげなるを、いと気近う見奉るに、さらにたぐひだになし。

《巻二――氏忠、簫《しよう》の女性と契る》

夕べの空に眺めわびて、何となくあくがれ出でぬ。いたく高きにはあらぬ、山がかれる里の、梅の匂ひ、ほかよりもをかしきあたりを分け入れば、松風遥かに聞こえて、山の端《は》出づる月の光、暮れ果つるままに、浮き雲残らず空晴れて、冴えゆく夜のさまに、もののあはれまさりて、遥かなる林の奥を尋ね行けば、我が国に篳篥《ひちりき》とかや、なつかしき声としも思ひ馴らはざりし物にや、所からは似る物なく聞こゆ。この国には簫とぞいふ。

⑥愚鈍な私（母后）の心。
⑦人知を超えた神仏の働き。
⑧日本の神。ここでは住吉の神。
⑨するとすぐに。
⑩『白氏文集』巻十二「長恨歌」の「玉容寂寞《ぎよくようせきばく》として、涙闌干《らんかん》たり、梨花一枝《りかいつし》、春、雨を帯ぶ」による。海上の仙山を訪れた道士の目に映じた死後の楊貴妃の形容。ここでは母后の落涙する様子が楊貴妃に似、梨の花が雨にぬれそぼつ以上だと述べている。「春の花」は梨の花。
⑪『後拾遺和歌集』八二「梅が香を桜の花ににほはせて柳が枝に咲かせてしがな」を踏まえる。「春の花」はここでは「桜の花」。

梨の花

《巻二――氏忠、簫の女性と契る》

篳篥

むべこそ、①昔の女皇子《みこ》の、これを吹きて仙に昇り給ひにけれと、あはれに涙とどめがたし。②先帝《せんだい》の御忌みとて、③糸竹《いとたけ》、声をやめたる頃ほひ、山里なればにや。いかなる人の住みかならんと見れば、はかなげなる松の戸に、うるはしき装《よそ》ひなる女ぞ、ただ一人立てる。扇をさし隠して、顔も定かに見えず。（弁）「いかなる人の、かうては立ち給へるぞ」と問へど、いらふる言葉もなし。

やうやう奥さまへ歩み入れば、その後ろに窺《うかが》ひ寄りて見れば、かすかに屋数《やかず》少なき家のほどよりは、高く賤《いや》しげならぬ、所は荒れたれど、柱の色など古りず清げなるに、④宮の内にだにやつされたる簾《す》の色、青やかに⑤掲焉《けちえん》に見えて、梅の花隙《ひま》なき内に、⑥この声は聞こゆるなりけり。

かの女につきて、階《はし》を少し上りて聞けば、人のけはひもせず、いみじう静かなり。⑦やをら簾《すだれ》の隙《ひま》より見るに、やはひ、女なるべし、そこはかとなく匂ひ出づる香りの、なつかしう身にしむこと、国のならひにや、また、かかる人もありけりと驚かるれば、まづ所のさまもゆかしうて、⑧右につきてまはり見れど、すべて人のけはひもせず、⑨見る人を、あやしと問ふこともなし。また、⑩内へ入れれど、言語《こと》らふべきけはひも見えず。

やうやう更けゆく空、⑪物の音《ね》澄みまさりて、言ふよしなき梅の匂ひに、立ち出づべき心地もせねば、やをらすべり入れど、驚く気色もなし。奥深ければ、さやかにも見えず。

①秦の穆公《ぼくこう》の皇女弄玉《ろうぎょく》のこと。簫の名手簫史と結婚して、ともに簫を吹いたが、それを聞き愛でた鳳凰が二人を連れて飛び去ったという。その故事は、『列仙伝』、『芸文類聚』巻七十八霊異部上仙道、同巻四十四楽部四簫、『蒙求』の「簫史鳳台」、『唐物語』第十一話などに見える。
②先帝の喪中。諒闇《りょうあん》（帝が父母の喪に服する一年間）。
③琴（糸）や笛（竹）など和楽器の総称。
④宮中でさえ先帝の喪中で質素にしている簾の色。
⑤はっきりきわだっている。目立っている。あざやかである。
⑥簫の音。
⑦そっと。静かに。
⑧建物の右に沿ってまわって見るが。
⑨見ている弁。

⑫恐ろしうさへおぼゆれど、身にしむ匂ひをしるべにて近う寄れど、見入るるさまにもあらず。声を尋ねて、月に誘はれつるよしを言へど、いらふることなし。いとどしき匂ひのなつかしさに、袖を引き動かし、手を取れど、驚きあやしむ気色もなし。気近きにいとど心は乱れて、やをら掻き寄すれば、いとなつかしきけはひにてうち靡きぬ。⑬時の間《ま》に思ひ惑はるる心のうちは、⑭ありしよりけに、せん方もおぼえず。

⑮かれは、ただ、空行く月の心地して、この世のこととだにおぼえざりしを、⑯これは、⑰世を知らぬにもあらず、もの馴れ、気近きけはひの、なつかしうらうたげなること、またたとへて言はん方もなし。時の間《ま》の隔ても悲しかりぬべく思ひ惑はるるに、いくらの言葉を尽くせど、いらふることもなし。ただ涙ばかりぞ、かたみに堰きあへぬ。

⑱千夜《ちよ》を一夜《ひとよ》にだにせんすべきなき心地に、鳥の声も聞こゆれど、かたみに動く気色もなし。起きて行くべき方もおぼえねば、かうて世は尽くしつべきに、⑲門《かど》に立てりし人ぞ、いといたく⑳声《こわ》作るなる。女も、いみじう思ひ乱れたるにや、そそのかす気色もなし。ただ涙にくれて、言ひ出づる言葉もなし。

㉑この女、寄り来て、「明かくなりぬべし。昼は、いと便なき所に」など、いたう急がせば、㉒おのが衣《きぬ》々、生ける心地もせず。身には心も添はで押し出ださるるほど、言ふはおろかなり。深くあはれと思へる気色は色に出づれど、さらに言ふこともなし。

⑩弁が中へ入っても、簫を吹く女は言葉をかける様子も見えない。
⑪簫の音。
⑫変化《へんげ》の物ではないかと、恐ろしい気持ちにまでなるが。
⑬ほんの少しの間。
⑭華陽公主との恋。
⑮華陽公主。
⑯この女。
⑰男女の仲。
⑱「秋の夜の千夜を一夜になずらへて八千夜し寝ばやあく時のあらむ」、「秋の夜の千夜を一夜になせりとも言葉残りて鳥や鳴きなむ」（『伊勢物語』二十二段）による。
⑲門の所に立っていた女。
⑳（相手の注意を促すために）声や咳《せき》で合図をする。
㉑⑲に同じ。
㉒男女が共寝《ともね》した翌朝、それぞれに衣を着ること。また、共寝した男女の朝の別れ。「後朝《きぬぎぬ》」の語源。

㉓⑲に同じ。
㉔左右近衛府の舎人で、上皇・法皇、摂政・関白をはじめ、近衛府の大将・中将・少将や、衛府・兵衛の長官や次官などに付き従い、その警護をする者。

随身

㉕政務。
㉖おそばにいる母后のご様子。
㉗簾の女の、言いようもなくすばらしかった、手にふれた感触や体つき。
㉘新帝の前にいることを忘れて。

[23]この人にも、返す返す契り置きて出づるも、空を歩む心地して、なほいみじうあやしければ、身離れず使ひ馴らす[24]随身をとどめて、(弁)「このわたりにて、もしこれより出づる人あらば、必ず行き着かん所見よ」と言ひて、とどめ置きて、明かくならば、はしたなかるべければ、急ぎ帰りぬ。

いたうほども経ず、この男《をのこ》帰り来たり。「もし出で給ふ人やあるとまもり侍りつれど、さらに人影も侍らず。内の方に、音する人も侍らざりつれば、あやしさに入りて見侍るに、さらに人の形といふものも侍らず。遥かなる下屋《しもや》に、頭《かしら》白き女の一人侍りつるに、『ここは、いかなる人か通ひ給ふ』と問ひ侍りつれば、『ここは、人の住み給ふ所にもあらず。おのづから旅人などの宿り給ふ時もありと聞けど、出でて見ることもせず』となん申す」と聞こゆ。あやしともあまりあれば、かくて籠もり居たるべきにもあらねば、装束《さうぞく》など急ぎして参りぬ。

[25]まつりごとは果てにけり。例の、帝の御前に召しあれば、参る。見奉り馴るるままに、[26]気近き御けはひの、たぐひなくうつくしきはさるものにて、[27]言ふよしなかりつる手当たり、人のほど、あやしきまで思ひよそへらるるは、わざとものを思はせんとする鬼神などの謀《はか》りつるにやと、心に離れぬままには、[28]うち忘れて、目離《か》れずぞまもられ給ふ。

（中世王朝物語全集）

まず《巻二──鄧皇后、氏忠の戦功に感謝》について少し補足しておこう。ここでは主人公の橘氏忠を「弁」、鄧皇后を「母后」と呼ぶことにしよう 資料1。弁は遣唐副使として唐に渡り、皇帝の寵愛を受けるが、残念なことにその翌年皇帝は亡くなってしまう。その後、皇子が即位するのじゃが、皇帝の弟燕王《えんおう》が帝位を狙って挙兵し、新帝や母后らは蜀山《しょくざん》に逃げてゆく。弁は先帝から新帝のことを託されていたから、新帝を助けることにするんじゃ。

ふーん。でも弁はどうやって新帝を助けたの？

ふむ。蜀山に行く途中、追いかけてきた燕王の軍勢を滅ぼしたんじゃ。

えーっ、かっこいいなぁ。弁は強かったんだね！

いやいや。なんと彼の分身が九人も出現して敵の大将軍宇文会《うぶんかい》らを倒したんじゃよ。

非現実的な設定ね。

そうじゃな。どうやら住吉明神のご加護があったとか。

母后が「鬼神の力」と表現していたのは、そのことだったのね。

「鬼神」って、とっても乱暴で怖いイメージだけど、ここではちょっと雰囲気が違うような気が……。

そうねぇ。ここでは勇猛なイメージもあるけど、どこか神秘的な雰囲気もあるわ。

そうだよね。第五章「随筆」でも「鬼神」が出てたけど、「鬼」にもいくつかのイメージがあるのかなぁ？

あと、私が気になったのは「梨の花」の話。弁への感謝を述べた後の記述、「御涙のほろほろとこぼれぬる御かたち・けはひの、らうたく清らなるさま、春の花の、雨に濡れたらんよりも、梅が香を匂ひ、柳が枝に咲きてだに、なほ飽かずうつくしげなる」（涙がぽろぽろとこぼれたその御容貌や様子がかわいらしく清らかなのは、春の梨の花が雨に濡れたのよりも美しく、梅の香を匂わせ、柳の枝に咲く桜の花でさえも、まだ物足りないほど美しい）の「春の花」は、「梨の花」なのよね。ちょっと意外だった。てっきりこの「春の花」は「桜の花」なんだろうと思ってたから。「梨の花」で女性の美しさをたとえるイメージはなかったし……。

よいことに気がついたのう。この「春の花」は前半では「梨の花」を、後半では「桜の花」を、どちらのことも言うておるのじゃ。日本人にとって馴染みのないのは「梨の花」かもしれぬのう。実は「梨の花」は日本と中国ではどうやらイメージが違うようじゃ。「梨の花」は春に白い花を咲かせるのじゃが、日本におけるイメージとしては『枕草子』三十五段が参考になるのう。

　梨の花、世にすさまじきものにして、近うもてなさず、はかなき文《ふみ》つけなどだにせず。愛敬《あいぎやう》おくれたる人の顔などを見ては、たとひに言ふも、げに葉の色よりはじめてあはひなく見ゆる

日本における「梨の花」は身近に見ることもなく、ちょっとした手紙を結んで届けるようなことにも用いず、かわいげのない人のたとえとして引かれるくらい味気なく、つまらない花として認識されていたようじゃ。このように、日本では人気がないイメージじゃなぁ。

確かに私も「梨の花」と言われても、すぐにイメージが湧かないわね。

清少納言は「長恨歌」の事例を引き合いに出して、中国での「梨の花」について言及しておる。

唐土《もろこし》には限りなき物にて、文にも作る。なほさりともやうあらむと、せめて見れば、花びらの端にをかしきにほひこそ、心もとなうつきためれ。楊貴妃の、帝の御使《つかひ》に会ひて、泣きける顔に似せて、「梨花一枝、春、雨を帯びたり」など言ひたるは、おぼろけならじと思ふに、なほいみじうめでたき事は、たぐひあらじとおぼえたり。

死んで仙山にいる楊貴妃が玄宗皇帝からの使者（道士）に会い、まだ地上にいる皇帝のことを思って泣いた場面で、その美しい彼女の顔を「玉容寂寞として、涙瀾干たり、梨花一枝、春、雨を帯ぶ（宝石のように美しくさみしげな顔に、涙が流れ落ちている様子は、一枝の梨の花が、春雨に濡れているようだ）」と、「梨の花」にたとえておる。中国では女性の美しさを「梨の花」でもたとえるようじゃな。

本文ではその他に「梅」「桜」「柳」も引き合いに出されてたわ。植物と古典文学との関連について調べてみるのも面白そう！

ほっほっ、一つよいテーマが見つかったのう。

次の《巻二――氏忠、簫の女性と契る》は、夕方、梅の里で弁が簫の音色に導かれて、ある女性と出会う話ね。

簫で有名な故事は本文でも触れていた「簫史と弄玉」じゃ。近世日本画の題材にもなっておる。もとは中国の一種の説話集で、七十人の神仙の伝記を収めた『列仙伝』に載っておる。全釈漢文大系のシリーズに入っておるので、読んでみるとよいのう。簫史は秦の穆公（在位、前六五九〜前六二一）の時代の人で、簫の名人じゃった。彼が演奏すると孔雀や白鶴を庭に呼び寄せることができたという。穆公は娘の弄玉を、簫史に嫁がせた。簫史は妻に鳳凰の鳴き声に似た簫の吹き方を教え、数年後、鳳凰がやって来て屋根の上に止まるようになったそうじゃ。穆公は彼らのために鳳台という物見台を作ってやったところ、夫婦はその台から下りず、数年を過ごした後、二

人は鳳凰とともに飛び去ってしもうた。秦の人は弄玉のために祠《ほこら》を建てて祀り、そこからは時に簫の声が聞こえたそうじゃ。十二世紀後半の成立とされる日本の説話集『唐物語《からものがたり》』「簫史と弄玉」は、この『列仙伝』「簫史」の翻案として書かれた作品じゃ。

ホンアンって？

あら、鬼丸君いたの？

いたよ！　さっきから隣でうなずきながら、ちゃんと聞いてただろ！

ふふ、ごめんごめん。えっと翻案ね。既存の作品を原案として、改作することよ。

じゃあ、『列仙伝』と『唐物語』とでは、ちょっと違うってこと？　へぇー、どこが違うの？

それは、二つの本文を照らし合わせてみるしかないのう。資料2に『唐物語』の本文があがっておるが、『列仙伝』の本文と比較すると何か相違点が見えてくるはずじゃ。ちなみに『唐物語』は歌物語の形式になっておるのが、一つの特徴じゃな。

ちょっと本文に戻るけど、弁が心を奪われたというその簫を吹く女性がなんだか神秘的な雰囲気だったわ。一言も話さないというのは、何か理由があるのかしら？

確かにこの話も神秘的じゃのう。ちなみにその女性の正体は、続きを読んだら分かるわい。頭注⑭、⑮でも触れてあったように弁が華陽公主との恋を思い出して比較しておったのう。その華陽公主について少し補足しておこう。公主は先帝の妹で、弁に琴《きん》を伝授し、その後二人は契りを結んだんじゃ。

えっ!?　弁にはすでに恋人がいたの？

そうじゃが、公主は亡くなったんじゃ。

えーっ、弁は恋人を亡くしてたのかぁ。気の毒ー。

でも彼女はその後転生し、日本の初瀬寺で弁と再会して結婚するんじゃ。

転生の物語なのね。それはロマンチック！

この簫を吹く女性ともいい感じだったよね。もしかして、また三角関係？（ニヤリ）

……鬼丸君って、『とはずがたり』の時から、成長してないわね。でも、確かに、気になるわね。……ちょっと図書館に行ってくるわ！

待って！　僕も！

ほっほっ、気を付けてのう。

資料1　『松浦宮物語』主要関係系図

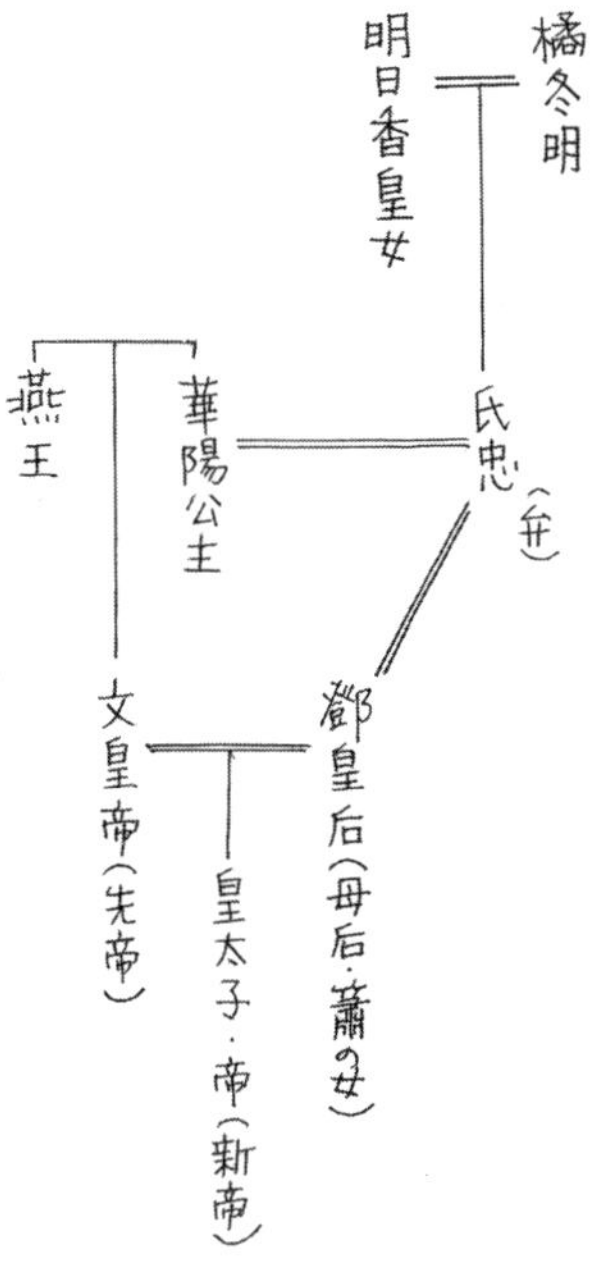

資料2　『唐物語』第十一　簫史・弄玉、鳳凰と共に飛び去る語（講談社学術文庫、二〇〇三）

むかし、秦穆公の娘に弄玉と申人有けり。秋の月のさやけくゝまなきに、心をすまして、またくよの事にほだされず。また、簫史といふ楽人あり。秋月きよくすさまじきあけぼのに簫をふくこゑ、あはれにかなしき事かぎりなし。弄玉それにや心をうつしけん、すゝみてあひ給にけり。よの（人）あさましき事に思、そしりけれど、いかにもくるしとおぼえず、ただもろともに台のうへにて、せうをふき、月をのみながめ給事ふた心なし。ほうわうといふ鳥、とびきたりてなむこれをきゝける。月やうやくにしにかたぶきて、山のはちかくなる程に、心やいさぎよかりけん、（此のとり）、簫史・弄玉ふたりの人をぐして、むなしきそらにとびあがりぬ。

たぐひなく月にこゝろをすましつゝ雲にいりにし人もありけり

むなしきそらにたちのぼるばかり心のすみけんも、ためしなくぞ。又、せうのこゑにめでゝ、人のあざけりをわすれ給けんも、すける御心のほどをしはかられていといみじ。

コラム

◉中国の鬼

宋代の『太平広記』の中に宋定伯という若者が夜に鬼に遭遇する話がある。自分も鬼であると嘘をつき、行き先が同じ市場なので同行することになる。途中何度か人間であることがばれそうになるがうまくごまかし、鬼が人間の唾が苦手であることを聞き出す。羊に化けた鬼に、唾をかけ、他のものに化けないようにして売りとばし、銭千五百を手に入れる。中国では鬼は死者の霊、幽霊のことを指す。同じ説話が『列異伝』や『捜神記』にも載っている。

日本では死者の霊や幽霊は恐ろしいイメージの場合が多いが、この話では、幽霊は定伯に簡単に騙されてしまう点でどこかとぼけていて憎めないキャラクターとして登場する。中国では古来、人間が死ぬと冥界に行き、幽霊となって、また現世と同じように暮らすとも考えられており、この説話が生まれた当時の中国での鬼（幽霊）観を垣間見ることができる。

第十章　説話

説話とは、口承・書承によって伝えられた、個々の単位としての話を指す。この語を文学の一分野を指す語として用いたのは、芳賀矢一である。芳賀は『今昔物語集』を取り上げ、「国文で記した最旧最大の説話集」（『考証今昔物語集』冨山房、一九一三）と評価した。しかし、その当初において、「説話」という語の明確な概念規定がなされなかった為、その範囲は文学の領域を超え、歴史や宗教、音楽などさまざまな分野を横断することとなる。

説話には、「単一の主題で短い話が多い」、「単純な構造で直線的に展開する」、「事実性が重視される」、「伝承性がある」、「批評性・評論性が見える」という特徴がある。これらの説話をある主題のもとに、収集・編纂したものを説話集という。

鳥の妖怪

経巻を広げた猫

銅拍子《どびようし》（楽器）の妖怪

天蓋《てんがい》を持った猫の妖怪

さて、我が国で最初に作られた説話集は、『日本霊異記《りょういき》』（景戒編、弘仁十三年（八二二）頃成立）である。以来、しばらくの停滞を経て、院政期頃から盛んに制作されるようになり、中世は説話集の黄金時代となった。

その種類は説話集に類するものを合わせて、実に多種多様である。霊験記（『大日本国法華経験記』『長谷寺霊験記』等）は、神仏の不思議な感応や利益を記し、往生伝（『日本往生極楽記』等）は、極楽往生を遂げた人物の伝記を収録する。仏教へと人々を誘う仏教説話集（『三宝絵』『発心集』等）の他、仏教以外の宗教に関わる説話集も作られる。例えば、我が国の仙人の話題を集めた『本朝神仙伝』、神々の由来や縁起を記す『神道集』など。また、宗教的教化を基盤・目的としない世俗説話集（『宇治拾遺物語』『十訓抄』等）、中国の逸話を翻訳した翻訳説話集（『唐物語』『唐鏡』等）も制作された。加えて、法会で語られた話を筆録した書（『百座法談聞書抄』『打聞集』等）や、経典や和歌の注釈書（『法華経直談鈔』『古今集注』等）、故実に関わる言談（『江談抄』『富家語』等）、音楽に関する書（『教訓抄』『文机談』等）なども説話の宝庫である。

つまり、説話は説話集の中だけに留まらず、様々な分野の書物の中に入り込んでいく。そして、編者の意図に合わせて再構築・再生されて、新たな命を獲得する。口承・書承で伝えられ、選者によって選ばれた話題は、それらを求める人々の欲求がある限り、その魅力を発揮しながら生き続ける。

『宇治拾遺物語』

編者未詳。十三世紀前半成立か。百九十七話収録。「序」に該当する文章に、『宇治大納言物語』（源隆国著）に漏れた説話、以後の説話を収集したとの編集意図を記す。多種多様な話題が収録され、中世の人々の姿が活写される。『今昔物語集』『古本説話集』『古事談』と同文同話の伝承関係がある。

巻一第十七話「修行者《しゆぎやうじや》、百鬼夜行《ひやくきやぎやう》にあふ事」

今は昔、①修行者のありけるが、②津国《つのくに》まで行きたりけるに日暮れて、③竜泉寺《りゆうせんじ》とて大《おほ》きなる寺の古《ふ》りたるが人もなきありけり。これは人宿らぬ所といへども、そのあたりにまた宿るべき所なかりければ、いかがせんと思ひて、④笈《おひ》打ちおろして内に入りてけり。

⑤不動の呪《じゆ》を唱へてゐたるに、「夜中ばかりにやなりぬらん」と思ふ程に、人々の声あまたして来る音すなり。見れば、手ごとに火をともして、百人ばかりこの堂の内に来集《つど》ひたり。近くて見れば、目一つつきたりなどさまざまなり。人にもあらず、⑥あさましき者どもなりけり。あるいは角生《つのお》ひたり。頭もえもいはず恐ろしげなる者どもなり。恐ろしと思へども、すべきやうもなくてゐたれば、おのおのみなゐぬ。一人《ひとり》ぞまた所もなくてえゐずして、火をうち振りて⑦我をつらつらと見ていふやう、「我《わ》がゐるべき座に新し

①仏道修行のため回国遊行する僧。
②摂津国。大阪府と兵庫県の一部。
③摂津国竜泉寺は不明。河内国竜泉寺（現富田林市竜泉）か。『竜泉寺縁起』に蘇我馬子創建と伝える。
④背中に背負う旅具。仏具・日用品・食料などを入れる。
⑤不動明王に祈る呪文。『撰集抄』巻九第三話では、源信の妹が不動の呪によって蘇生する。
⑥見苦しい様子のもの。鬼について、同書第三話に具体的な記述がある（「百鬼夜行とは」参照）。
⑦「我」は修行者。「つらつら」はつくづくと、の意。

き不動尊こそゐ給ひたれ。今夜ばかりは外《ほか》におはせ」とて、片手して我《われ》を引きさげて堂の縁の下に据ゑつ。さる程に、「⑧暁になりぬ」とて、この人々の⑨のしりて帰りぬ。

「まことにあさましく恐ろしかりける所かな、とく夜の明けよかし。往《い》なん」と思ふに、⑩からうじて夜明けたり。うち見まはしたれば、ありし寺もなし。はるばるとある野の来《こ》し方《かた》も見えず。人の踏み分けたる道も見えず。行くべき方《かた》もなければ、あさましと思ひてゐたる程に、⑪まれまれ馬に乗りたる人どもの、人あまた具《ぐ》して出《い》で来《き》たり。いとうれしくて、「ここはいづくとか申し候《さぶら》ふ」と問へば、「などかくは問ひ給ふぞ。⑫肥前国《ひぜんのくに》ぞかし」といへば、「あさましきわざかな」と思ひて、事のさま詳しくいへば、この馬なる人も、「いと希有《けう》の事かな。肥前国にとりてもこれは奥の郡なり。これは⑬御館《みたち》へ参るなり」といへば、修行者悦《よろこ》びて、「道も知り候はぬに、さらば道までも参らん」といひて行きければ、これより京へ行くべき道など教へければ、舟尋ねて京へ上《のぼ》りにけり。

さて人どもに、「かかるあさましき事こそありしか。津国の竜泉寺といふ寺に宿りたりしを、鬼どもの来て『所狭《ところせば》し』とて、『新しき不動尊、しばし雨だりに⑭おはしませ』といひて、かき抱《いだ》きて雨だりに⑮つい据《す》ゆと思ひしに、肥前国の奥の郡にこそゐたりしか。かかるあさましき事にこそあひたりしか」とぞ、京に来て語りけるとぞ。

（新編日本古典文学全集）

⑧同書第三話にも「暁に鳥など鳴きぬれば、鬼ども帰りぬ」とある。鬼は夜行性か。
⑨声高にやかましく騒ぎたてること。大勢で騒ぐことをさすことが多い。
⑩やっとのことで。修行者の気持ちが表現されている。
⑪たまたま。
⑫佐賀・長崎県にまたがる地域。
⑬肥前国国府の庁。国司がいる。
⑭軒下の雨だれの落ちる所。
⑮「つきすゆ」の音便形。新編日本古典文学全集では「荒々しく置く」、新日本古典文学大系では「突き」は下に置くことを示すとし、「ちょこんと置く」と解釈する。

『閑居友』

慶政著。承久四年（一二二二）成立。上巻二十一話、下巻十一話からなる。上巻には高僧・無名の遁世者の話題、下巻には女性に関する話題が収録される。跋文や本文中に見える、身分ある女性への訓戒などから、高貴な女性に献呈されたものと考えられる。先行する『発心集』（鴨長明編）を意識して書かれており、心の有り様を重視する姿勢が見え、後続の『撰集抄』（西行仮託）にも大きな影響を与えた。また、新出の説話が多いという特色もある。

下巻第三話「恨《うら》みふかき女、生《い》きながら鬼になる事」

①中比の事にや。②美濃《みの》の国ときゝしなめり。いたうむげならぬ男、事のたよりにつけて、かの国にある人の娘に、ゆきかふ事ありけり。ほどもはるかなりければ、さこそは心のほかの絶《た》えまもありけめ。いまだ③世中をみなれぬ心にや、④ふつにうき節《ふし》に思なしてけり。まれのあふせも、また、かやうの心やみえけん、男も、恐しくなんなりにける。

さて、⑤冬草のかれなんはてにければ、この女、すべてものも食はず、また、年《とし》のはじめにもなりぬべければ、⑥そのそめきにも、この人のもの食はぬ事も⑦さとむる人もなし。

さて、つねに障子《さうじ》をたてて、ひきかづきてのみありければ、心なくよりくる人もな

①昔と今の間。中世説話の冒頭にこの語が用いられるが、比較的近い過去をさすか。類話には「嵯峨の天皇の御宇」とある（屋代本および百二十句本『平家物語』剣の巻）。
②現在の岐阜県南部。
③男女の仲のこと。「世の中をまだ思ひ知らぬほどよりは～」（『源氏物語』空蟬）。
④（肯定表現を伴って）すっかり。きっぱり。「（出家を）ふつに思取《とり》て」（『撰集抄』巻九第二話）。
⑤男の訪れがすっかり途絶えたことを示す。「冬草の」は「枯れ」に掛かる枕詞。「枯れ」と「離れ」の掛詞になっている。

し。かゝるほどに、あたりちかく⑧飴《あめ》いれたる桶《おけ》のありけるをとりつゝ、⑨我髪《かみ》を五に髻《もとゞり》に結《い》ひあげて、この飴をぬりほして、角《つの》のやうになんなしつ。人、つゆしることなし。

さて、紅《くれなゐ》のはかまをきて、よる、しのびにはしりうせにけり。これをも家のうちの人、さらにしらず。さて、「この人、うせにたり。⑩よしなき人ゆゑに、心をそらになして、淵《ふち》、川に身をすてたるかな」とたづねもとむれども、さらなり、なじかはあらん。

さてのみすぎゆくほどに、年月もつもりぬ。父母《ちゝはゝ》もみなうせぬ。三十年ばかりとかやありて、おなじ国のうちに、はるかなる野中に、やぶれたる⑪堂《だう》のありけるに、鬼のすみ、馬・牛飼《か》ふをさなきものをとりて食ふといふ事、あまねくいひあへりけり。遠《とを》目《め》にみたるものどもは、「かの堂の天井《じやう》のうへになんかくれゐる」といひける。あまたの郷《さと》の物、おの〱いひあはせて、「さらば、この堂に火をつけて焼きてみん。さて、堂をあつまりてつくるにこそは侍らめ。仏を⑫あたむ心にても焼かばこそ罪にても侍らめ」などいひつゝ、その日とさだめて、弓、矢籠《しこ》かいつけ、ゆみの⑬あきまなどしたゝめてよりきにけり。

さて、火をつけて焼くほどに、なからほど焼くるに、天井より角《つの》五（つ）あるもの、あかき裳《も》、こしにまきたるが、いひしらず⑭けうとげなる、はしりおりたり。さればこそとて、おの〱弓をひきてむかひたりければ、「しばしもの申さん。⑮左右《さう》なく、な

⑥浮かれ騒ぐこと。賑わい。「夏植うるいとなみありて、秋刈り、冬収むるぞめきはなし」(『方丈記』)。
⑦「さ…とむる」で、そうと気付くの意か。
⑧水飴。もち米などの穀類と麦芽から作る。菓子や菓子の材料の他、薬用としても用いられた。「或山寺ノ坊主、慳貪ナリケルガ、飴ヲ治シテ只一人クキケリ」(『沙石集』巻八第十一話)。
⑨類話にも髪を五つにわけて、松脂をぬり、巻きあげて五つの角を作った、とある。さらに頭に鉄輪をいただき、その足に松明を結び付け、火を灯す。鉄輪をいただく扮装は謡曲『鉄輪』にもある。また、紅の袴についても、『鉄輪』に赤い衣を着用の記述があることから、呪術的な意味が示唆される。
⑩つまらない人。「よしなし」は、意義が認められない様子のこと。
⑪惣堂のことか。惣堂は、村人が共同で建て、管理する堂。旅人が宿泊することもあった。
⑫「仇む」。敵視する、恨むの意。
⑬鎧の札と札の間の隙間。鎧は札を綴り合わせて作られる。札とは短冊状の板で、鉄製や革製のものが一般的。「あき間を射ねば手も負はず」(『平家物語』

九・木曾最期)。
⑭嫌悪感を抱くさま。気味が悪い。
⑮ためらわず、即座に。「左右」は、あれこれ・とやかくの意。
⑯対等以下の相手に対する人称代名詞。やや丁寧な気持ちが込められる。
⑰一日経のこと。追善供養のために、複数で経典を一日で写し終えること。『法華経』の書写が多い。『雑談集』巻七「法華事」に起源説話が載る。
⑱「化す」。騙されて。惑わされて。「僅にしら波の立ながら、光ほのめくにばかされて、年はいたくたけぬれど」(『撰集抄』巻一第六話)。
⑲女が死後に行く先を「良い所ではないだろう」としている。地獄・餓鬼・畜生の三悪道。
⑳死者を弔う供養のこと。『日葡辞書』に「Qeôyo ある死者のために行なわれる法事、または、追善供養」とある。

あやまち給《たま》ひそ」といひけり。「なにものぞ」といひければ、「我はこれ、そこのなにがしの娘《むすめ》なり。くやしき心をおこして、かう〳〵の事をしていでて侍しなり。さて、その男をばやがてとりころしてき、その後は、いかにももとのすがたには、えならで侍しほどに、世中もつゝましく、居《ゐ》所もなくて、この堂になんかくれて侍つる。さるほどに生ける身のつたなさは、もののほしさ、堪《た》へしのぶべくもなし。すべてからかりけるわざにて、身のくるしみ、いひのべがたし。夜、昼は、身のうちの燃えこがるゝやうにおぼえて、くやしく、よしなきことかぎりなし。ねがはくは、そこたち⑯、かならずあつまりて、心をいたして、⑰一日のうちに法華経書《か》き供養《くやう》じてとぶらひ給へ。また、このうちの人々、おの〳〵妻子《めこ》あらむ人は、かならずこの事いひひろめて、あなかしこ、さやうの心をおこすなといましめ給へ」とぞいひける。さて、さめ〴〵と泣《な》きて、火の中にとびいりて、焼けて死ににけり。

　けうときものから、さすが又あはれ也。げに、心のはやりのまゝに、たゞ一念の妄念に⑱はかされて、ながきくるしみをうけゝむ、さこそはくやしくかなしく侍けめ。その人の⑲行方《ゆくゑ》、よもよく侍らじものを。⑳孝養《けうやう》もしやしけん、それまでは語るともおぼえず侍き。

(中世の文学、三弥井書店、一九七四)

今回は二つの説話を鑑賞するぞよ。

最初は「百鬼夜行」のお話ね。百鬼夜行というと、扉絵みたいに鬼たちが練り歩く印象があるけど、このお話はちょっと違うわね。

旅の修行者が古い寺で、そこに集まってきた鬼たちと遭遇するとあるよ。鬼たちは集会でもしていたのかな。

百鬼夜行といっても、行列をして歩く形だけではない。巻頭の解説にもあったが、様々な形があるんじゃよ。

修行者が遭遇した鬼の姿の記述を見て！「あさましき」なんて表現している。角があるのも魅力なのに失礼しちゃうわね。それにしても、怖い姿の鬼がやって来て、修行者はビックリしたでしょうね。

本当だね。鬼の中には人間を食べちゃう奴もいたもんなぁ（第六章「歴史物語・史論書」参照）。でもこの修行者は、不動明王の呪文を唱えていたから、鬼たちには不動明王に見えたみたいだね。

そう、「不動明王様、ちょっと場所を空けてくださいな」と言って修行者をつまみ、場所を移動させておる。

あれっ？　ちょっと移動しただけなのに、なんと、摂津国から肥前国まで移動している！　鬼による空間移動だね。空間移動で、このお話の不思議さも倍増だ！

空間移動といえば、『今昔物語集』巻二十第七話では、后に恋焦がれて鬼になった聖が、金剛山から一瞬で移動して、后のもとに現れていたわ。鬼にどんな能力があると考えられていたのかが知れて面白いわ（私たちも、この本の中を自由自在に飛びまわってまーす）。

そうじゃな。短い話題の中に、百鬼夜行、鬼たちの姿や習性、能力がどのようなものと考えられていたのか、鬼の不動明王に対する態度など、考察すると楽しそうな要素がさまざまにあるのう。鬼姫も鬼丸も、気になったことは、あれこれ調べてみるとよいのう。

はーい。

次は、女が男の心変わりを疑い、思いつめるあまり生きながら鬼となった、という話じゃ。

うーん、怖いなぁ。本文を見ると、遠距離恋愛で、男も心変わりをしたのではなさそうなのに。

そうじゃな。「いまだ世中（男女の仲）をみなれぬ心にや」とあるから、この女は恋愛にうぶで、ちょっとしたことにも疑心暗鬼になってしまったんじゃろう。

確かに、恋愛中って一生懸命になるあまり……、ということがありますね。例えば、意中の相手が他の子に、ちょっと視線を送っただけで、イラっとしたり……。

そうなの？　相手の妄想でとり殺されたら大変だ！

鬼丸君も気をつけてね。それはそうと、私はこの女性が苦しんでいる時の、周囲の反応が気になります。

確かにこの説話では、孤立する女性と、正月の楽し気なざわめきが対照的に描かれておるの。周囲の態度との対比で、女の孤独が際立ち、暴走する精神がより身に迫って感じられるように思うが、どうじゃな？　ちなみに、心を重視するといえば、『発心集』という作品もあるから、あわせて読んでみるといい。

先生、僕は女が鬼になろうとした時の扮装が気になるなぁ。五つの角のようなものを作ったってあるけれど。

本当！　髻が五つって変な髪型！　それに紅の袴をはいて、とあるわね。この衣装にも意味があるのかしら。

二人とも気になったかの？　この扮装については宗教的・民俗学的観点から様々な考察がされておる。髪型や色にどんな意味があるのか、調べてみるとよいぞ。そうそう、五つの髻は、「五髻《ごけい》」という髪型。高野山の八大童子の内、制多迦童子《せいたかどうじ》の像を見るとよくわかるじゃろう。また、謡曲『鉄輪《かなわ》』では、嫉妬から鬼に変化する女が、丑の刻（午前一時〜三時の間）に貴船神社に通う場面がある。「丑の刻参り」の原型じゃな。少し本文を見てみよう。嫉妬に狂って社参する女に、神主が神のお告げを伝える場面じゃ。神は、鬼になる方法を教えておる。「その子細《シサイ》は　鬼になりたきとのおん願ひにて候ふほどに　わが家《ヤ》へおん帰りあつて　身には赤き衣《キヌ》を裁《タ》ち着《キ》　顔には丹《ニ》を塗《ヌ》り　髪には鉄輪《カナワ》を戴《イタダ》き　三つの足に火を灯《トモ》し　怒《イカ》る心を持つならば　たちまち鬼神《キジン》とおんなりあらうずるとのおん告げにて候」この神主の言葉を聞いた女は、お告げの通りにしよう、というや否や鬼の姿へと変化する。劇的な場面じゃ。

制多迦童子（模写）

赤い衣や、鬼の角を思わせる扮装は、『閑居友』とも共通しているわね。

そういえば、丑の刻参りって、神社の木にわら人形を釘で打ち付け、憎い相手を呪うってやつだよね（資料1）。

そう。その時には、白衣を着て、頭に蠟燭を立てた鉄輪をいただき、一本歯の下駄をはいていた。鉄輪は角みたいで、鬼となった心を表しているようじゃな。

まぁ、怖い！　くわばら、くわばら（あっ、私も鬼だった）。

『閑居友』の女の人は、その後どうなったのかしら。

男をとり殺した後、女は人に戻れず、村のお堂に住みついた。そして、空腹に耐えきれず、小さな子供を殺して食べたりしたんじゃ。だから、村人たちは、そのお堂を焼き払おうとする。そこに女が現れて、身の上を後悔し、村人に供養を求めた後、火の中に身を投げる……鬼になり切れない心が哀しく、救いのない話じゃな。

そうなんだ……著者の慶政は、このお話でどんなことを伝えたかったのかなぁ。

説話集の主題を探る時には、説話の配列や話末評語を検討してみるとよい。まず配列について考えよう 資料2。説話集では、隣り合う話題が、何らかの共通した主題をもちつつ展開する傾向がある。下巻第三話の周辺には、どのような話題が収録されているかな。

上巻の二十一話から下巻の四話までは、女性の話で、追善供養というテーマで並んでいる！

それだけじゃないわ。下巻の一話から四話までは、「愛別離苦」という要素で繋がっているし、別れにも生別や死別などのバリエーションがあるわ。主題の連鎖が重層的なのね。

そうじゃな。説話集では読み進めることで各説話の理解を深めることができるように各話が配列されているんじゃよ。下巻第三話も一つの話だけを読むと救いのない話だけれど、他の説話を読み合わせることで、妄執を乗り越え、強く美しい生き方もあるのだと、読者は知る事ができる。それに、品行方正な物語の中に、人間の弱さを示す説話がポンと配列されることで、話がより身近に感じられるじゃろ？ では、次に話末評語をみてみよう。

話末評語は……一行目に「けうときものから、さすが又あはれ也。」とあるよ。慶政は鬼となり、殺人まで犯した女に対して、同情を示している！

仏教説話集では、大抵、因果応報が述べられて「それみたことか、この女のようになってはいけない。」という教訓が導き出されるように思うけれど、『閑居友』では「可哀そうに」とため息が聞えるようだわ。

そうそう。人の心の動きをじっと見つめ、その弱さに寄り添う姿勢が、『閑居友』には見られるのう。

この説話では、共感の上に、教訓が語られているから、素直に話を聞くことができる気がするわ。

そうじゃな。『閑居友』の他の説話にも同じ傾向があるか、検討してみるとよい。

そういえば、先生、僕は『鬼滅の刃』という漫画が好きなんだけど、この作品では悲しい過去をもった人間が、鬼になるんだ。鬼の悲しい逸話が印象的だったな。

人が鬼になるという話は、中世の文学作品にも様々に見られるのう。そうそう、本話の類話は、『平家物語』剣の巻（屋代本・百二十句本）にある。百二十句本は、新潮日本古典集成が底本としているから、図書館で調べてみるとよいぞ。嫉妬から男を取り殺したいと貴船明神に祈る、「宇治の橋姫」の話が載っておる。でも、『平家物語』では「剣の由来」を語る中でこの説話が出てくるので、読後の印象は違うんじゃ。

女性が鬼になる話、他の作品では、どんな風に描かれているのか、興味が出てきちゃった。女性だけじゃなく、男性が鬼になるってお話はあるのかしら。

勿論、男も鬼になることがある。先に鬼姫が指摘してくれた『今昔物語集』巻二十第七話も后への恋情の為、鬼になった僧の話だし、『宇治拾遺物語』巻十一第十話「日蔵上人《にちざうしやうにん》、吉野山にて鬼にあふ事」は、怨みの為に鬼になった男の話じゃ。

僕は、怖い話でなくて、他にどんな鬼の説話があるのか気になるなぁ。

説話集には、昔話で知られる瘤取り爺さんの話や、音楽や詩を愛する風流な鬼の話……と、色んな話題が収録されておる。さ、説話集を紐解いて、調べてごらん。

あーあ、先生のいつもの「調べてごらん」がまた出たよ。でも楽しそうだから、図書館に空間移動だ！

私は沢山の鬼の説話を調べて、鬼の出現マップなんかを作ってみたくなったわ。

うんうん、二人とも、張り切っているのう！

資料1　丑の刻参り

（鳥山石燕『画図百鬼夜行全画集』角川ソフィア文庫、二〇〇五）

資料2　説話の配列

（『説話の講座』第五巻「閑居友」の配列表をもとに作成。勉誠社、一九九三）

上巻二十一話「唐橋河原の女のかばねの事」
下巻一話「津の国の山中の尼の発心事」
二話「室の君、顕基にわすられて道心おこす事」
三話「恨みふかき女、生きながら鬼になる事」
四話「貧しき女の身まかれる髪にて誦経物すること」

女性
供養
愛別離苦
生別　死別
悪　善

コラム

◉女と嫉妬と鬼

ジェンダーレスのこの時代に述べるには憚《はばか》れるが、どうやら嫉妬は女性特有の感情と捉えられていた節がある。『閑居友』「恨みふかき女、生きながら鬼になる事」は嫉妬が強すぎて鬼になる女の話であるし、『梁塵秘抄』巻二・三三九番は女が相手の男を鬼にしようとしている。『平家物語』剣の巻では嫉妬の対象の女を呪い殺すために鬼にしてほしいという念願叶って、鬼と化す。能の『鉄輪』でもその部分が取り上げられている。そもそも嫉妬という二文字はいずれも女偏である。嫉妬深い男は女々しいと揶揄される。他でも述べたが「角」は女性の嫉妬心を示すと言うこともあり、「女」「嫉妬」「鬼」は浅からぬ関係があるように思われる。

『平家物語』剣の巻の鬼女に、酒呑童子を退治したとされる源頼光の四天王の一人、渡辺綱が一条戻り橋で襲われそうになる。そこは、百戦錬磨の渡辺綱、鬼女の腕を斬り落とすのだが、後に鬼女が腕を取り戻しに来る。綱が女の腕を斬り落とした刀は「髭切」という銘であったが、以降「鬼丸」に改銘される。（あっ、僕の名前だ！）

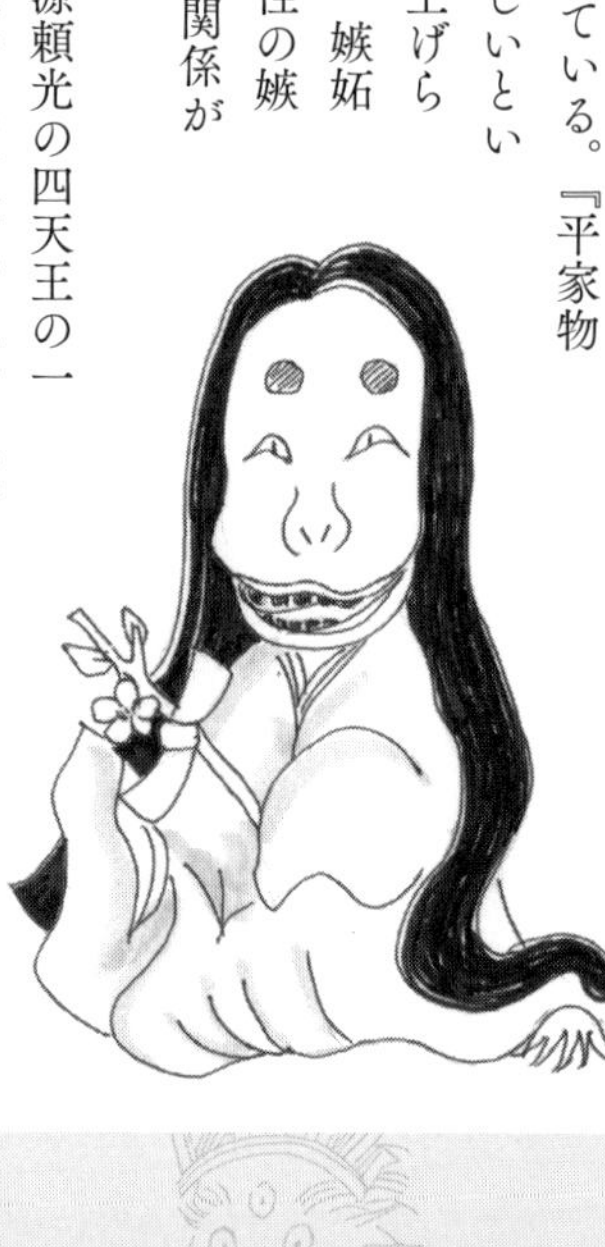

第十一章

御伽草子

御伽草子とは、南北朝時代から江戸時代の初めにかけて作られた物語草子の総称。室町時代物語、近古小説等とも。成立・著者は不明なものが多く、内容も広範囲で、約四百編の物語が伝わる。狭義には江戸時代中期ごろまでに大阪の書肆《しょし》（渋川清右衛門）が二十三編の物語を選んで板行した「御伽草子《おとぎそうし》」「御伽文庫」に収録される作品を指す。その作品は左記の通り。

『文正草子《ぶんしょうそうし》』『鉢《はち》かづき』『小町草紙』『御曹子島渡《おんぞうししまわたり》』『唐糸《からいと》草紙』『木幡狐《こはたきつね》』『七草《ななくさ》草紙』『猿源氏草紙』『ものくさ太郎』『さざれ石』『蛤《はまぐり》の草紙』『小敦《こあつ》盛《もり》』『二十四孝』『梵天国《ぼんでんこく》』『のせ猿草子』『猫の草子』『浜出《はまいで》草紙』『和泉式部』『一寸法師』『さいき』『浦島太郎』『横笛草紙』『酒呑《しゅてん》童子』

この叢書は、絵入横本の形式を取っており、子女の読み物としてふさわしいと歓迎され、版を重ねた。本文中に「此草紙《さうし》を人にも御読《よ》み聞《き》かせあるべし」（『蛤の草紙』）とあることから、黙読のみならず、絵を見、朗読を聞くという方法で享受されていたと知れる。

御伽草子は、広い階層の読者が想定されており、内容も多様で種々に分類される。一例として、以下の分類がある。公家物（『忍音物語』『ふせやの物語』等）、僧侶物（『三人法師』『秋夜長物語』等）、武家物（『弁慶物語』『俵藤太物語』等）、庶民物（『福富草子』『一寸法師』等）、外国物（『二十四考』『楊貴妃物語』等）、異類物（『鼠の草子』『雀の発心』等）、本地物（『熊野の本地』『梵天国』等）。

公家物は物語文学の流れをひき、恋愛物、継子《ままこ》物、歌人伝説に取材する物語などがある。恋愛物は公家の悲恋を描くものが多く、継子物は継子が苦難の末、幸福を得るという物語。僧侶物は仏教に関わる作品で、僧侶と稚児《ちご》の恋愛を描く稚児物語、戒を破った僧侶の失敗を滑稽に物語る破戒譚、出家や遁世のいきさつが真摯に語られる発心遁世《ほっしんとんせい》物などがある。武家物は軍記物語の流れをひき、源平合戦やそれ以前の伝説的な武士の逸話に取材した英雄伝説物や、主人公が悪人と争い復讐を遂げるといった武家の実情をうつす武家騒動物などがある。庶民物は庶民に関する話題を扱い、笑話、寓話、恋愛求婚譚、立身出世譚、不老不死を扱う祝言物などがあり、中世を生きる庶民の姿やその憧れなどが描かれる。外国物は、外国を舞台にした中国や天竺（インド）に関連する話題に加え、天上世界、竜宮などの異界を舞台にした作品もある。異類物は、人間以外の生物（動植物など）や無生物（器具など）を擬人化した物語。内容は人間との恋愛・結婚を扱った怪婚譚の他、歌合物、軍記物、遁世物など多様である。本地物は、本地垂迹《ほんちすいじゃく》説からでた物語であり、神仏の前世を語り、『神道集』との関わりも指摘される。

御伽草子は、平安時代にはじまる物語文学が衰えていくなか、その後を受けて、より広い範囲の読者に提供された、多様な内容をもつ新たな文芸の作品群であり、これらは江戸時代の仮名草子・浮世草子などの庶民文学へと受け継がれていく。

『一寸法師』

作者不詳。室町時代成立が通説（但し、古い伝本はない）。物語の内容は、老夫婦が住吉明神から男子を授かり、「一寸法師」と名付ける。一寸法師は都へ上り、三条宰相家に仕え、「興がる島」での鬼との対決を経て幸せを得る、というもの。一寸より成長しない小さ子が活躍する話題であり、実は貴種であったという、貴種流離譚の側面もある。

中ごろのことなるに、津《つ》①の国難波《なには》の里に、おほぢ②とうばと侍《はんべ》り。うば四十に及ぶまで、子のなきことを悲しみ、住吉《すみよし》③に参り、なき子を祈り申すに、大明神《だいみやうじん》あはれとおぼしめして、四十一と申すに、ただならず④なりぬれば、おほぢ、喜び限りなし。やがて、十月《とつき》と申すに、いつくしき男子《をのこ》をまうけけり。さりながら、生れおちてより後《のち》、背《せい》⑤一寸ありぬれば、やがて、その名を、一寸法師《いつすんぼふし》とぞ名づけられたり。

年月を経《ふ》る程《ほど》に、はや十二三になるまで育てぬれども、背も人ならず、つくづくと思ひけるは、ただ者にてはあらざれ、ただ化物《ばけもの》風情《ふぜい》にてこそ候へ、われら、いかなる罪の報いにて、かやうの者をば、住吉より給はりたるぞや、あさましさよと、見る目⑥も不便《ふびん》なり。夫婦《ふうふ》思ひけるやうは、あの一寸法師めを、いづかたへもやらばやと思ひけると申せば、やがて、一寸法師、このよし承《うけたまは》り、親にもかやうに思はるるも、口惜《くちを》しき次第《しだい》

①摂津国。大阪府と兵庫県の一部。
②老翁と老婆。易林本『節用集』に「祖父（オホヂ）」「祖母（ウバ）」。
③住吉大社。
④普通の身ではない。妊娠している。
⑤約三センチ。
⑥人が見ても気の毒だ。みる目は見ていること、見ること。「よそのみるめも……」の意。

かな、いづかたへも行かばやと思ひ、刀なくてはいかがと思ひ、針⑦を一つうばに請《こ》ひ給へば、取り出《いだ》したびにける。すなはち、麦藁《むぎわら》にて⑧柄鞘《つかさや》をこしらへ、都へ上《のぼ》らばやと思ひしが、自然《しぜん》舟なくてはいかがあるべきとて、またうばに、「⑨御器《ごき》と箸《はし》とたべ」と申しうけ、名残《なごり》惜しくとむれども、立ち出《い》でにけり。住吉の浦より、御器を舟としてうち乗りて、都へぞ上りける。

　住みなれし難波の浦を立ち出でて都へ急ぐわが心かな

かくて、⑩鳥羽《とば》の津にも着きしかば、そこもとに乗り捨てて、都に上り、ここやかしこと見る程に、⑪四条五条《しでうごでう》の有様《ありさま》、心も言葉にも及ばれず。さて、⑫三条の宰相殿《さいしやうどの》と申す人のもとに立ち寄りて、「もの申さん」と言ひければ、宰相殿はきこしめし、おもしろき声と聞き、縁《えん》の端《はな》へ立ち出でて、御覧ずれども、人もなし。一寸法師、かくて、人にも踏み殺されんとて、ありつる⑬足駄《あしだ》の下にて、「もの申さん」と申せば、宰相殿、不思議のことかな、人は見えずして、おもしろき声にて呼ばはる、出でて見ばやとおぼしめし、そこなる足駄履《は》かんと召されければ、足駄の下より、「人な踏ませ給ひそ」と申す。不思議に思ひて見れば、⑭一興《いつきよう》なる者にてありけり。宰相殿御覧じて、「げにもおもしろき者なり」とて、御笑ひなされけり。

かくて、年月送るほどに、一寸法師十六になり、背はもとのままなり。さる程に、宰

⑦『古事記』中巻「崇神天皇」に、針が重要な役割を果たす逸話が見える。針は魔除けの威力があると考えられており、針で蛇を退治する説話（蛇婿入苧環型伝説）も伝わる。また、大阪の住吉地区は、針の産地であることから、住吉の針売が伝えたものかとの説あり。（佐竹昭広「御伽草子における中世説話の問題」『佐竹昭広全集』第四巻収録、岩波書店、二〇〇九）。

⑧刀の柄と鞘。

⑨食器。椀。『古事記』上巻「大国主神」の項にある、スクナビコナの神が乗る舟と関わるか。

⑩京都市伏見区。桂川と鴨川の合流するあたり。

⑪京都市中京区・下京区。当時の繁華街。『洛中洛外図屏風』参照。

⑫三条は京都市中京区。「宰相」は参議の唐名。

⑬雨の道に使う木造りの高い履物。

⑭風変りな、奇抜な。または「逸興」ですぐれて面白い。

相殿に、十三にならせ給ふ姫君おはします。御かたちすぐれ候へば、一寸法師、姫君を見奉りしより、⑮思ひとなり、いかにもして案をめぐらし、わが女房《にようばう》にせばやと思ひ、ある時、⑯みつものの⑰打撒《うちまき》取り、茶袋《ちやぶくろ》に入れ、姫君の臥《ふ》しておはしますに、はかりことをめぐらし、姫君の御口にぬり、さて、茶袋ばかり持ちて泣きゐたり。宰相殿御覧じて、御尋ねありければ、「姫君の、わらはがこのほど取り集めて置き候ふ打撒を、取らせ給ひ御参り候ふ」と申せば、宰相殿、おほきに怒《いか》らせ給ひければ、案のごとく、姫君の御口に付きてあり。⑱まことは偽《いつは》りならず、かかる者を都に置きて何かせん、いかにも失ふべしとて、一寸法師に仰《おほ》せつけらるる。一寸法師申しけるは、「わらはがものを取らせ給ひて候ふ程に、とにかくにもはからひ候へとありける」とて、心の中《うち》に嬉《うれ》しく思ふこと限りなし。姫君は、ただ夢のここちして、あきれはててぞおはしける。一寸法師、「とくとく」とすすめ申せば、闇へ遠く行く風情にて、都を出でて、足に任《まか》せて歩み給ふ、御心の中、推《お》し量《はか》らひてこそ候へ。あらいたはしや、一寸法師は、姫君を先に立ててぞ出でにけり。宰相殿は、あはれ、このことをとどめ給ひかしとおぼしけれども、継母《ままはは》のことなれば、さしてとどめ給はず、⑲女房たちも付き添ひ給はず。

姫君、⑳あさましきことにおぼしめして、かくていづかたへも行くべきならねど、難波の浦へ行かばやとて、鳥羽の津より舟に乗り給ふ。折節《おりふし》、風荒くして、㉑興《きよう》がる島へぞ着

⑮恋い慕う心。
⑯「みつきもの（貢物）」の誤りか。
⑰神前に供える米。洗米《あらひよね》。女房詞で米のこと。
⑱「まことに」の誤りか。
⑲貴人の家に仕える女。侍女。
⑳嘆かわしい。意外なことに驚き、あきれる意が原義。
㉑風変りな島（第八章「軍記物語」参照）。

けにける。舟よりあがり見れば、人住むとも見えざりけり。かやうに風悪《わろ》く吹きて、かの島へぞ吹き上げける。とやせんかくやせんと思ひわづらひけれども、かひもなく、舟より上がり、一寸法師は、ここかしこと見めぐれば、いづくともなく、鬼二人来《きた》りて、一人は㉒打出《うちで》の小槌《こづち》を持ち、いま一人が申すやうは、「呑《の》みて、あの女房取り候はん」と申す。口より呑み候へば、目の中《うち》より出でにけり。鬼申すやうは、「これは㉓曲者《くせもの》かな。口をふさげば、目より出づる」。一寸法師は、鬼に呑まれて、目より出でて飛びありきければ、鬼もおぢをののきて、「これはただ者ならず。ただ地獄に乱こそ出で来たれ。ただ逃げよ」と言ふままに、打出の小槌、杖《つゑ》、㉔笞《しもつ》、何に至るまでうち捨てて、極楽浄土《ごくらくじやうど》の戌亥《いぬゐ》の、いかにも暗き所へ、やうやう逃げにけり。さて、一寸法師は、これを見て、まづ打出の小槌を㉕濫妨《らんばう》し、「われわれが背をおほきになれ」とぞ、㉖どうど打ち候へば、程なく背おほきになり、さて、このほど㉗疲れにのぞみたることなれば、まづまづ飯《めし》を打ち出し、いかにもうまさうなる飯、いづくともなく出でにけり。不思議なるしあはせとなりにけり。

その後《のち》、金銀《こがねしろがね》打ち出し、姫君ともに都へ上《のぼ》り、五条あたりへ宿をとり、十日ばかりありけるが、このこと隠れなければ、内裏《だいり》にきこしめされて、急ぎ一寸法師をぞ召されけり。すなはち、参内《さんだい》つかまつり、㉘大王御覧じて、「まことにいつくしき童《わらは》にて侍《はんべ》る。

㉒欲しいものは何でも打ち出すことができる小槌。『宝物集』などに記述あり。
㉓悪者。怪しい者。
㉔しもと。細い木の枝でつくったむち。「生き鞭」「死に鞭」など、人の生死を操ることのできる宝か。『日葡辞書』に「Ximot 棒・杖、または鞭」。
㉕荒らすこと。略奪すること。
㉖落ちたり、倒れたりして物の強く当たる音。『日葡辞書』に「Dodo 落ちるさま」。
㉗飢え。疲れ。
㉘天皇のこと。

㉙太政官の次官で、大納言に次ぐ。相当位は従三位。
㉚近衛府の次官。相当位は正五位下。
㉛ここは、うばのこと。「かやうに」から一寸法師のこと。
㉜清涼殿の殿上の間。殿上人に加えるの意。
㉝「おはしける」の誤りか。

いかさま、これは賤《いや》しからず」、先祖を尋ね給ふ。おほぢは、堀河《ほりかは》の中納言《㉙ちゆうなごん》と申す人の子なり。人の讒言《ざんげん》により、流され人となり給ふ、田舎《ゐなか》にてまうけし子なり。うばは、伏《ふし》見《み》の少将《㉚せうしやう》と申す人の子なり。㉛幼き時より、父母《ちちはは》におくれ給ひ、かやうに心も賤しからざれば、殿上《㉜てんじやう》へ召され、堀河の少将になし給ふこそめでたけれ。父母をも呼び参らせ、もてなしかしづき給ふこと、世の常にてはなかりけり。

さる程に、少将殿、中納言になり給ふ。心かたち、はじめより、よろづ人にすぐれ給へば、御一門のおぼえ、いみじく㉝おぼしける。宰相殿聞こしめし、喜び給ひける。その後、若君三人出で来けり。めでたく栄え給ひけり。住吉の御誓ひに、末繁昌《すゑはんじやう》に栄え給ふ。世のめでたきためし、これに過ぎざることは、よもあらじとぞ申し侍《はんべ》りける。

（新編日本古典文学全集）

今日は御伽草子の「一寸法師」を読んでいこう。

先生、今回は鬼丸君と予習してみたけど、私たちが知っている「一寸法師」とは、ちょっと違ってたわ。

ふむ、予習とは、感心、感心。二人が知っている「一寸法師」は、どんな話じゃな？

僕が知ってるのは、おじいさん、おばあさんに大切に育てられた一寸法師が、意気揚々と上京し、お姫様に仕えて、外出先で鬼に襲われたお姫様を助ける、というお話だったかな。

でも、御伽草子では、住吉大社に祈願して子供を授かったのに、おじいさんとおばあさんは、小さいままでいることを「化物」といって嘆き、一寸法師は、家出同然で都へ出立しているの。

ふむ、まず、住吉大社に祈願して授かった子供、という点じゃが、これは「申し子」と言って、神仏に祈願して授かった子を指す。このような話型をもつ話を「申し子譚」というんじゃ。申し子は、特別な能力を持っている、という場合も多いの。それに、小さい人という点では、「小さ子譚」という話型もある。『日本霊異記』という説話集の冒頭話は、スガルという小さ子が活躍する話じゃが、スガルは、優れた能力を持っておる。

へぇーっ。神仏に祈願して生まれた申し子で、小さ子でもあるなら、一寸法師にも特別の力が備わっていたのかもしれないね。

次は、一寸法師が両親に疎まれた理由を考えてみよう。室町時代に作られた『日葡辞書』という辞書には、「イッスンボウシ。こびと。Fiqiuto（低人）と言う方がまさる。」とあり、「一寸法師」という語が、背の低い人をさしたことがわかる。また、中世期にはこれらの人々が見世物になる場合があった。例えば、十一世紀に書かれた『新猿楽記』には、芸能を列挙する中に「侏儒舞《ひきひとまい》」（道化のこびと踊り）とある。第四章「歌謡」でも、よく舞うものとして歌われていたじゃろ？『鳥獣人物戯画』には、「筒抜け」という芸をしている絵もあるのう 資料1 。

「一寸法師」と呼ばれる人たちは、見世物になることもあったのね。普通でないから、両親は嘆いた……人間は残酷ね。

そうじゃな……とはいえ、御伽草子には、『小男《こおとこ》の草子』という小さな男が活躍し、最後は神になる、という話も伝わっているから、蔑まれる一方で愛されていたともいえような。さぁ、続きを読んでいこう。

都に上った一寸法師、宰相の姫君に恋をして、我が物にする為に策略をめぐらしているよ。

さっきは同情したけれど、随分、悪辣なことをしているわ！　姫君に盗みの濡れ衣を着せるなんて！

このような悪事は、現代の絵本には書かれていないのう。しかし、御伽草子の本文にこの行為に対する否定的な見解は見えんのじゃ。つまり、「知恵」と「才覚」で自らの目的を達成することに重点が置かれているんじゃな。

それにしても、お姫様が唯々諾々と従っているのは歯がゆいわ。私だったら、断固、正当性を主張します！　どうして、こんな態度に描かれているのかしら。

うーん、そうじゃなぁ。一つには、御伽草子（文庫）が、女性の嫁入り本とされていたことと関係があるかもしれんのう。つまり、この時代の女性の理想像は、父や夫に従順であることで、それこそが幸せを得る道である、と考えられていたんじゃな。

そっか……時代によって、理想の女性像が違うのね。とはいえ、反論もしないのは歯がゆいわ。

鬼姫ちゃんだったら、一寸法師の悪事なんか簡単に論破してしまいそうだね。

さぁ、家を出た一寸法師と姫君は、鳥羽の津から舟に乗って、難波の浦をめざしたようじゃぞ。

あっ、でも、悪風にあおられて「興がる島」に到着したとあるよ。二人の鬼が出てきて、姫を奪ってやろう、と言っている。悪い鬼だなぁ！　鬼はいつも、こんな役回りだよ。

一寸法師は、一呑みにされたけれど、呑まれては、目から出るということをくり返して、鬼を辟易させているわ。変な攻撃ね。絵本では、お腹の中に入って、針でちくちく刺していたような……。それに、鬼が逃げて行く方角についても、書かれていなかったわ。

絵本の話をよく覚えておるのう。御伽草子では、絵本とは異なる部分が色々とある。鬼が逃げて行った北西は、神聖な方角という指摘もあるんじゃ（藤掛和美『一寸法師のメッセージ』笠間書院、一九九六）。また、一寸法師が都に上る時に持って行った針や御器にも、魔除けなど当時の文化的背景があるといわれておる。調べてみなさい。

はい、調べてみます。物語の中の要素に、さまざまな背景があるのね。面白いわ！

鬼が逃げて行く様子は挿絵にも描かれているね 資料2。大切な持ち物もほっぽり出して逃げているよ。

大切な持ち物を置いていくなんて、余程、ひどい目にあったのね。えっと、本文には、「打出の小槌」と「杖」、「笞」とあるけれど、挿絵では蓑や笠も描かれているわ。鬼の持ち物としては、「隠れ蓑」や「隠れ笠」も定番アイテムなのよね（第六章「歴史物語——」・第十四章「狂言」参照）。

軍記物語の章（第八章）で『保元物語』に、鬼が島の記述があることを話したが、覚えておるかの？　この作品では鬼の子孫が、「昔まさしく鬼神なりし時は、かくれみの・かくれがさ・うかびぐつ・しづみぐつ・劔などいふ宝ありけり。」と話す部分がある。また、『日本霊異記』中巻第二十五縁には、閻魔王の使いの鬼が、赤い袋から鑿を取り出し命を奪う、とある。『春日権現験記絵』（第五章コラム）の鬼は腰に槌を差しとるぞ。

ご先祖さまたちの不思議な道具、どんなものがあったのか知りたいな。命を奪う鑿は怖いけれど、一寸法師が手にした「打出の小槌」は、人に福を与える道具だね。小槌を使って体を大きくした一寸法師……すぐに財宝を出すのではなく、「お腹がすいた。」と言って、食べ物を出しているよ。

そんな行動には、御伽草子版の一寸法師らしさも感じられるのう。さぁ、最後の所を読んでいこう。

都に戻った二人は、天皇に召しだされているわ。……実は貴い身分の家柄で、心身ともに器量が良いので出世、一門は栄えて、めでたし、めでたし？

うーん、最後の急展開は、ご都合主義という感じ。

ほほっ、二人は納得がいかんようだけれど、これは貴《き》種流離譚《しゅりゅうりたん》の話型を踏襲しておるんじゃ。そうそう、最後の部分を見てごらん。住吉明神を称える記述があるじゃろう？　こんな風に神を称える記述で終るのは、中世的で御伽草子の特徴の一つなんじゃよ。

そうなんだ。でも、普通の大きさになった一寸法師には精気が感じられないなぁ。小さな体や残酷な視線をものともせず、家を出て自ら就職先を見つけ、姫を手に入れるためには策略をめぐらす。また、愛しい姫の為には、鬼に立ち向かって孤軍奮闘……活力みなぎる一寸法師の姿が一転、「心かたちはじめより、よろづ人にすぐれ」と表現されてしまうと、小さい体でがんばっていた一寸法師の姿が懐かしいよ。

本当ね。ずる賢い一寸法師が懐かしいわ！　実は、私、ミステリーが好きなのだけど、一寸法師が素材になっている作品があるの。青柳碧人『むかしむかしあるところに、死体がありました』（双葉文庫）という作品よ。

へぇ！　面白そうだね。一寸法師がどんな描かれ方をしてるのか、読んでみようかな。

そうそう、二人が小さい時に読んだという、絵本との比較をしてみるのも面白いぞ。絵本も書かれた時代、著者によって、少しずつ記述や絵に変化が見られるんじゃ。

どうして変化したのか、考えるのも面白そうね。

まずは、本棚から『一寸法師』を探してこなくっちゃ。

資料1　『鳥獣人物戯画』（日本の絵巻　六巻、小松茂美、中央公論社、一九八七）

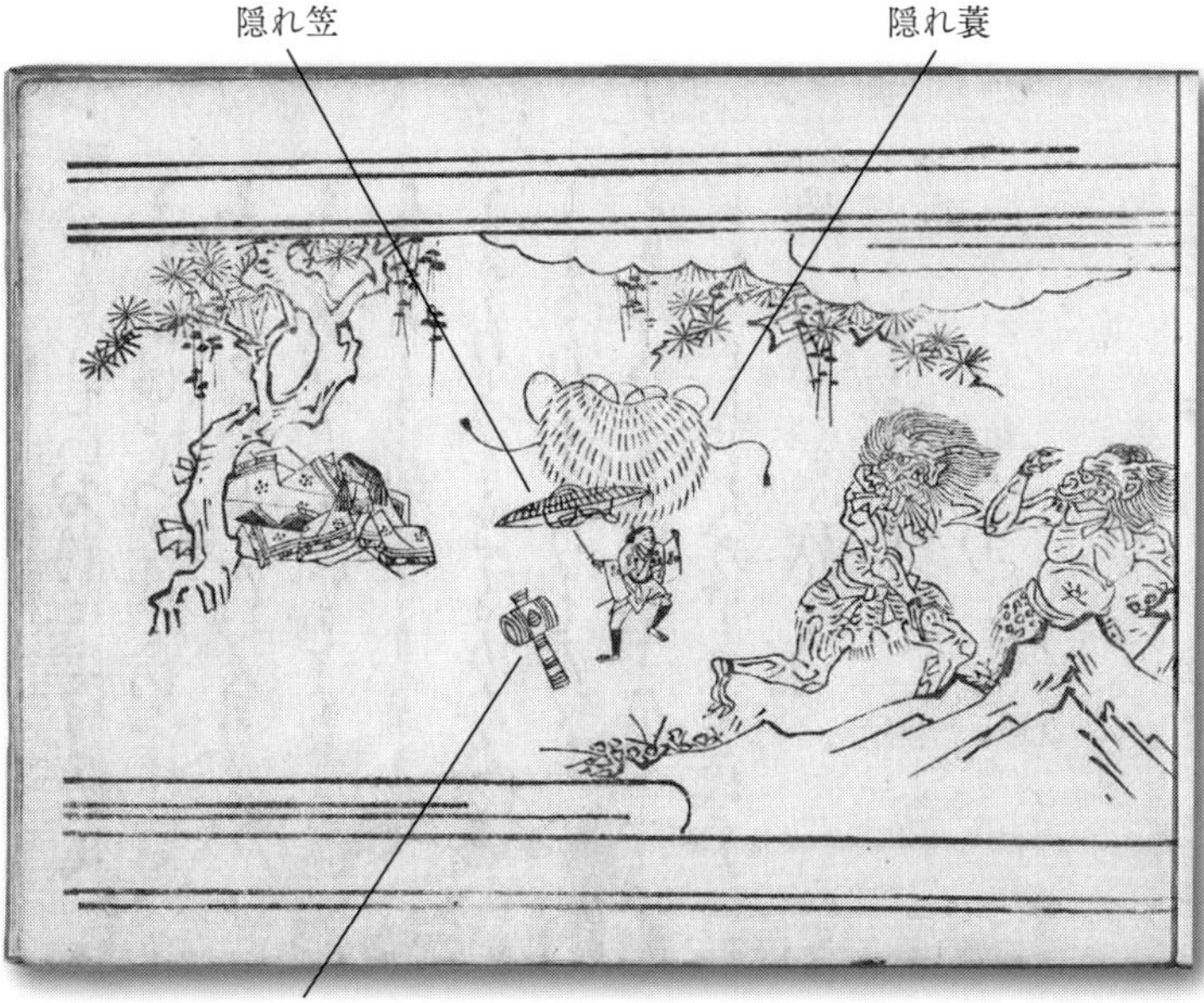

資料2　『一寸法師』挿絵（国会国立図書館デジタルライブラリー）

コラム

◉鬼と祭り

新型コロナウイルス感染症の世界的大流行の後、ワクチン接種が進められ、集団免疫も達成され、五類感染症に変更されたことで何とか収束を迎えたといえよう。様々な行動が制限された約三年の自粛期間を経てコロナ禍から解放されると、各地で中止になっていた祭りが復活した。堰を切ったように押しかける人々を見て、祭りというものは人々を高揚させ、惹きつけてやまないものなのだと痛感した。

祭りや年中行事にも鬼は各地で登場する。節分に「鬼は外、福は内」と言いながら、各家庭や保育施設などでは豆まきをして厄を払うのが通例であろう。その際、鬼役を仕立て、その鬼役の者は豆を投げつけられ追い払われる。神社や仏閣でも同様の掛け声で年男や年女が豆をまき邪気を払う行事が見受けられる。

このような疫神や鬼を払う儀式としては、古くは平安時代から宮中で大晦日に行われていた追儺《ついな》があり、それが今日の節分行事へと展開していったといわれている。追儺の形式で行われる祭りでは、人に災いをなす存在として登場するが、神楽など悪霊を鎮める鬼神として扱われている例もある。また、和歌山県の椎出の鬼舞は、鬼が、五穀豊穣、悪疫退散などを祈願する。秋田のナマハゲは年神の代理者とも鬼とも伝えられるが、ナマハゲの暴れまわった後の藁屑を拾って頭に巻くと、一年中頭痛がしないという言い伝えがある

祭りや年中行事が復活して、鬼はある時は悪役、ある時には主役と各地で引っ張りだこになっているのではないだろうか。

第十二章
評　論

鬼も「評論」するらしい。貞享元年（一六八四）刊行の十四巻本『地蔵菩薩霊験記』巻七第五話は、鳴海《なるみ》の地蔵（名古屋市緑区鳴海町にある如意寺の本尊）の霊験譚。極悪人の男二人が、地蔵の像を刻んだ卒塔婆《そとば》（死者の供養のために墓に立てる、塔の形をした細長い板）を橋として渡し、何度も「地蔵、地蔵」と嘲って言ったところ、急死した。「百千ノ悪鬼」に閻魔《えんま》王庁へと追い立てられ、冥官《みょうかん》たちによって罪業が詮議されるなか、「諸《モロ〳〵》ノ悪鬼ドモ」が進み出て、「凡《オヨソ》塔婆ハ金剛仏身ノ化体ナリ。コレヲ橋ニシ足ニフム咎《トガ》、評論《ヒヤウロン》ニヲヨバズ」と言って、男たちを無間《むげん》地獄に引き立てて行こうとした。「評論」は、室町時代中期の国語辞書である文明本『節用集《せつようしゅう》』にも「評論　ヒヤウロン」と掲出されている。「政治、時事、文芸など物事の価値・善悪・優劣などについて批評し論ずること」（『日本国語大辞典』）である。

中世には、鬼ならぬ多様な人々が、様々な事柄を対象として評論している。

和歌を論じた歌論については、第二章「歌論」参照。連歌論書も数多く、その嚆矢《こうし》というべき二条良基《よしもと》（一三二〇～一三八八）の『僻連抄《へきれんしょう》』とその決定稿『連理秘抄《れんりひしょう》』（第三章「連歌」参照）や『筑波問答』を初めとして、和歌と連歌を同一の道と考える心敬《しんけい》（一四〇六～一四七五）による個性的な論書『ささめごと』や『ひとりごと』があり、連歌の大成者宗祇《そうぎ》（一四二一～一五〇二）も、文正元年（一四六六）十月に長尾孫六に宛てたものと奥書に記す『長六文《ちょうろくぶみ》』や、その後のより体系的な『吾妻《あずま》問答』など、多くの連歌論書を残している。

能楽論書も多数著された。世阿弥《ぜあみ》（一三六三？～一四四三？）には二十一種もの伝書が知られ、その大半が能楽論である。「秘すれば花」「初心忘るべからず」の名言を各々含む『風《ふう》姿花伝《しかでん》』（第十三章「謡曲」参照）と『花鏡《かきょう》』が総合的な内容を備えているのに対して、『音曲口伝』は音曲を論じ、『三道』は能の作り方、『習道書《しゅどうしょ》』は座衆の役割などを説く。世阿弥の芸談を次男の元能《もとよし》がまとめた『申楽談儀《さるがくだんぎ》』もある。世阿弥の娘婿である金春禅竹《こんぱるぜんちく》（一四〇五～一四七〇？）の『歌舞髄脳記』なども知られる。

歌人や連歌師、能役者が、それぞれ極めようとする道に関して評論するのと違い、歴史を見つめて評論した、史論もある。いずれも動乱期のものだが、九条兼実《かねざね》の弟・慈円《じえん》（一一五五～一二二五）による承久二年（一二二〇）頃の『愚管《ぐかん》抄《しょう》』と、南朝方公卿の北畠親房《きたばたけちかふさ》（一二九三～一三五四）による『神皇正統《じんのうしょうとう》記《き》』が、代表的な作品である（第六章「歴史物語・史論書」参照）。

右のような中世評論のなかにあって殊更異彩を放っているのが、次に取り上げる文芸評論書『無名草子《むみょうぞうし》』である。

如意《にょい》（仏具）の妖怪

扇の妖怪

黒布の妖怪

『無名草子』

現存最古の、また、女性の立場からの、文芸評論書。建久九年（一一九八）～建仁二年（一二〇二）頃の成立。作者については不詳だが、俊成卿女《しゆんぜいきようのむすめ》説が有力。女房たちの語り合うのを八十三歳の老尼が聞き記すという形をとりながら、「第一に捨てがたきふし」論を皮切りに、物語、歌集、女性についての評論を展開し、男性の評論に及ぼうとしたところで終わっている。物語評論の大部分は『源氏物語』に対するものだが、同作以降の約二十五種の物語も取り上げる。散逸《さんいつ》物語についての貴重な資料でもある。

《冒頭部――評論の場の設定》

①八十《やそぢ》あまり三年《みとせ》の春秋、いたづらにて過ぎぬることを思へば、いと悲しく、②たまたま人と生まれたる思ひ出《い》でに、③後《のち》の世の形見にすばかりのことなくて④やみなむ悲しさに、髪を剃《そ》り、衣《ころも》を染めて、わづかに姿ばかりは道に入りぬれど、心はただ⑤そのかみに変はることなし。〈……ある時、「⑥東山わたり」から「西ざまにおもむきて京の方へ歩み行くに」、「いと古《ふる》らかなる⑦檜皮屋《ひはだや》の棟《むね》、遠きより」見えた。そこで、そこに歩み寄ってみた。〉ただ⑧寝殿《しんでん》、対《たい》、渡殿《わたどの》などやうの屋《や》ども少々、⑨いとことすみたるさまなり。（中略）同じほどなる若き人三四人ばかり、色々の⑩生絹《すずし》の衣《きぬ》、⑪練貫《ねりぬき》など、いと⑫萎《な》えばみたる着て、縁《えん》に出《い》でたり。所のさま、神さび古めかしかりつ

《冒頭部――評論の場の設定》

①八十三年間の年月。「八十あまり三年」は、「百千万劫菩提種　八十三年功徳林（百千万劫《ごふ》の菩提《ぼだい》の種　八十三年の功徳の林）」（『白氏文集』巻二十七、『和漢朗詠集』巻下・仏事などにも）による。八十三歳を、物語現在時とする説と、出家時とする説とがある。

②仏教では、人間に生まれることは非常に難しいとされていた（第三章コラム参照）。また、「人身難得」（『往生拾因』）。「何を以てか人界の思出とせん」（『撰集抄』跋）。

③死後の世。後世《ごせ》。

④生涯が終わってしまう。

⑤その昔。仏道に入る前。出家以前。

⑥現在の京都市東山区のあたり一帯。

⑦檜《ひのき》の皮で屋根を葺《ふ》いた家。

⑧寝殿造図 資料1 参照。

るほどよりは、⑬めやすきさまなめるかなと見る。（中略）

首に掛けたる⑭経袋《きやうぶくろ》より⑮冊子《さうし》経《きやう》取り出でて、読みゐたれば、「暗⑯うてはいかに」などあれば、「今は口⑰慣れて、夜もたどるたどるは読まれはべる」とて、一⑱の巻の末つ方、方便品比丘偈《ほうべんぼんびくげ》などより、やう⑲やう忍びてうちあげなどすれば、い⑳と思はずに、あさましがりて、「今少し近くてこそ聞かめ」とて、縁へ呼びのぼすれば、「いと見苦しくか㉑たはらいたくはべれど、法華経にと㉒ころを置きたてまつりたまはむを、強《し》ひて否《いな》びきこえむも罪㉓得《え》はべりぬべし」とて、縁にのぼりたれば、「同じくはこれに」と中門《ちゆうもん》の廊《らう》に呼びのぼせて、畳など敷かせて据《す》ゑられたり。「㉔十羅刹《らせち》の御徳に、殿㉕上許されはべりにたり。まして後㉖の世もいとど頼もしや」など聞こえて、ところどころうちあげつつ読みたてまつる。「いと思はずに。僧などだにかばかり読むはありがたかめるを」とて、若き、大人しき添ひゐて、七八人と居並《ゐな》みて、「今宵は御㉗伽《とぎ》して、やがて居明《ゐあ》かさむ。月もめづらし」など言ひて、集ひあはれたり。

一部読み果てて、「㉘滅罪生善《めつざいしやうぜん》」など数珠《ずず》おし擦《す》りて、「今は休みはべりなむ」とて寄り臥《ふ》しぬれど、この人々はゐて、さまざまのそ㉙ぞろ言《ごと》ども言ひ、経の、よき、悪《あ》しきなど褒《ほ》めそしり、花、紅葉《もみぢ》、月、雪につけても、心々とりどりに

⑨不詳。「さっぱりしている、というほどの意か」（新編日本古典文学全集）などと注されることが多い。
⑩生糸で織った布。
⑪生糸を縦糸に、練糸を横糸にして織った布。
⑫着馴れて柔らかくなったもの。
⑬「目安き様」。見た目に感じがよい様子だなと、その女たちを見る。
⑭経典を納める袋。「経袋首にかけて夜昼経読みつる」（『宇治拾遺物語』巻十第十話）。
⑮綴じ本形式にした経典。経典は、巻子本《かんすぼん》仕立てにすることが多い。
⑯暗くてはどうでしょう、文字が見えるかしら。
⑰読み慣れて。
⑱『法華経』巻一。序品と方便品からなり、後者の末尾に、「比丘比丘尼」で始まる長い偈《げ》がある。偈は、仏法や仏徳をたたえる韻文形式のもの。
⑲声をひそめてではあるが、次第に声高に読んだりすると。
⑳非常に思いがけなく、驚いて。
㉑おこがましいことですが。
㉒敬意をお示しになったのでしょうから。
㉓仏罰をこうむるに違いないでしょう。
㉔羅刹はもと、人の精気を奪う悪鬼。「らせつ」とも。『法華経』陀羅尼品《だらにほん》では、同経を読む人を十人の羅刹女が守ると説く。その十羅刹の功徳で。

㉕中門の廊下に呼び上げられたことを、清涼殿の殿上の間に上がるのを許されたことになぞらえた。この前の中略箇所にて、老尼は宮仕えの経験を語っている。その経験をふまえた表現。
㉖『法華経』の功徳で、来世も一層頼みに思われることです。
㉗話相手などをして、退屈を慰めること。
㉘経文を読み終わった時に唱える文句。
㉙とりとめのないこと。
㉚以下、平安時代末期に成立した対話形式の仏教説話集『宝物集』に、同様の記述・構想が認められる 資料2。

《散逸物語『隠れ蓑』論》
①散逸《さんいつ》物語。『源氏物語』以前の成立か。
②『隠れ蓑』論の直後の部分にも、『源氏』よりはさきの物語ども」について「言葉遣ひ、歌などは、させることなくはべる」と述べている。散逸物語『心高き』を取り上げた箇所にも、「言葉遣ひなどは古めかしく、歌などわろくはべれど」。
③ひとまとまり。趣向などが珍奇である点において、『とりかへばや』と同列に捉えられているということだろう。
④圧倒されて。
⑤全く格別なこともないのが。
⑥もとの『とりかへばや』の改作本。
⑦すぐれた。

言ひあへるも、いとをかしければ、つくづくと聞き臥したるに、三四人はなほゐつつ、物語をしめじめとうちしつつ、「㉚さてもさても、何事かこの世にとりて第一に捨てがたきふしある。おのおの、心におぼされむことのたまへ」と言ふあるに、〈以下「第一に捨てがたきふし」論で、「月」や「文」が挙げられる。〉

《散逸物語『隠《かく》れ蓑《みの》』論》

また、「『①隠れ蓑』こそ、めづらしきことにとりかかりて、見どころありぬべきものの、あまりにさらでありぬべきこと多く、②言葉遣ひいたく古めかしく、歌などのわろければにや、③一手《ひとて》に言はるる『とりかへばや』には殊《こと》の外《ほか》に④押されて、今はいと見る人少なきものにてはべり。あはれにも、をかしくも、めづらしくも、さまざま見どころありぬべきことに思ひ寄りて、⑤むげにさせることもなきこそ口惜《くちを》しけれ。『⑥今とりかへばや』とて、いと⑦いたきもの、今の世に出《い》で来たるやうに、『今隠れ蓑』といふものをし出だす人のはべれかし。今の世には、見どころありてし出づる

『信貴山縁起絵巻』（模写）より
蓑を着け笠を持った男

人もありなむかし。むげに[8]このごろとなりて出で来たるとて、少々見はべりしは、古きものどもよりはなかなか心ありてこそ見えはべりしか」など言へば、

《末尾部――男の論》

また、いかなること言はむずらむと聞き臥《ふ》したるに、[1]例の人、「さのみ、[2]女の沙汰《さた》にてのみ夜《よ》を明かさせたまふことの、むげに男の交じらざらむこそ、[3]人わろけれ」と言へば、「げに、昔も今も、それはいと聞きどころあり。いみじきこと、いかに多からむ。同じくは、さらば、帝の御上《うへ》よりこそ[4]言ひ立ちなめ、[5]『世継《よつぎ》』『大鏡』などを御覧ぜよかし。それに過ぎたることは、何事かは申すべき」と言ひながら。

（新編日本古典文学全集）

⑧『無名草子』執筆時点において新たに生み出された物語群を指す。

《末尾部――男の論》
①例の若い女房。
②女性論。男の論に入るよりも前の部分において、小野小町以下を取り上げての女の論が展開されている。
③みっともない。人聞きが悪い。
④話しはじめたらどうでしょう、けれども……。「こそ――已然形、……」の形で、逆説的に以下に続く表現。
⑤「世継」は歴史物語の意。ここでは、『栄花物語』というような具体的作品を指すのだろう。

貞享5年（1688）刊『女百人一首』に描かれた俊成卿女〔江戸時代女性文庫90（大空社）より〕

描いたのは、世界初の女流絵本作家かともされる、居初《いそめ》つな。17世紀後半ごろに活躍し、奈良絵本・絵巻や女性向け教養書などを作成した。なお、『小倉百人一首』を模した異種百人一首が数多く生み出されたが、『女百人一首』もそのうちの一つ。

右のうち《末尾部——男の論》と書いてある部分、これが作品の最後？　えーと、「例の人」……「と言へば」……「と言ひながら。」って、これで終わり？

言いさしたままの形になっとるが、これも作品の一つの終わり方みたいじゃな。

第六章に出てきたけど、その最後の部分に見える『大鏡』って、非現実的な百歳以上の翁たちが語るのよね。

僕たちが今、この本の中でやってるのと同じようなものだね。

ん？　まあな。わしらの方がもっと非現実的かもしれんがの。いや、わしらのことはいいんじゃ。『無名草子』も実は、同様の語りの形式になっとるんじゃ。《冒頭部——評論の場の設定》では老尼が語り手となっておるが、あとは、その老尼を聞き手（筆録者）とした、三、四人の女房たちによる座談の形じゃな。こういう形式については、森正人『場の物語論』（若草書房、二〇一二）あたりを参照するといいじゃろ。

冒頭部の最後近くに「つくづくと聞き臥したるに、三四人はなほゐつつ、物語をしめじめとうちしつつ」と書いてあるでしょ。この「聞き臥し」ているのが老尼で、「三四人」が語り手の女房たちね。

《末尾部——男の論》の冒頭にも「いかなること言はむずらむと聞き臥したるに」と書いてあるけど、これも老尼なんだね。じゃ、その下の「例の人」は？

三、四人の女房のうちの一人じゃの。

最後が言いさしの形になってるからかえって、作品は終わっていても、女房たちの座談はまだまだ続いてるような感じもするわね。

ん？　頭注㉔に「悪鬼」って出てくるよ。

ふむ。例えば、玄奘《げんじょう》三蔵の『大唐西域記《だいとうさいいき》』巻十一に出てくる羅刹女の島の話が、『今昔物語集』巻五第一話にも記されておる。天竺の僧伽羅《そうきやら》が五百人の商人たちとその島に漂着すると、「端厳美麗《たんごんびれい》」の女たちが現れるんじゃな。女ばかりの島なんじゃ。ところが、女たちは実は羅刹鬼で、漂着してきた男たちの足の筋を切って逃げられないようにしておいて、日々の食としてたんじゃ。

食べてたの？　こわ～い。でも、男も馬鹿ねえ。きれいな女性ばかりなもんだから、きっとふらふら～と付いていったんでしょ。鬼丸君も気をつけないとダメよ。

大丈夫。僕は一途だから、脇目をふったりしないよ。で、先生、さっきの話の続きは、まだあるんですか？

あるぞよ。というよりも、続きの方が、話全体の中心なんじゃな。が、まあ、今回はもういいかの。知りたかったら、自分たちで探して読んでみるがよい。

え〜っ、続きが気になる。……でも、老尼が「十羅刹の御徳に、殿上許されはべりにたり」と言ってるんだから、『とはずがたり』のこの部分を読むうえでは、恐ろしい悪鬼のことは関係ないみたいね。

頭注㉔の続きに『法華経《ほけきょう》』のことがあって、「その十羅刹の功徳で」って書いてあるね。「十羅刹の御徳に」というのは、『法華経』に説く十羅刹の功徳で、ってことだよね。

そうじゃ。『梁塵秘抄《りょうじんひしょう》』巻二・法華経廿《にじゅう》八品《ぼん》歌・一六一にも「法華経持《たも》てる人ばかり　うらやましきものはあらじ　薬王・勇施《ゆせ》・多聞・持国・十羅刹に　夜昼護《よるひるまも》られ奉る」と謡われておるんじゃが、『法華経』に、『法華経』を読む人を守る存在の一つとして、十羅刹が出てくるんじゃ。

十羅刹って、頭注㉔にもある十人の羅刹女だよね。

ふむ。『法華経』の陀羅尼品《だらにほん》に、「藍婆《らんば》」ら十人の名を挙げて、彼女らが仏に「世尊《せそん》よ、われ等も亦、法華経を読誦し、受持《じゅじ》する者を擁護《まも》りて、その衰患《わずらい》を除かんと欲す」と語った、そう記しておるわい。

同じ羅刹なのに、さっきの悪鬼と全然違うのね。

それはそうと、中間の一節の、《散逸《さんいつ》物語『隠れ蓑』論》は、三、四人の女房のうちの誰か一人がずっと話してるんだね。で、「散逸物語」って、何？

当時あったけど、失われて今に伝わってない物語よ。

そうじゃな。神野藤昭夫『散逸した物語世界と物語史』（若草書房、一九九八）に載る「散逸物語基本台帳」には、平安時代に属するものだけで、「認定に問題を残すもの」いくらかも含めてのことじゃが、百以上の散逸物語が採録されておるの。

へ〜、そんなにたくさん。

『隠れ蓑』論の中に「むげにこのごろとなりて出で来たる」（頭注⑧参照）とあるし、同論の続きには「げに、『源氏』よりはさきの物語ども、『うつほ』をはじめてあまた見てはべるこそ……」と記してもおるの。『無名草子』の頃にはたくさんの物語があったみたいじゃな。

『隠れ蓑』もその一つね。『宝物集』資料2の最後の方に出てくる「隠れ蓑の少将と申物語」っていうのも、この『隠れ蓑』のことかしら？

そのようじゃな。室町時代初期の『源氏物語』注釈書『河海抄《かかいしょう》』夕顔巻に「竹取・うつほ・隠れ蓑などの古物語」と記されていて、『源氏物語』以前にあった作品かと言われておるの。

どんな内容の物語だったの？

もちろん、今に伝わってないんじゃから詳しいことはわからんが、物語に出てくる和歌ばかりを集めた文永八年（一二七一）成立の『風葉《ふうよう》和歌集』（第九章「中世王朝物語」参照）に収載された計十一首の和歌（うち一首、資料3）などから見ると、隠れ蓑を着て姿を隠した男主人公が様々な事件を巻き起こす恋物語、といったところかの。

へ〜、何だか面白そうだね。

でも、『無名草子』の評価は良くないみたいね。最初の「めづらしきことにとりかかりて」というのは、男主人公が隠れ蓑を着るというような、特異な趣向のことかしら。そういう趣向からして読みがいがありそうなのに、そうじゃないってことよね。

そのすぐ後の、『隠れ蓑』と同列に扱われてるという『とりかへばや』って、男女が入れ替わる物語だよね。じゃ、もう少し先の『今とりかへばや』は？。

それは、もとの『とりかへばや』の改作本じゃな。現在我々が見ることのできるのは、その改作本の方じゃ。原作は散逸してしまっておる。『無名草子』は、『隠れ蓑』論の直前に『とりかへばや』、直後に『今とりかへばや』を取り上げておるんじゃ。

改作本の『今とりかへばや』の方は、『隠れ蓑』論の中でも、「いとといたきもの」（頭注⑦参照）と言ってるわね。改作が成功したってことよね。それと同じように、『今隠れ蓑』といった改作本を作り出す人があってほしい、と言ってるのね。

『有明けの別れ』という平安時代末期の物語でも、男装の姫君が「隠身の術」を得ていて、「隠れ蓑などいひけんやうに、至らぬ里なくまぎれ歩き給ふ」んじゃが、その物語について、馬場淳子「『有明けの別れ』は『今隠れ蓑』か――『隠れ蓑』『狭衣物語』からの〈隠れ蓑〉モチーフの変容」（『立教大学日本文学』八十五、二〇〇一）という論文が書かれていたりもするの。

ふ〜ん。……で、隠れ蓑って、もともと鬼の持ち物だと考えられてたんだよね。第一章「和歌」や第十一章「御伽草子」とかにも出てきてたように。

そうじゃ。『無名草子』に影響を与えておったらしい『宝物集』（頭注㉚）が、「人」にとっての「第一の宝」として隠れ蓑を挙げておるが、少しあとには古来それを持っとるという「人」を聞かないとも述べておる資料2。鬼の持ち物なんじゃから、当然そうなるわな。

そんな隠れ蓑を男主人公に着せるって、まさに「めづらしきこと」って感じね。

ところで、歴史評論と言うべき『愚管抄《ぐかんしょう》』（第六章参照）巻三「醍醐」は、貞信公つまり藤原忠平《ただひら》について、「コエバカリニテヲコナヒ給テ、身ハ人ニミエ給ハザリケリ。

隠形《おんぎやう》ノ法ナド成就シタル人ハカクヤト覚ケルハ、タシカニイヒツタエタルコト也」と書いておるな。

声だけが聞こえて身体が見えなかったってことね。忠平が「成就」していた「隠形の法」も、隠れ蓑を使ったものなの？

いや。どこにも隠れ蓑は出てこないし、これは違うみたいじゃ。

それじゃ、何なの？

日本古典文学大系の頭注が「隠形法は摩利支天《まりしてん》の隠形の印を結んで、その陀羅尼《だらに》真言を修すること。摩利支天は摩利支天経に説く仏教の天女。これを念ずると身を隠すことが出来るという」と書いておるし、馬場淳子「『松浦宮物語』の鄧皇后と『有明けの別れ』の女右大将――天女としての人物像と摩利支天の面影」(『立教大学日本文学』八十七、二〇〇一)も同様のことを述べておるの。

じゃ、その、摩利支天とやらで決まり！

確かに、『仏説摩利支天経』が、隠形印を具体的に説いたりしておるうえに、日本の安然《あんねん》(八四一～?)による『摩利支要記』も摩利支天が隠形の法を用いたという話を載せていたようじゃし、鎌倉時代の醍醐寺僧の口決《くけつ》類などにも摩利支天の隠形印が説かれておるんじゃ。吉田典代「摩利支天をめぐる言説と美術」(『学習院大学研究年報』六十五・六十六、二〇一八・二〇一九)に詳しいの。

じゃ、ますますそれで決まり！

じゃが、例えば、四世紀に中国で作成された『神仙伝』が、李仲甫《りちゆうほ》という人物について、『愚管抄』の場合とまさに同じく、「隠形」法によって、声だけで身体が見えなくなったことを記しておる。同じ時代に成立した神仙思想の理論書『抱朴子《ほうぼくし》』も種々の隠形法を具体的に説いておる。そうして、これら両書は早く、『万葉集』の時代には日本に入ってきておるんじゃ。そのあたりのことを少しも考慮しないで、摩利支天の法だと決めてかかっていいものか……。

鬼っていうだけですぐに、恐ろしいって決めつけるようなもんだね。第三章「連歌」に出てきた作品では、鬼のことを何度も「おそろし」と言ってたし、第七章「日記文学」には、話を聞くだけで見なくても鬼は恐ろしいっていう歌も載っていたし……。けど、前に出てきた、ええと、そう、羅刹女。もとは恐ろしい悪鬼でも、一方で、『法華経』を読む人を守る存在でもあるんだよね。だからホント、何でもすぐに決めつけるのはよくないよ。

よく言うわ。さっきまではすぐに、「決まり！」って言ってたくせに。

へへへ。

資料1 寝殿造図

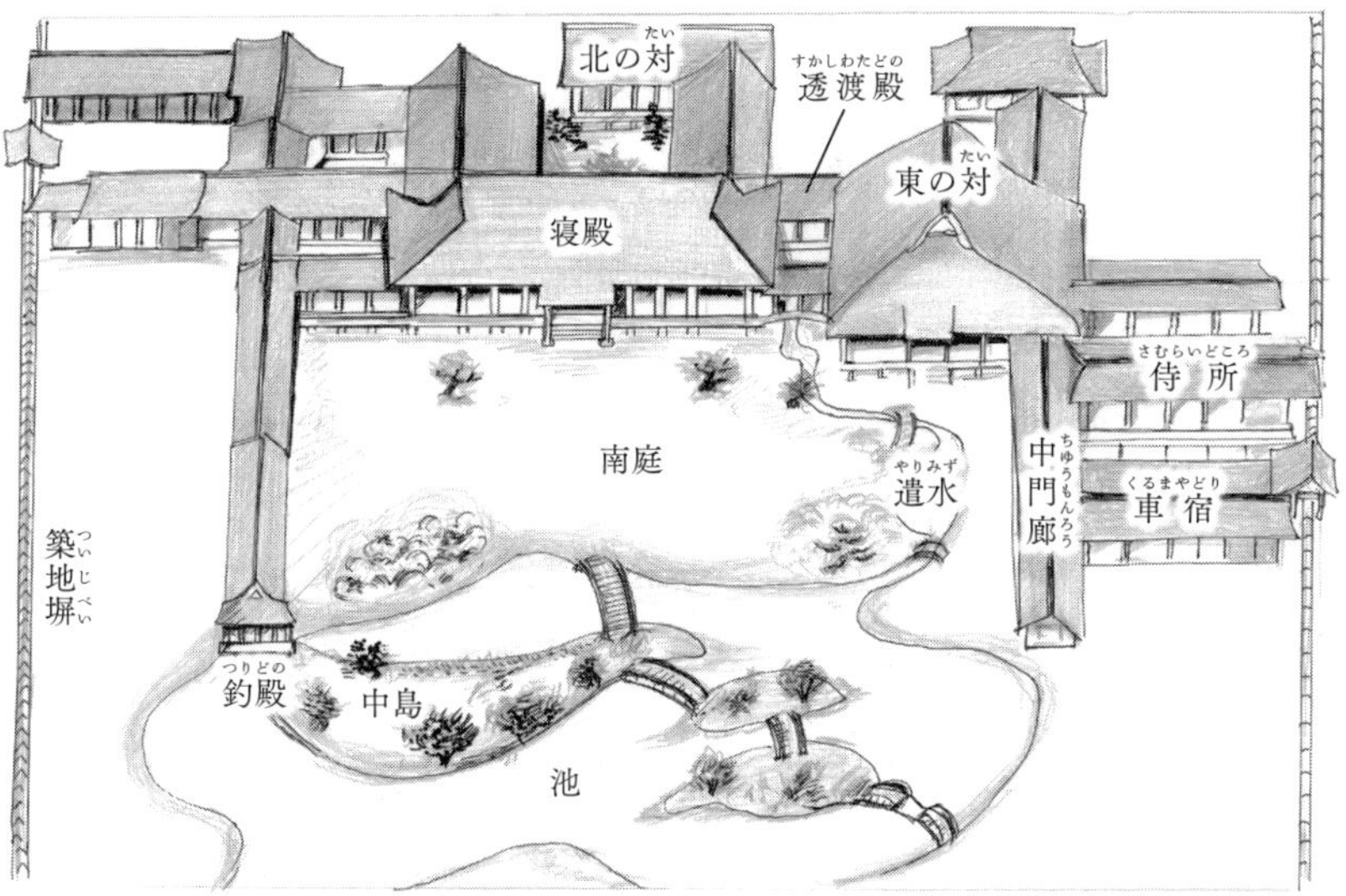

資料2 『宝物集』（七巻本、新日本古典文学大系）

心有計《こゝろあるばかり》の者共目を覚《さま》して、こしかた行《ゆく》すゑの事語《かたり》はやりて、「抑《そも〳〵》人の為には、何か第一の宝にては侍る」と云《いふ》者あんなれば、まことに、何か宝にてあらん、とおもふ程に、そばよりさし出《いで》て、「人の身には隠蓑《かくれみの》と申《まうす》物こそ能《よき》宝にては侍りぬべけれ。（中略）又そば成《なる》ものさし出て、「（中略）昔より隠蓑・打出の小槌《こづち》持たると云人聞え侍らず。隠れ蓑の少将と申《まうす》物語も有増事《あらましごと》を造りて侍る也。

資料3 『風葉和歌集』巻七釈教・四八九＝『隠れ蓑』逸文（新注和歌文学叢書）

ところどころ見ありきけるころ、法師の、女の手をとらへて侍りけるに、仏のたまふやうにて耳に言ひ入れ侍りける　隠れ蓑の左大将

保《たも》たずて誤《あやま》つ咎《とが》を見る時ぞ教へし法《のり》もくやしかりける

コラム

◉鬼おにマスク

「鬼おにマスク」といっても、鬼が付けるための、鬼用のマスクというわけではない。鬼の恐ろしげな形相をかたどったマスクである。新型コロナウイルスが猛威を揮《ふる》っていた先年、京都府立大江高等学校ビジネス科学科がデザインし、福知山観光協会大江支部が発売したもの。京都府北部の福知山市にある大江山は、酒呑童子《しゅてんどうじ》（第四章「歌謡」等参照）などの鬼の伝説で知られ、日本の鬼の交流博物館があって、世界鬼学会も運営している。また、福知山市は最近、節分直前の二月二日を、「鬼鬼《おにおに》の日」と定めた。節分は立春の前日。季節の変わり目には邪鬼が生じるとされ、それを追い払う行事「追儺《ついな》」が古くから行われてきた。室町時代には豆まきも見られる（第十四章「狂言」等参照）。追い払われる前の、節分の前日、二月二日は、「02月02日」と書けばまさに、「お（オー）に（2）」の日となる、ということらしい。（わたしたちも、二人で「鬼鬼」ね。）

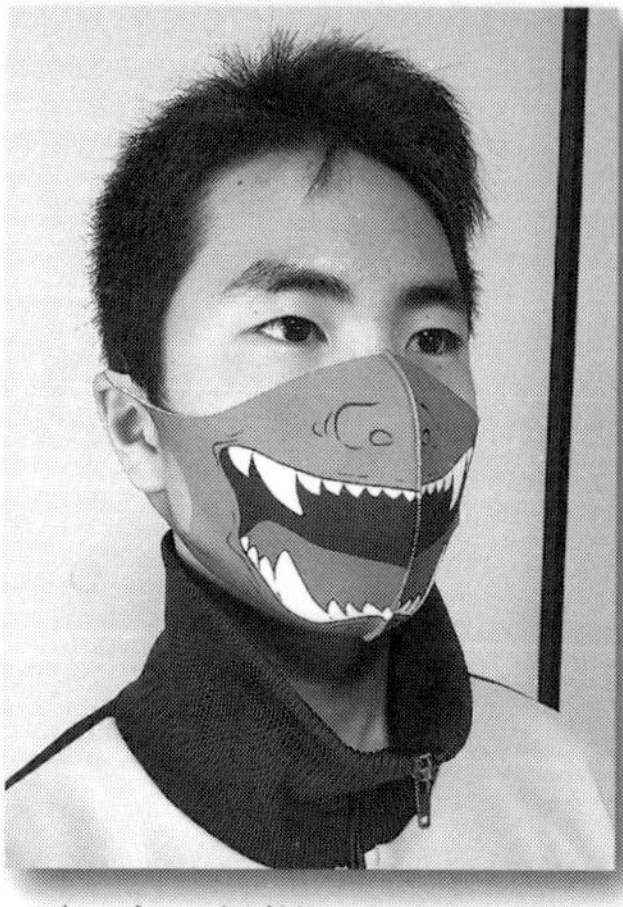

（モデル　編者甥　河上颯汰君）

第十三章
謡曲

能は、笛・小鼓《こつづみ》・大鼓《おおかわ》・太鼓による囃子《はやし》を伴奏として、主役のシテや脇役のワキなど、面と装束を身につけた登場人物が、地謡《じうたい》に合わせたり、自ら謡《うたい》をうたったりしながら舞う、極度に様式化された舞台劇。謡曲は、その台本である。奈良時代に中国から伝わった、曲芸や奇術など雑多な内容の散楽《さんがく》が、平安時代には猿楽《さるがく》と呼ばれ、物まねを中心とした滑稽なものとなる。その後、田楽《でんがく》などと影響し合ったりもしながら発達していき、室町時代に入って、大和猿楽四座のうち結崎座《ゆうざきざ》（後に観世《かんぜ》となり、宝生《ほうしょう》・金春《こんぱる》・金剛、近世初期以降の喜多《きた》と合わせて、現行五流。観世・宝生が上掛《かみがか》り、他三流が下掛《しもがか》り）に観阿弥《かんあみ》（一三三三〜一三八四）・世阿弥《ぜあみ》（一三六三?〜一四四三?）父子が出るに及んで、物まねを主体とする大和猿楽の芸が、歌舞中心の高度な劇形態の芸「能」へと洗練されていった。世阿弥は殊に優れ、自ら演じるとともに、『風姿花伝《ふうしかでん》』など多くの能楽論書を著し（第十二章「評論」参照）、『高砂』『忠度《ただのり》』『井筒《いづつ》』など、謡曲を多数生み出した。シテが生きている人間であり、劇が現在進行形で進行していく現在能に対して、夢幻能《むげんのう》を完成させたのも世阿弥で、それには世阿弥が理想とした幽玄美が最もよく体現されている。世阿弥なきあと、甥の音阿弥《おんあみ》（一三九八〜一四六七）の活躍などあって、能は発展を続けたが、後援者であった足利将軍の権威を失墜させるなどした応仁の乱によって大きな打撃を受ける。もとの盛況を取り戻すのは、戦国の世が落ち着き始めてからであった。

神話伝説ほか多方面から題材を得ており、現行曲は約二四〇番に及ぶ。能楽の一日の興行は通常五番立てで、各曲はそれによって分類されることが多い。シテが神の初番目物（脇能《わきのう》『高砂』など）、シテが武士の二番目物（修羅能『忠度《ただのり》』など）、シテが女性の三番目物（鬘能《かずらのう》『羽衣』など）、他に分類できない曲を集めた四番目物（雑能『安宅《あたか》』など）、シテが鬼神や天狗の五番目物（切能《きりのう》『羅生門』など）、である。興行ではこの順に上演、さらに間に滑稽劇である狂言が挟まれたりもして、変化に富んだプログラムが構成される。

台本である謡曲は、擬古的な地の文と独語体、対話体から成る。古詩・古歌や物語の文を綴り合わせていて、創作味に乏しい文章だが、七五調や七四調を基調にした声調が流麗で、優雅さの奥に幽玄味を漂わせている。能作者としては、観阿弥・世阿弥のほか、世阿弥の長男・観世元雅《もとまさ》（一三九五？〜一四三二『隅田川』など）や、世阿弥の娘婿・金春禅竹《ぜんちく》（一四〇五〜一四七〇？『定家』など）、禅竹の孫・禅鳳《ぜんぽう》（一四五四〜一五三二？『生田敦盛』など）が知られる。

古唐櫃《からびつ》をあける赤鬼

唐櫃から逃げだす妖怪たち

『野《の》守《もり》』

五番目物。夢幻能。五流現行曲。世阿弥『五音《ごおん》』に作者名を挙げずに記載されているので、世阿弥作と見られる。〔前場《まえば》〕旅の山伏が大和国春日野で野守の老人と出会い、野守の鏡の故事を聞く。老人は、それは野中のたまり水であり、鬼の持つものだとも語って、塚に入って消える。〈中入《なかいり》〉〔後場《のちば》〕山伏の祈りによって、鬼が鏡を手に出現し、宇宙の果てから地獄の隅々まで映し出して、地獄へと帰っていく。

前ジテ＝野守の老人（鬼の化身）　後ジテ＝野守の鬼　ワキ＝旅の山伏

〈後見《こうけん》が塚の作り物を運び出し、大小前《だいしょうまえ》に据える。「次第《しだい》」の囃子《はやし》につれてワキが登場、常座にとまる〉

〔次第〕ワキ ①苔《こけ》に露《つゆ》けき袂《たもと》にや、苔に露けき袂にや、②衣《ころも》の玉を含むらん。

〔名ノリ〕ワキ かやうに候ふ者は、③能登の国石動《ゆするぎ》の客僧にて候、われ④大峰葛城《かづらき》の志しあるにより、只今和州へと急ぎ候。

（中略　道行の詞章）

〔着キゼリフ〕ワキ 急ぎ候ふほどに和州⑤春日の里に着きて候、まづこのあたりの名所をも人に尋ねばやと存じ候。〈言い終わって脇座に行き、着座する〉

〈囃子につれてシテが杖を突いて登場し、常座にとまる〉

〔一セイ〕シテ ⑥春日野の、飛ぶ火の野守出でて見れば、いまいく程ぞ若菜摘む。

①山伏は野山に臥して修行するから、苔の露に袂が濡れるのである。

②衣の玉を含むかのように、露の玉が光っている。ある人の貧苦を救うため に親友が、衣の袖の裏に密かに無価宝珠（甚だ貴重な宝石）を縫い込めたという、『法華経』五百弟子授記品所載の寓話に基づき、「衣の玉」や「衣の裏の玉」は、衆生に仏性が備わっていること、それを知らずに過ごすことの譬《たと》えとされる。なお、僧衣を「苔の衣」と言う。よって、「苔」と「衣」が縁語。「露」と「玉」も縁語。

③「石動」は、石川県鹿島郡の石動山。泰澄《たいちょう》建立という天平寺があった。「客僧」は、寺の客となって回国修行する

僧、山伏。現在は、「出羽の羽黒山より出でたる山伏」（『謡曲大観』）とする（日本古典文学大系の「補注」一六二参照）。

④修験道の霊場である大峰山・葛城山に分け入って修行すること。

⑤奈良付近一帯の古称。謡曲『采女《うねめ》』にも「急ぎ候ふほどに春日の里に着きて候」。

⑥『古今和歌集』春上・一八「春日野の飛火《とぶひ》の野守出でて見よいまいく日《か》ありて若菜摘みてむ」による。「飛ぶ火」は危急を知らせる烽火《のろし》で、それをあげる設備が置かれたので、春日野は「飛火野」とも呼ばれた。「野守」は野の番人で、標野《しめの》など、主として皇室所用の野に置かれた。

⑦謂《いわ》れのありそうな。

⑧物の影が映って見える、野のたまり水。

⑨水鏡ではない、本当の野守の鏡。

⑩『袖中抄《しゅうちゅうしょう》』第十八に「のもりの鏡とは、野を守ける鬼の持たりける鏡なり」。

⑪「かなふまじ」と「ましろ」の掛詞。腹部の白い鷹。「はし鷹の野守の鏡」（『新古今和歌集』恋五・一四三二）にまつわる伝承（『俊頼髄脳』『袖中抄』などに記載）が、直前の中略部分に盛り込まれ

〔名ノリザシ〕 シテこれに出でたる老人は、この春日野に年を経て、山にも通ひ里にも行く、野守の翁にて候ふなり。（中略）

〔問答〕 ワキいかにこれなる老人に尋ね申すべきことの候。（中略）これに由⑦《よし》ありげなる水の候、名のある水にて候ふか。 シテこれこそ野守⑧の鏡と申す水にて候へ。 ワキあら面白や、野守の鏡とはなにと申したることにて候ふぞ。 シテわれらごときの野守、朝夕影を映し候ふほどに野守の鏡とは申し候。また、まことの野⑨守の鏡は、昔鬼神の持ちたる鏡とこそ承りて候へ。 ワキなにとて鬼神の持ちたる鏡をば、野守の鏡とは申して候ふぞ。 シテ昔この野に住みける鬼のありけるとなり。昼は人となりてこの野を守《も》り、夜は鬼となつて、これなる塚に住みけるとなり。されば野⑩を守りける鬼の持ちし鏡なればとて、野守の鏡と申し候。

（中略 「はし鷹《たか》の野守の鏡」の伝承）

〔ロンギ〕 地げにや昔の物語り、聞くにつけてもまことの、野守の鏡見せ給へ。（中略）鬼の持ちたる鏡ならば、見ては恐れやし給はん、まことの鏡を見んことは、かなふ真白⑪《ましろ》の鷹を見し、水鏡を見給へとて、塚⑫のうちに入りにけり、塚のうちにぞ入りにける。 〈シテ、塚の中へ中入する〉

〈アイがアイ座から常座へ出て、ワキの求めに応じて野守の鏡の故事などを語り、先刻の老人こそが野

ており、その中に「白斑《しらふ》の鷹」が登場する。
⑫『俊頼髄脳』に「またひと」の説として、「野守のかがみとは徐君がかがみなり。（中略）塚のしたにうづみてけり」。謡曲『求塚《もとめづか》』にも中入前に、「塚のうちに入りにけり、塚のうちにぞ入りにける」。
⑬年々峰入りして修行すること。
⑭「みやうきやう」（明鏡）の誤写か。
⑮仏・法・僧に帰依をする三帰依文《さんきえもん》の第一句。
⑯『徒然草』第二〇七段にも「鬼神はよこしまなし」と見える（第五章「随筆」参照）。諺「鬼神に横道なし」を引く。鬼神には邪悪な行いも心の曇りもない、そうしたことを象徴するような、曇りなき野守の鏡。
⑰無色界に四天あるうちの第四が、「非想非非想天」。有頂天。
⑱鏡に映して見ると。「鑑《かがみ》れば」に「鏡」の意を生かしつつ、「屈《かが》み見れば」の意をこめる。
⑲閻魔王庁にあって、死者の生前の善悪の所業を映し出すという鏡。
⑳鬼神に横道がない（注⑯）ばかりか、鬼神が横道を正す。
㉑地獄の意。サンスクリットの音訳語。

守の鬼の化身であろうと言う。そして、後ジテ登場後に片幕《かたまく》で退場する〉

〔□〕　ワキ（中略）われ⑬年行《ねんぎよお》の劫《こお》を積める、その法力のまことあらば、鬼神の⑭みやうちやう現はして、われに奇特を見せ給へ、⑮南無帰依仏。〔出端《では》〕〈後ジテの登場を予想させる豪快な囃子が奏でられる〉

（中略）

〔ノリ地〕　地⑯鬼神に横道《おおどお》、曇りもなき、野守の鏡は、現はれたり。

（中略）〔舞働《まいばたらき》〕〈囃子につれて勢いよく舞台を二巡する〉

〔ノリ地〕（中略）地天を映せば、シテ⑰非想、非々想天まで隈《くま》なく、地さてまた大地を、⑱かがみ見れば、シテまづ地獄道、地まづは地獄の、有様を現はす。一面八丈の、⑲浄玻璃《じよおはり》の鏡となつて、罪の軽重、罪人の呵責《かしやく》、打つや鉄杖《てつじよお》の数かず、悉《ことごと》く見えたり。さてこそ⑳鬼神に、横道を正す、明鏡の宝なれ。すはや地獄に、帰るぞとて、大地をかっぱと、踏み鳴らし、大地をかっぱと、踏み破つて、㉑奈落《ならく》の底にぞ、入りにける。

（日本古典文学大系）

『風姿花伝』

十五世紀初め頃に成立した、世阿弥による能の理論書。世阿弥の二十一種の伝書のうち最初の作品。能の修行法や演技論、美学など。全七編。日本最古の演劇論書。

《第二「物学条々《ものまねでうでう》」の「鬼」の段》

——強く恐ろしい鬼を演じて、面白さがあるとは……。


これ、ことさら①大和の物なり。一大事《いちだいじ》なり。

およそ、怨霊・憑物《つきもの》などの鬼は、②面白き便《たよ》りあれば、易《やす》し。③あひしらひを目がけて、細かに足・手をつかひて、④物頭《ものがしら》を本《ほん》にしてはたらけば、面白き便りあり。⑤まことの冥途《めいど》の鬼、⑥よく学べば恐ろしきあひだ、面白き所さらになし。まことは、あまりの⑦大事の態《わざ》なれば、これを面白くする者、稀《まれ》なるか。

まづ、⑧本意は強く恐ろしかるべし。強きと恐ろしきは、⑨面白き心には変《かは》れり。そもそも、鬼の物まね、大きなる⑩大事あり。⑪よくせんにつけて面白かるまじき道理あり。恐ろしき所、本意なり。恐ろしき心と面白きとは、⑫黒白《こくびやく》の違ひなり。されば、⑬鬼の面白き所あらん為手《して》は、極めたる上手とも申すべきか。さりながら、それも、鬼ばかり

《第二「物学条々」の「鬼」の段》
①大和猿楽が得意とする種目。
②面白く見せる手がかり。
③相手役。
④頭に付けるもののことか。不明。
⑤真実の鬼である、冥途（地獄）の鬼。
⑥上手にまねると恐ろしく感じられるので。
⑦むずかしいわざ。
⑧鬼の本質。
⑨面白いという感じとは違っている。
⑩難題。
⑪十分にまねればまねるほど面白くはなくなるという道理がある点だ。
⑫正反対。
⑬鬼を演じて面白さのあるような為手《して》。
⑭上手に演じたとは見えるものの。
⑮その鬼すらも面白くないという道理。
⑯鬼の能を演じて、しかも面白さがあるような境地。

をよくせん者は、ことさら花を知らぬ為手なるべし。されば、若き為手の鬼は、⑭よくしたりとは見ゆれども、さらに面白からず。鬼ばかりをよくせん者は、⑮鬼も面白かるまじき道理あるべきか。くはしく習ふべし。ただ、⑯鬼の面白からんたしなみ、⑰巌《いはほ》に花の咲かんがごとし。

《第七「別紙口伝《べっしのくでん》」の一節》

――すべての能を演じて稀に鬼を演じれば、その目新しさが「花」となる。

物学《ものまね》の鬼の段に、「鬼ばかりをよくせん者は、鬼の面白き所をも知るまじき」とも申したるなり。①物数を尽くして、②鬼をめづらしくし出《い》だしたらんは、③めづらしき所《ところ》花なるべきほどに、面白かるべし。④余の風体《ふうてい》はなくて、「鬼ばかりをする上手」と⑤思はば、「よくしたり」とは⑥見ゆるとも、めづらしき心あるまじければ、⑦見所《みどころ》に花はあるべからず。「巌に花の咲かんがごとし」と申したるも、鬼をば、強く、恐ろしく、肝《きも》を消すやうにするならでは、⑧およその風体なし。これ巌なり。花といふは、⑨余の風体を残さずして、幽玄至極の上手と人の思ひ慣れたる所に、思ひの外《ほか》に鬼をすれば、めづらしく見ゆる所、これ花なり。しかれば、鬼ばかりをせんずる為手は、巌ばかりにて、花はあるべからず。

（新編日本古典文学全集）

⑰『古今和歌集』冬歌・三二四番歌に、「白雪の所もわかず降りしけば巌にも咲く花とこそ見れ」。

《第七「別紙口伝」の一節》

①すべての能を演じ尽くしたうえで。

②鬼をごく稀《まれ》に演じると。

③目新しさが花であるという原則によって。「別紙口伝」の冒頭部に、「花と面白きと珍しきと、これ三つは同じ心なり」、引用箇所の少し前に、「ただ花は、見る人の心に珍しきが花なり」「物数を尽くして、工夫を得て、珍しき感を心得るが花なり」。

④鬼以外に演じる芸がなくて。

⑤観客が思っていては。

⑥「『見ゆ』の状態性を強調していう語」（『時代別国語大辞典』室町時代編五）。「見ゆる」に同じ。世阿弥に用例が多い。『花鏡』「先聞後見《せんもんごけん》」に「まづ、諸人の耳に聞く所を先立《さきだ》てて、さて、風情を少し後《おく》るるやうにすれば、聞く心よりやがて見ゆる所に移る境にて、見聞《けんもん》成就する感あり」（「風情」は所作の意。謡《うたい》より所作を少し遅れ気味にするのがよい、ということ）。

⑦観客の見た目に。

⑧少しも鬼らしい風情がない。

⑨鬼以外の種類の能を残さず演じ。

『野守』の方は特に中略箇所が多くて、何だかわかりにくいなあ。

色々と都合があるんじゃろ。「日本古典文学大系」に載ってるから、全体を見たかったら自分で探して見よ、ということじゃな。ま、それも勉強じゃ。

前場《まえば》に出てくる野守の老人について、中入《なかいり》の直前に「塚のうちにぞ入りにける」とあり、後場《のちば》では、鏡を持って現れた鬼が最後に地獄へと帰ってるんだから、野守の老人が実は鬼だった、ということよね。

そうじゃ。世阿弥の確立した、いわゆる夢幻能《むげんのう》という形式になっとるんじゃな。世阿弥の理想とする幽玄の境地を体現するものじゃ。旅の僧（ワキ）が名所旧跡を訪れると、ある人物（前ジテ）が現れて、その土地にまつわる物語をして消える（中入）、ワキが待っておると、実はその物語における重要な存在で、仮に現実の人間の姿をとっておった前ジテが、今度は本来の霊的な存在として登場し（後ジテ）、多くの場合クライマックスとして舞を舞う、というのが夢幻能の典型的な筋書きじゃな。

ふ〜ん。「中入」も、「中略」と同じこと？

途中を省略する「中略」とは違うわよ。

中入の部分では、間狂言《あいきょうげん》が出て、緊張を和らげ、筋の解説をしたりするんじゃ。「アイがアイ座から常座へ出て……」と、本書に載る『野守』でも説明しとるの。

へ〜。で、頭注⑪⑫に出てくる『俊頼髄能』って、何か聞き覚えがあるな。

「鬼のしこ草」について書いとる箇所が、第二章「歌論」で取り上げてあったじゃろ。その箇所の直前に野守の鏡について述べておるんじゃな。

『野守』には鏡がいっぱい出てくるね。

この本のジャケットを外して、本体の裏表紙のここ、「野守」って書いてあるのかしら、ここには丸い鏡のようなのが描いてあるわ。

え、どこ？あ、これ。確かに。

これは『能双六《のうすごろく》』というものじゃ。一八〇〜一八一頁に解説があるし、遊び方も載っとるわい。

ちょっと面白そう。早速やってみよう。

ダメ。あとでね。

はーい……。『野守』を作った世阿弥は、『風姿花伝』という能楽論書も書いてるんだね。『野守』の次に記事が二箇所挙げられてるけど、こっちにも鬼のことがいっぱい出てくるね。ええと、前の方の最初のところ、鬼を「怨霊・憑物などの鬼」と「まことの冥途の鬼」に分けてるんだな。『野守』のは、最後に「すはや地獄に、帰るぞ」と言って「奈落の底」に入ったりするから、「まことの冥途の鬼」の方かな。じゃ、……僕たちは？

『野守』の鬼はそうみたいね。第十章「説話」に出てきた『鉄輪《かなわ》』の鬼とかは、「怨霊・憑物などの鬼」ね。で、私たちは、……ええと、知らないわ、そんなこと。

それはわしも知らんが、ほれ、この日本思想大系に載る世阿弥『二曲三体人形図《にきょくさんたいにんぎょうず》』にも、鬼に関することが絵入りで出てくるぞよ。

この下のがそれ、世阿弥が描いた絵？　何だかちょっとユーモラスな感じにも見えて、面白いわね。説明の文章も読んでみると、……ふ～ん、形は鬼、心は人という砕動風《さいどうふう》の鬼と、勢いも形も心も鬼という力動風《りきどうふう》の鬼とに、鬼を分けてるわね。前者の鬼について「はたらき細《こま》やかに砕《くだ》くる」と言ってるのが、『風姿花伝』が「怨霊・憑物などの鬼」について「細かに足・手をつかひて」と記すのと対応していて、一方の力動風の鬼について『二曲三体人形図』が「面白きよそほひ少なし」と記してるのが、『風姿花伝』の「まことの冥途の鬼」についての記事

「面白き所さらになし」と、それぞれ対応するようだから、「怨霊・憑物などの鬼」＝砕動風の鬼、「まことの冥途の鬼」＝力動風の鬼ということね。

じゃ、『野守』の鬼は、力動風の鬼ってことだね。

いや、確かに、そう捉えることができそうなんじゃが、世阿弥の他の能楽論書も見ると、必ずしもそうではないところがあって、砕動風・力動風というのは、鬼の種類というよりも、鬼の演じ方のことでもあるようじゃ。その辺のことについては、澤野加奈「世阿弥の『鬼』再検――『砕動風』『力動風』の位相の変遷――」（『待兼山論叢』美学篇三十六、二〇〇二）あたりを参照するがよかろう。第三章で挙げた『連理秘抄』は、鬼も詠みようによって恐ろしくも優しくもなると書いておったが、鬼の演じ方も色々なんじゃろうな。……お、そうじゃ、今朝、目が覚めて、ふと思い付いたんじゃが、『野守』の前場の問答の中で、シテが「昼は人となりてこの野を守り、夜は鬼となつて、これなる塚に住みけるとなり」と述べておるのが、平安時代前期の小野篁《たかむら》について、南北朝時代の『帝王編年記』仁寿二年十二月二十二日条が「昼在二日本国一、夜在二閻魔庁一為二冥官一（昼は日本国に在り、夜は閻魔庁に在りて冥官《みょうかん》たり）」と記すのと似とるかな、と。

確かに似てるのは似てるけど、偶然のようなものなん

じゃないんですか。

そうかもしれん。ただ、室町時代末期は下るまいとされる『篁山竹林寺縁起』（『瀬戸内寺社縁起集』収載）が、冥官として篁がある人物を蘇生させた話を載せ、その末尾部分に「愛宕寺之前而大地蹴破而地底入畢（愛宕《おたぎ》寺の前にて大地を蹴破《けやぶ》って地の底に入り畢《をは》んぬ）」と書いとる……

あ、それって、『野守』の末尾の「大地をかっぱと、踏み破つて、奈落の底にぞ、入りにける」とそっくり。

そうじゃろ。さらに言うと、『篁山竹林寺縁起』や、鎌倉時代初期頃成立という『和漢朗詠集永済《えいさい》注』に載る、やっぱりある人物を蘇生させた篁の話に、『和漢朗詠集』巻下「僧」に載る篁の詩句「明鏡乍開随境照」（明鏡《みやうきやう》乍ち《たちま》に開《ひら》けて境《をり》に随って照《てら》す）が出てくるんじゃ。

「明鏡」という語は、『野守』の末尾部分に見えるわよね。それに、そもそも『野守』は、鏡をめぐる物語といった感じね。

そうじゃな。先ほど挙げた『篁山竹林寺縁起』や『和漢朗詠集永済注』は、「愛宕寺」の前あるいは内で篁が地底に入ったと書いておるが、その寺は、京都市東山区にある六道珍皇寺《ろくどうちんのうじ》のことで、その境内に、そこを通って篁が冥途に通っていたという井戸が今もあるんじゃな。この六道珍皇寺の門前を中心とする一体は、この世とあの世との境界とイメージされていて、「六道の辻」と呼ばれておるんじゃ。それで、篁がここから冥途へ……

あっ、能の『野守』について勉強するっていうから、わたし昨日、検索して出てきた阿部由佳「世阿弥作能の『場』——『野守』における春日野——」（『藝能史研究』百五十五、二〇〇一）という論文を図書館に行って読んだのよ。

えっ、鬼姫ちゃん、そんなことしてたの。僕とのデートをすっぽかして。

あ、ごめんね。で、その阿部論文が、『野守』の最後で鬼が地獄に帰っていくけど、『野守』の舞台の春日野の下に地獄があったという説話が、中世に流布していたと書いていて、その地獄へと通じる「六道」と呼ばれるところが、平安時代から春日社の境内地にあった、っていうことよ。京都の六道の辻と似てるんじゃない？

そうじゃな。『野守』と篁を繋ぐ線が色々と浮かび上がってくるの。じゃが、何せ今朝思い付いたところじゃからな、まだまだ検討が必要じゃな。ただの思い過ごしかもしれんし、……ま、いずれにせよ、こういう「思い付き」というのが、研究においては、その出発点として重要な役目を果たしたりするもんなんじゃ。

ふ〜ん、「思い付き」ねぇ、……お餅つきなら、結構自信あるんだけど。

資料1　能舞台略図（＊新潮日本古典集成所載図を元に作成）

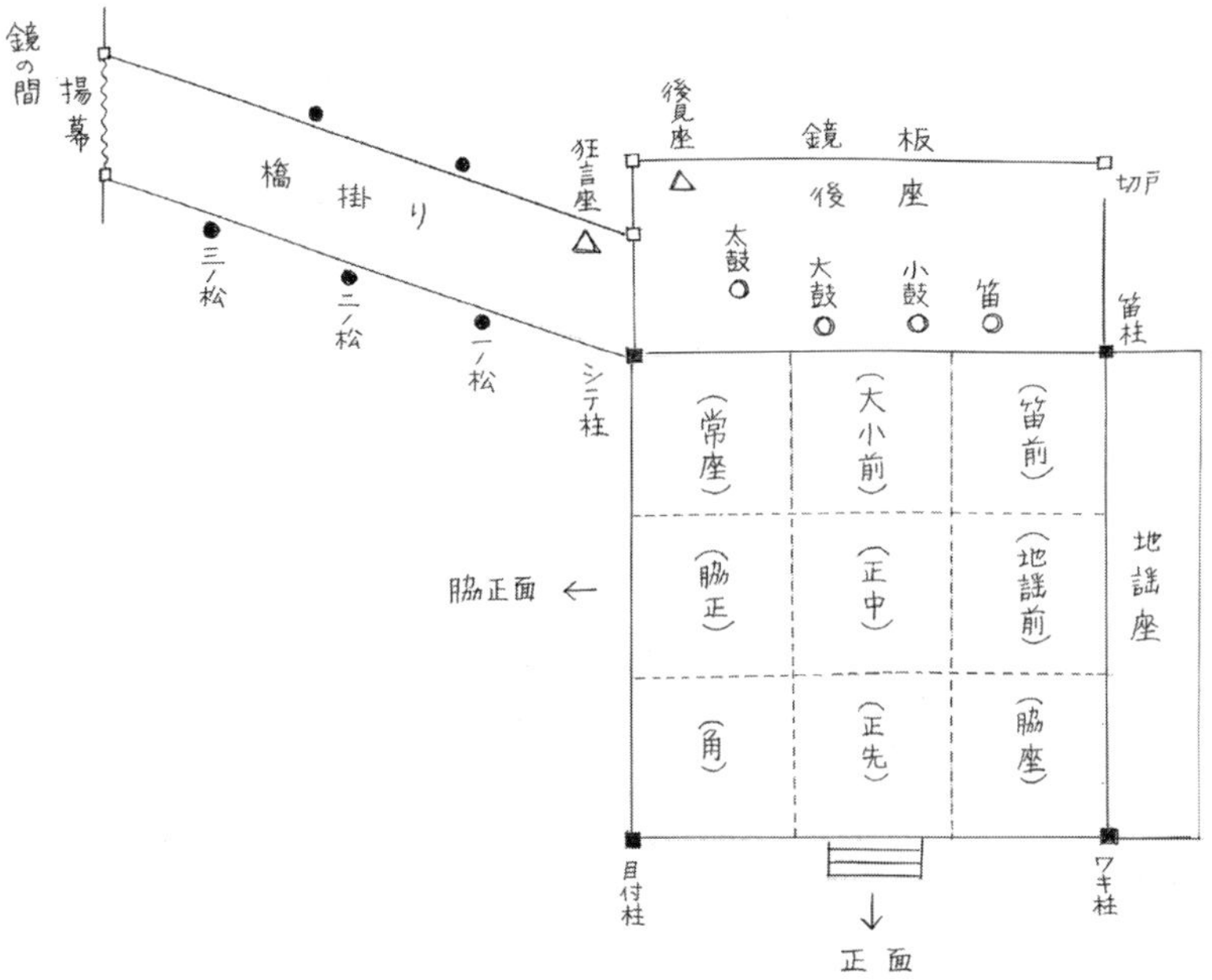

資料2　能用語略解（先掲謡曲『野守』に見えるもののみ）

後見《こうけん》＝後見座に控え装束を直すなどする役。**次第**《しだい》＝シテ・ワキ・ツレが登場第一声として謡うもので、一曲の内容の暗示、感慨となっている。歌詞は七五・七五・七四を原則とする。**一セイ**＝シテ登場の直後などに謡われる、通常は五・七五・七五の、拍子に合わない上音の短い謡。**サシ**＝拍子に合わせないですらすらと謡う、散文的な部分。**地**《じ》**（地謡**《じうたい》**）**＝謡曲の地の文の部分を、地謡座にて大勢で謡うこと、また、その人々や謡。**アイ**＝能の登場人物で、狂言方が演じる役をいう。間《あい》狂言。中入《なかいり》の間に、ワキの尋ねに応じてシテに関する物語を語って前後をつなぐ、語りアイが多い。**片幕**《かたまく》＝囃子《はやし》方やアイが舞台に出る際、揚幕《あげまく》の片方を開けること。**ロンギ**＝論議の意。中入の前にあるシテとワキの掛け合いで謡う問答体。ただし、地をワキの代弁者とすることが多い。七五調で平ノリ拍子に合う。**□**＝独白風の詞など。**出端**《では》＝後ジテ・後ツレ・子方《こかた》の登場楽《がく》の一。神や霊などの非人間の登場に用いる。**ノリ**＝能におけるリズムのことで、謡の拍子に合うことをいう。大《おお》ノリ・平《ひら》ノリ・中《ちゅう》ノリの三種あり。「ノリ地」は、大ノリ拍子で謡われる箇所。**舞働**《まいばたらき》＝龍神・荒神・鬼畜などが、その威勢を示して舞う所作事。

◉天草版『平家物語』のQicai ga xima（鬼界が島）

一五九二年、天草版『平家物語』が刊行された。巻一第八の冒頭部（左の写真は、大英図書館所蔵本（国立国語研究所のウェブサイトより引載））は、本書第八章「軍記物語」に引用される『平家物語』巻二「大納言死去」の冒頭部と対応する箇所。問答体をとり、ローマ字表記されていて、貴重な中世口語資料ともなっている。日本で布教しようとするキリシタン宣教師が、日本語を習得するための学習教材として作成したものである。なお、同様の目的を持って生み出された『日葡辞書』（「葡」はポルトガル語）は、「Voni（ヲニ）」の項目を立て、「悪魔。または、悪魔のように見える恐ろしい形相」と記述している。（外国語の学習にも古文の学習にも、辞書は必須じゃな。）

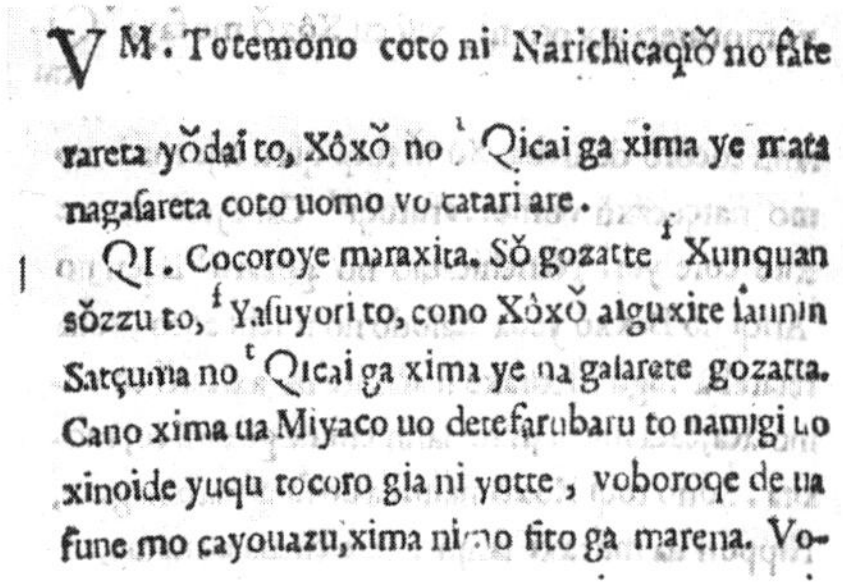
VM. Totemono coto ni Narichicaqiǒ no fate
rareta yǒdai to, Xǒxǒ no Qicai ga xima ye mata
nagasareta coto uomo vo catari are.
QI. Cocoroye maraxita. Sǒ gozatte Xunquan
sǒzzu to, Yasuyori to, cono Xǒxǒ aiguxite sannin
Satçuma no Qicai ga xima ye nagasarete gozatta.
Cano xima ua Miyaco uo detefarubaru to namigi uo
xinoide yuqu tocoro gia ni yotte, voboroqe de ua
fune mo cayouazu, xima nimo fito ga marena. Vo-

天草版『平家物語』巻一第八 冒頭部

VM. とてもの こと に なりちかきやう《(成親卿)》 の はて
られた やうだい《(様体)》と, せうしやう《(少将)》 の きかい《(鬼界)》 が しま へ また
ながされた こと をも お かたりあれ.

QI. こころえまらした. さう ござって しゅんくあん《(俊寛)》
そうづ《(僧都)》 と, やすより《(康頼)》 と, この せうしやう《(少将)》 あいぐして さんにん
さつま《(薩摩)》 の きかい《(鬼界)》 が しま へ ながされて ござった.
かの しま は みやこ を でてはるばる と なみぢ《(波路)》 を
しのいで ゆく ところ ぢゃ に よって, おぼろけ で は
ふね も かよはず, しま にも ひと が まれな.

第十四章　狂　言

狂言は、前章の能とあわせて「能楽」と称される、伝統芸能の一つ。奈良時代に中国から伝わった散楽《さんがく》が発展して、平安時代には猿楽《さるがく》と呼ばれるようになり、そこから南北朝時代ごろに至って、歌舞劇としての能とともに、猿楽本来の滑稽さを主体とする対話劇の狂言が成立してきた。しかし、狂言の内容を書きとめた台本は、天正六年（一五七八）の奥書を持つ計百三番収載の『天正狂言本』までは認められない。しかも、それは、ごく簡略な粗筋あるいは要点を記述したものに過ぎない。そのことは、この頃の狂言がなお流動的で、およその筋書だけが決まっていて、残りは即興で演じるものであったことを、示唆している。ただ、右のような『天正狂言本』の成立は同時にまた、狂言が固定し定着し始めたことを意味してもいよう。中世末期から近世初期にかけて、狂言は定着期を迎えることになる。能楽をめぐる制度が整備されるとともに、大蔵《おおくら》流・鷺《さぎ》流・和泉《いずみ》流という流派が確立、それぞれに台本を備えるようになる。大蔵虎明《とらあきら》（一五九七〜一六六二）の場合、完備した狂言台本としては最古の虎明本を寛永十九年（一六四二）に完成させるとともに、狂言のあり方を説いた理論書『わらんべ草』も残した。また、万治三年（一六六〇）の『狂言記』以下、三流派以外の台本も、次々と公刊された。

こうして狂言は、江戸幕府の公式の芸能すなわち式楽《しきがく》、あるいは古典芸能としての道を歩んでいったのだが、それに伴って演技面も洗練され、明るく健康的で普遍的な人間喜劇へと成長していった。永享二年（一四三〇）に一座の役者たちに向けて著した世阿弥の『習道書《しゆどうしよ》』は、「をかし」すなわち狂言について、「返々《かへすがへす》、をかしなればとて、さのみに卑《いや》しき言葉・風体《ふうてい》、ゆめ〳〵あるべからず。心得べし」と述べている。裏返せば、当時の狂言は、卑俗なせりふやしぐさを主流としていた、ということである。そうした前代の状況を克服していったのである。

多数ある曲目は、様々に分類されている。例えば、脇狂言（『末広がり』など）・大名狂言（『鬼瓦』など）・小名狂言（『附子《ぶす》』など）・聟《むこ》女狂言（『因幡堂』など）・鬼山伏狂言（『節分』など）・出家座頭狂言（『仏師』など）・集《あつめ》狂言（『釣狐《つりぎつね》』など）と、七種に分類される。「脇狂言」は祝言を第一とするめでたい狂言、「大名狂言」は主として大名をシテとするもの、「小名狂言」は太郎冠者をシテとするもの、「集狂言」は他六種のどれにも属さないもの、である。

なお、狂言のことばは、室町時代のことばを今に伝えている面もありつつ、江戸時代初期以降のことばも反映していて、全体が特定の時代のことばというわけではなくなっている。平成十八年（二〇〇六）の能楽学会第五回大会では、大会企画「狂言とことば」において、「中世口語の復元実演」が試みられた。『能と狂言』第五号参照。

袋をかついだ猿女《さるめ》の妖怪

『鬼のぬけがら』

『鬼のぬけがら』は、現行曲『抜殻《ぬけがら》』の古態と考えられる。太郎冠者が鬼の面を着けて主を威《おど》す『清水』(『天正狂言本』や天理本『狂言六義』では『野中(の)清水』)と、構想において表裏をなす。稲田秀雄『狂言作品研究序説――形成・構想・演出――』収載「『清水』『抜殻』の形成と構想」参照。次に掲げるのは、『天正狂言本』に載る本文の全体。

殿《との》出て人をよひ出し、花こ①の所へ酒をやる。道にてみなのむ。よふてたるまくらにしてねる。しうおそきとてむかひに行。これを見てはらを立て、大らくわしやを鬼につくる。めさめて水のむとておとろく。帰りてなけく。しう出合て、さま〱せれふ。何かの事、たひちやう②とりさせて、めんをはすゝ。ぬけから③とて見ておとろ。とめ④。

(金井清光『天正狂言本全釈』風間書房、一九八九)

主人が登場して人(=太郎冠者)を呼び出し、花子の所へ酒をもたせて行かせる。途中でみな飲んでしまう。酔って樽《たる》を枕にして寝る。主人は(帰りが)遅いと言って迎えに行く。これを見て腹を立て、(鬼面をかぶせ)太郎冠者を鬼に仕立てる。(太郎冠者は)目ざめて、水を飲もうとして、(水鏡を見て)驚く。帰って嘆く。主人が対面して、いろいろ会話。何かの事、大蛇踊りをさせて、(鬼の)面をはずす。(太郎冠者は、鬼の)ぬけがらと見て驚く。留。

①「ハナゴ」。殿の愛人か。
②大蛇踊りか。堀口康生「天正狂言本をめぐって――音韻表記の立場から――」(『芸能史研究』五十二、一九七六)参照。
③『玉塵《ぎょくじん》』巻三十七「蛻レ骨仙」に「蟬ノヌケカラノヤウ、カラヲクツトヌケテソノ身ハヨソエヌケテイヌルソ」、『地蔵堂草紙』に「この大蛇のせなか、はたとわれて、その背より、此僧、はひ出て、ぬけからをみるに」。
④留め。能や狂言の一曲の終わりのこと。終曲。狂言では、後掲『鬼瓦』のように大笑いで留める「笑い留め」や、『節分』のように追い込んで留める「追い込み留め」がある。

『鬼瓦』

訴訟が首尾よく済んで、京から帰郷することになった遠国の者が、太郎冠者を連れて因幡堂《いなばどう》へお礼に参る。そして、その鬼瓦が国元の妻の顔によく似ているのを見て、泣き出してしまう。二人でなつかしがり泣くが、めでたい帰国であるというので、最後は笑って終わる。現存最古の和泉流台本で、同流狂言の江戸時代初期の様相を示す天理本『狂言六義』によって、次に掲げる。演出関係の注記などを含む。

「是はおんごく《遠国》の者」と名乗、「永々在京いたすところに[1]あんどのみぎよう書をくだされ、[2]しんちまで拝領したる」と云て、太郎くわじやをよび出す、出る、目出度よしを云、いづれも様子、[3]〈あさう〉と同じ事也。シカく、シテ「さるほどに、ざいきやうのうちに、[4]いなばだうのお薬師をしんがう申てあるにより、その[5]しるしにより[6]ほんちにあんどし、又しんちをもはいりやうしたる」と云、「さやうで御ざる」と云、シテ「はやおいとまをくだされてくだる事じやほどに、おいとまごいに、いなばだうへまいらう」と云、「尤にて御ざある」と云、シカく、太郎くわじやつれて参、シカく、いなばだうへまいりついて、[7]わに口うつてから、あふぎをぬいてまへにおゐて、「今度かやうにしあわせよく罷下事も、偏に薬師の[8]御りしやうと存る」と云て、おが《拝》うでたつ、（中略）あそこゝ

①安堵の御教書。所領の領有を認める文書。
②新知。「シンチ　新しく或る人に与える領地」（『日葡辞書』）。
③狂言〈麻生〉でも、麻生某が、訴訟のため遠く信濃国からやって来て、長らく在郷するうちに、正月を迎えることになる。
④因幡堂。平安時代から京都にあった寺院。因幡国（現鳥取県）から飛んできたと伝える薬師如来立像（重文）を本尊として安置する。鷺流では、台本にもよるが概ね、因幡堂の薬師でなく六角堂の観音とする。
⑤効験。霊験。
⑥本知。「ホンチ　以前に所有していたその人本来の領地」（『日葡辞書』）。
⑦鰐口。鈴を扁平にした形の仏具で、仏堂の正面軒先に吊り下げ打ち鳴らす。六七頁参照。
⑧御利生。御利益《どりやく》。
⑨棟の両端に装飾用に取り付ける、鬼の面をか

たどった瓦。三六頁参照。

⑩母となった人で、子供の母、つまり妻。「妻戸」を掛ける。

⑪門出の見送りに涙は不吉だということ。

⑫室町物語『をこぜ』に、「さればこそ、『都の内、因幡堂の簷口《のきくち》にある鬼瓦は、故里《ふるさと》の妻が顔に似て、都なれども、旅なれば、恋しく侍るなり』とて、さめざめと泣きけん人の心まで思ひ出されて、ひとり笑ひぞせられ侍る」。『をこぜ』では、「きはめてみめ悪く」「眼《まなこ》大きにして、骨高く、口広く、色赤し」という「をこぜの姫」を山の神が見そめる。山の神が虎魚《おこぜ》を好むという俗説に基づくもの。また、醜い女の顔を鬼瓦に譬えて言った例として、『蔭涼軒日録』明応二年四月三日条の「天人と思ひし人は鬼瓦堺の浦にあまくだるかな」が知られる。

⑬「マカブラ　眉のところの肉　マカブラノタカイヒト　高い眉の人。あるいは眉のひどく突き出た人」(『日葡辞書』)。

⑭顔に付いた垢を苔に譬《たと》えている。舞の本『百合若《ゆりわか》大臣』に、「いたはしや、大臣殿には、御顔にも御足手にも、さながら苔のむし給へば、苔《こけ》丸《まる》と名付申《まうし》、矢取りの役をぞ指《さ》しにける」。『狂言記外五十番』巻三収載の『鬼瓦』では、鬼瓦と似ている点を具体的に挙げたあと、「いつの間に女房どもを何者が映《うつ》して、あそこには置いたぞ」とまで言っている。

⑮笑い留めの形で退場する。

をみて、いろ〳〵云て、後に、おにがわら⑨をみつけて、思ひ入て、なく〳〵べし、シカ〳〵、「是ほどめでたい事は御ざらぬに、なにとてらくるひ（落涙）なさるゝぞ」と云、（中略）シテ「我国をたつ時、子もちがは⑩ゝ、つまと（妻戸）をあけて出て、云やうは、『御ざい京目出たう、やがて御くだりあらふずれ共、さりながら、いつおかへりもしれぬ事』とて、さめ〳〵となかれつるほどに、『いや〳〵さやうには候まひ、やがてしあわせよく〳〵だらう』といゝてあれば、『尤⑪、門出にてあるに』とて、につことわらわれた、そのかおと⑫、あのやねのはなにあるものゝかおが、よくに（似）たるによつて、国をたつときの事が思ひいたされて、あわれでなく」と云、（中略）太郎くわじやよくみて、「まことによくみまらすれば、よふにまいらせた」と云て、なく〳〵、シテ「あの口の大きなるが、よふにた」と云、シテ「まかぶらの⑬、にく〳〵しいも、よふにた」と云、シテ「みゝの大きなるも、よふにた」と云、太郎くわじや、「中にもよふにさせられたは、おいろのくろいが、よふにさせられた」と云、「おかおに⑭、こけのはへさせられたまで、そのまゝじや」と云、シテ「是はめでたひ帰国であるに、あわれでわるひ、いざめでたう笑」と云て、二人共に、笑入⑮也、

（北川忠彦他校注『天理本狂言六義』上巻、三弥井書店、一九九四）

『節　分』

節分の夜、夫が留守のため一人家にいる女のところに、蓬莱《ほうらい》の島から鬼がやって来る場面から始まる。そして、女の美しさに一目惚《ぼ》れし、小歌《こうた》を謡いながら鬼が言い寄る。女は鬼を追い払おうとするが、やがて泣き出す鬼を見て一計を案じ、なびくと見せかけて隠れ蓑《みの》や打出《うちで》の小槌《こづち》など数々の宝物を巻き上げたあげく、豆をまいて「鬼は外へ、鬼は外へ」と追い出してしまう。古来の年中行事や民間信仰を巧みに活かした狂言。「十一世茂山千五郎真一（三世千作）師書写の台本を参考としながら、茂山千之丞師の口述を筆記し、簡単な動きを付して、新たに上演台本としての体裁をととのえた」（新編日本古典文学全集「凡例」）大蔵流茂山千五郎家現行詞章によって、後半部を次に掲げる。

鬼（常座で）「[1]十七、八は、竿《さを》に干《ほ》いた細布《ほそぬの》、取り寄りゃいとし、手繰《たぐ》り寄りゃいとし、糸より細い腰を締《し》むれば、イ、たんとなほいとし。（また謡いながらそばへ寄り、こんどは女の腰へ抱きつく）

女（抱きつかれながら）「これは何《なに》とする、これは何とする。誰そござらぬか。この鬼を追ひ出《だ》いて下されいなう。出て失せい、出て失せい、出て失せいやい。（振り放し、鬼を突き倒す）

鬼（立ち上がりもせず）「[2]しめじめと降る雨も、西が晴るればやむものを、何とてか我が

①「取り寄りゃ」以下が『宗安《そうあん》小歌集』に載る小歌。十七、八歳の娘の愛《いと》しさを歌う。女歌舞伎踊歌「塩《しお》汲《くみ》」などの近世歌謡や民謡に継承された。北川忠彦「狂言歌謡とかぶき歌謡」（『国語国文』一九五六年十月）や池田廣司『狂言歌謡研究集成』（風間書房、一九九二）参照。また、資料2「「十七、八」前後あれこれ」参照。

②「なきやらん」まで、天正狂言本『恋のおふぢ』にも、「はら〳〵と降る雨も……」の形で見える。

恋の、晴れやる方のなきやらん。（泣き出す）
女「これはいかなこと、『③鬼の目にも涙』とやら申す。あの鬼はまことに妾《わらは》を思ふさうな。よいよい、④たらいて島の宝を取らうと存ずる。いかにやいかに鬼殿よ、まこと妾を思ひなば、宝を我に賜《た》び給へ。
鬼「易《やす》き間の御所望なり。（中略）（女に蓑と笠を渡す）
女「どれどれ、戴《いただ》きませう。
鬼「アア骨折れや、くたぶれや。これからは身共《みども》がままぢゃ。サアサアこれへ寄って、⑤腰を打っておくりゃれ。エイエイ、ヤットナ。（横になり）アア楽やの楽やの。
女「もはやよい時分でござる。⑥豆を囃《はや》さうと思ひまする。（扇を開き、左手に持ち）⑦福は内へ、福は内へ。福は内へ、福は内へ。（鬼に豆を打ち付けながら）鬼は外へ。
鬼「ア痛。（とび起きるが、豆を打ちつけられて倒れる）何とする。
女「鬼は外へ、鬼は外へ。（打ち続ける）
鬼「アア許いてくれい、許いてくれい。（逃げ入る）
女「鬼は外へ、鬼は外へ。鬼は外へ、鬼は外へ。（豆を打ちつけながら追い込む）

（新編日本古典文学全集）

③狂言『首引《くびひき》』（大蔵虎明本）にも、「おにの目にもなミだと申ほどに、すこしハおあハれミをなされてくだれひ《ママ》」と見える諺。
④だまして。「飯ヲモ酒ヲモイクラホトモクワセウノマセウト云テ、夫ヲタラスソ」（『四河入海《しがにっかい》』八・四11ウ）。
⑤あんまをしておくれ。
⑥鬼を追い払う豆まき。古来、豆には魔除けの呪力が備わると信じられている。
⑦「鬼は外へ」とともに、室町時代から行われている唱えことば。明応八年（一四九九）成立の最初の俳諧連歌選集『竹馬狂吟集《ちくばきょうぎんしゅう》』（第三章「連歌」参照）の巻八冬部に、「なままめにても鬼をうたばや／やどかかり福はうちへといひかねて」。「やどかかり」は居候《いそうろう》。厄介になって内にいる身としては、鬼は外とは言えても、福が内にいるとは言えた義理でない、ということ。また、謎句としての前句に対して、居候として外にいる鬼のことが身につまされたため、鬼を打つ豆を通常の煎り豆よりは柔らかい生豆とした、と解いている。新潮日本古典集成参照。

使われてる言葉が能に比べてわかりやすいな。R－1グランプリのコント見てるみたいで、面白くて楽しいものなんだね、狂言って。

そうね。『節分』に出てくる「エイエイ、ヤットナ」っていうのも、狂言特有のかけ声らしいけど、何かおかしみがあって、いいわ。それにしても、台本も色々なのね。『鬼瓦』を載せた天理本『狂言六義』も完全な台本じゃないようだけど、『鬼のぬけがら』を載せた『天正狂言本』って、ホント粗筋だけ書いてるわ。

粗筋だけじゃが、室町時代末期ごろの古態を伝えていて、貴重なんじゃ。

へ～。現行曲の『抜殻』などと比べて、どう変わっていったのか調べてみるのも、面白そうだわ。

「ぬけがら」って言ったら、蛇のぬけがらとか、蟬のぬけがら、つまり、ええと……

空蟬《うつせみ》よね。確かに、そういうのを思い浮かべるのが普通だけど、「鬼のぬけがら」って、それ自体何だか面白いわね。

狂言では、そもそも能と違って面を使うことは少ないんじゃが、鬼の役には武悪の面 資料1 を着けるんじゃ。その面を主人にこっそり着けられた太郎冠者が自分の姿を見て驚き、それが外れてまた、「鬼のぬけがら」だと驚いているんじゃな。面が本来の面としてでなく、一つの小道具としてフル回転しとる感じじゃな。

だから、「鬼のぬけがら」っていっても本物の鬼じゃなくて、にせ物なんだね。

能には本物の鬼だけでにせ鬼は出てこないが、狂言には両方出てくるんじゃ。金井清光『能と狂言』（明治書院、一九七七）に「狂言の鬼とにせ鬼」という論文が入っとるぞよ。

ふ～ん。『鬼瓦』も本物は出てこないし、でも、最後の『節分』に出てくるのは、本物だね。

節分の夜にやって来た鬼から女が、隠れ蓑や隠れ笠、打出の小槌を奪うのよね。そういう宝物を鬼が持ってるっていうのは、前にも出て来たわよね。

宝物を奪われる前に、この鬼、一人で留守番してる女の人に言い寄ってるんだよね。そういう下ネタっぽいのって、手っ取り早く笑いがとれて便利だよね。

でも、下品な感じで、ちょっとどうかって思うけど。

ふむ、鬼が言い寄っている場面を見てご覧。

え～っと、「十七、八は、……」って、ところ?

そうじゃ。頭注①に説明されているような小歌を、巧みに使って、言い寄ってるじゃろう。だから、俗な笑いの中にも雅な趣が感じられて、そんなにいやらしくならないようにしとるんじゃ。

なるほど。それにしても、節分にやって来た鬼が、人間の女に恋するだなんて、おかしいわね。恐い顔して、無理に決まってるわ。『鬼瓦』でも鬼の醜悪さが描かれてるけど、第三章「連歌」には、「瓦に見るも鬼は恐ろし」って句が出てきたじゃない。鬼瓦の鬼でも恐ろしいんだから、本物だったら当然……。

あの、僕たちも、その本物の鬼なんだけど。

わたしは別！　ほら、こんなに可愛いもん。ね、先生。

ん？　ま、そうじゃな。連歌といえば、やはり第三章に出てきてた作品じゃが、『守武千句』墨何第十に、「ほとけさへだに恋をめさるゝ／夕暮のそらうちながめなき不動」とあるな。あの堅物で仏頂面の仏でさえ恋をするんじゃから、鬼もするわな。

仏も鬼も狂わせるだなんて、恋って、魔物。それはそうと、「なき不動」って、鬼と同じくらい恐い顔したお不動さんが泣いてるの？

そうじゃ。『発心集』とか『曾我物語』とか、多くの色んな作品に出てきて有名な話に、泣不動説話というのがあるんじゃ。瀕死の重病になった師僧の身代わりになった弟子のために、今度はお不動さんが涙しながら、その身代わりになるんじゃ。その泣不動を、『守武千句』は、恋のために泣く不動とみなしとるんじゃな。

『節分』の中に「鬼の目にも涙」っていう諺が出てくるけど、「不動の目にも涙」だね。ところで、『鬼瓦』は因幡堂というのが舞台になってるよね。それって京都にあるの？　因幡って、今の鳥取県のことだよ。

何かで読んだことあるわ。因幡国から京都に飛んできた薬師如来を本尊としてる、って。因幡堂は、今も京都市下京区にあるわ。

因幡堂は、狂言と関係深い寺院でもあって、他にも、『金津《かなづ》』や『仏師《ぶっし》』『六地蔵』でも舞台になっとるし、そのものズバリ『因幡堂』という曲もあるんじゃ。それに、因幡堂で狂言が演じられてもおったんじゃな。そのあたりのことは、林和利『能・狂言の生成と展開に関する研究』（世界思想社、二〇〇三）収載「狂言における因幡堂の位相」に詳しいから、また読んでみるがよい。

ふ〜ん。……でも、薬師如来って、薬壺を手に持っていて、病気を治してくれる仏様じゃなかったかしら。『鬼瓦』では、訴訟がうまくいったことを、薬師のご利益だって言ってるのよね。何か変な感じ。

そうじゃなあ。同じ『鬼瓦』でも鷺流の台本では大体、因幡堂の薬師如来でなくて、同じく京都の庶民的な町堂として知られた六角堂の観音菩薩になっておって、そちらの方がここのご利益には相応しいようでもあるの。じゃが、薬師のご利益も治病だけでなくて、周辺へと範囲が拡大しておるようじゃ。狂言『因幡堂』では、今の奥さんと離縁して、新しい奥さんを因幡堂のお薬師さんに授けてもらおうとするんじゃ。治病とは全然違うご利益を期待しとるんじゃな。

なるほどね。で、何で今の奥さんと離婚しようとしたの？　鬼瓦にそっくりだったから？

ハハハ、いや、こっちの奥さんは大酒飲みで、家事もしなかったようじゃ。

それで、奥さん、どうなったの？　本当に離縁されちゃった？　それとも、反省して赦してもらったの？

いやいや、奥さんの方が上手《うわて》でな、因幡薬師が授けてくれた新しい奥さんに自分がなりすまして、夫をやり込めてしまうんじゃ。強くたくましくて騒がしいのを「わわしい」と言うんじゃが、狂言にはそういう「わわしい女」がたくさん登場するんじゃな。

まるで、テレビに出てくる大阪のオバちゃんみたい。

そうかの？　それは知らんが、『節分』の方の女性も、自分を恋い慕っているのにつけ込んで、鬼からまんまと宝物をせしめたんじゃからな、頼もしい限りじゃ。

それに比べて、この鬼は逆に、何だかめめしい感じね。人間の女になんかうつつを抜かして、あげくにコロッとやられちゃって……。人間っぽくって憎めないけど、鬼としては腑抜《ふぬ》けのような、これこそ「ぬけがら」みたいな鬼ね。鬼丸君、あなたも気を付けるのよ。恋は一瞬にして覚めちゃうものでもあるんだからね。

え、……うん。

さて、この十四章で君たちともお別れじゃ。

そうなんですか？　じゃ、最後に質問。『鬼瓦』のところの頭注⑭に出てくる「舞の本」って、何ですか。

幸若舞《こうわかまい》の台本じゃ。幸若舞については、……お、もうスペースが残っとらんわ。自分で調べるがよい。では、わしは、もとの『付喪《つくも》神《がみ》絵巻』の世界に戻ろうかの。

はい、有難うございました。さようなら……。

最初のうちはケンカもしたけど、いろんな中世文学の世界を一緒に学ぶうちに、前より仲良くなって、何度かデートもしたわね。

すっぽかされたこともあったけど。

そりゃまあ、そういうこともあるわよ。それより、中世文学の世界はまだまだ広そうだから、今度は二人で「恋する中世文学」の世界に旅立たない？　いいでしょ。ね！　じゃ、早速行くわよ。ついて来なさい。

……はい。（わわしいナア……。）

資料1　狂言面「武悪」（東京国立博物館蔵、模写）

資料2　「十七、八」前後あれこれ

- 女の盛りなるは　十四五六歳廿《にじふ》三四とか　三十四五にし
  成りぬれば　紅葉の下葉《したば》に異ならず
  （『梁塵秘抄』巻二・四句神歌・雑・三九四、新日本古典文学大系）
- あれも悪し、是も悪しとためらひたる所に、女房一人出で来たり。年ならば十七、八かと見え侍り。形《かた》ちは春の花、翡翠《ひすい》のかんざしたをやかに、……
  （御伽草子『物くさ太郎』日本古典文学大系）
- 長治《ながはる》、友之此《ともゆきこれ》ヲ聞給《ききたまひ》、心閑《しづか》ニ生害《しやうがい》アリケルヲ、三宅治忠《はるただ》後《うしろ》へ参《まゐり》、介錯仕《かいしやくつかまつれり》。……長治生年《しやうねん》廿三、友之廿一。
  （戦国軍記『別所長治記』群書類従）
  ＊「生害」＝自害。
- 鬼も十八（番茶も出花）
  （『京いろはかるた』）
- 十五、十六、十七と私の人生暗かった　過去はどんなに暗くとも夢は夜ひらく
  （『圭子の夢は夜ひらく』石坂まさを作詞・曾根幸明作曲、一九七〇）
- 乗代《のりしろ》雄介『十七八より』（二〇一五、後に講談社文庫収載）
  ＊第五十八回群像新人文学賞受賞作品。帯に「ある少女の平穏と不穏と日常と秘密。」。タイトルは、世阿弥『風姿花伝』第一に基づく。

コラム

◉桃の木に縛られた鬼――五山文学

『湯山聯句《ゆのやまれんく》』（『湯山千句』）という作品がある。明応九年（一五〇〇）五月五日～二十三日、摂津湯山すなわち現在の神戸市北区にある名湯・有馬温泉において、景徐周麟《けいじょしゅうりん》と寿春妙永《じゅしゅんみょうえい》により作成された聯句作品である。聯句では、複数の作者が順に句を連ねて一編の詩をつくる。同作品に見える句「鬼窺鬱塁門（鬼は鬱塁《うつるい》の門を窺《うかご》う）」について、永正元年（一五〇四）八月に一韓智翃《いっかんちこう》が注釈を施した抄物《しょうもの》『湯山聯句鈔』（新日本古典文学大系収載）は、「丑寅ノ角《スミ》ノ方ニハ鬼神ガ居《ヲ》リテ、コチヲ窺《ウカゴ》ウテ、来テ人ヲ悩《ナヤマ》スル程ニ、東海ノ度索《タクサク》山ト云ニ大ナル桃木ガアル、ソレニ縛《シバ》リ付《ツ》ケテ置《ヲ》クゾ。サテ、東北ノ角ヲバ鬼門ノ方ト云ゾ。其鬼ノ名ヲ鬱塁《ウツルイ》ト云ゾ」と記す。「丑寅」＝「東北」の方角つまりは「鬼門」にいる鬼についての話。鬼を縛り付けていたという桃は、邪鬼を払う存在として知られる。右に出てきた三名の禅僧、景徐周麟・寿春妙永・一韓智翃はいずれも、京都五山の僧。漢詩文を表現手段として、京都五山・鎌倉五山を主とする禅林において行われた五山文学が、室町時代を中心に花開いた。

江戸時代前期赤本
『むかし〳〵の桃太郎』
（一九一八年複製本）

たからはそれ
きりか　やい
もゝ太郎
たから物を得て
本こくへかへる

たからもの
のこらず
さし上ます
おやかたを
御めん
いのちには
かへられぬ　みんなたせ

何これ、えっ、桃太郎!?
キャー、こわ～い!!

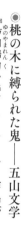

中世文学関連略年表

〔凡例〕本書で取り上げた作品を中心に掲げた。網掛けは勅撰集を示す。成立年が未詳または諸説あるものには書名に*を付し、おおよその位置に置いた。

時代	西暦	年号	詩歌・歌謡・俳諧・漢詩等	物語・随筆・日記・紀行等	社会の動き
平安時代				俊頼髄脳*（源俊頼）	
				大鏡*　今昔物語集*	
			金葉和歌集*		
				打聞集*	
			詞花和歌集*		五六 保元の乱
			梁塵秘抄*	今鏡*	五九 平治の乱
				堤中納言物語*	六七 平清盛、太政大臣
				唐物語*（藤原成範）　宝物集*	
				古本説話集*　とりかへばや物語*	
	一一七八	治承二	長秋詠藻（藤原俊成）		七五 法然、浄土宗を開宗
				袖中抄*（顕昭）	
鎌倉時代	一一八八	文治四	千載和歌集	水鏡*　松浦宮物語*	八五 壇ノ浦の合戦、平氏滅亡
			山家集*（西行）		
	一一九三	建久四	六百番歌合		
	一一九七	建久八		古来風躰抄（初撰本　藤原俊成）	九二 源頼朝、征夷大将軍に任ぜられ幕府を開く
				無名草子*	
	一二〇五	元久二	新古今和歌集		
	一二〇九	承元三		近代秀歌（藤原定家）　無名抄*（鴨長明）	〇七 幕府、法然を土佐、親鸞を越後に流罪
				長谷寺霊験記*	
	一二一二	建暦二		方丈記（鴨長明）	
	一二一三	建暦三	金槐和歌集（源実朝）	平家物語*　源家長日記*　発心集*（鴨長明）	
	一二一九	承久元		毎月抄（藤原定家）　たまきはる（建春門院中納言）	

鎌倉時代

西暦	年号	和歌集	作品	事項
一二二〇	承久二		愚管抄（慈円）　*宇治拾遺物語　*保元物語　*平治物語	二一　承久の乱
一二二二	承久四		閑居友（慶政）　*六代勝事記　*海道記 *詠歌大概（藤原定家）	二四　親鸞、浄土真宗開宗
一二三三	天福元	*信生法師集（信生） *建礼門院右京大夫集	*後鳥羽院御口伝（後鳥羽院） 教訓抄（狛近真）	
一二三五	嘉禎元	新勅撰和歌集 *小倉百人一首		
一二四八	宝治二		*東関紀行　*うたたね（阿仏尼） 浄土和讃・高僧和讃（親鸞）	四四　道元、永平寺を建立、曹洞宗をひろめる
一二五一	建長三	続後撰和歌集		
一二五二	建長四		十訓抄　*弁内侍日記（弁内侍）	五三　日蓮、日蓮宗開宗
一二五四	建長六		古今著聞集（橘成季）	
一二五七	正嘉元		正像末和讃（親鸞）　*石清水物語	
一二六五	文永二	続古今和歌集	*飛鳥井雅有日記（飛鳥井雅有）　*撰集抄 *唐鏡（藤原茂範）	
一二七一	文永八	風葉和歌集	*詠歌一体（藤原為家）　*文机談（隆円）	七一　日蓮佐渡配流
一二七八	弘安元	続拾遺和歌集		七四・八一　蒙古襲来（文永の役・弘安の役）
一二八三	弘安六		沙石集（無住） *為兼卿和歌抄（藤原為兼）　*十六夜日記（阿仏尼）　*歎異抄（親鸞）	
一三〇三	嘉元元	*明日香井和歌集（藤原雅経） 新後撰和歌集　*夫木和歌抄	*拾芥抄　*中務内侍日記（中務内侍）	
一三一二	正和元	玉葉和歌集	*とはずがたり（後深草院二条）	
一三二〇	元応二	続千載和歌集	*宴曲集（明空）	
一三二六	嘉暦元	続後拾遺和歌集		二四　正中の変

（前頁より）

- 五代帝王物語*
- 徒然草*（兼好）
- 長谷雄卿草紙*

- 三一 元弘の乱
- 三四 建武中興

南北朝時代

西暦	和暦	和歌集など
一三三九	延元四／暦応二	
一三四六	興国七／貞和二	拾玉集*（慈円）
一三四九	正平四／貞和五	風雅和歌集
一三五六	正平十一／延文元	菟玖波集（二条良基）
一三五九	正平十四／延文四	新千載和歌集
一三六四	正平十九／貞治三	新拾遺和歌集
一三八二	弘和二／永徳二	新後拾遺和歌集

- 神皇正統記（初稿本 北畠親房）
- 竹むきが記*（日野資名女） 連理秘抄（奥書 二条良基） 梅松論*
- 神道集*
- 太平記* 愚秘抄* 桐火桶*
- 増鏡* 真名本曾我物語*
- 明徳記* 香取本大江山絵詞*

- 三八 足利尊氏、征夷大将軍となる
- 六八 足利義満、第三代将軍となる
- 九二 南北朝合一

室町時代

西暦	和暦	和歌集など
一三九九	応永六	
		蕉堅藁*（絶海中津）
一四二四	応永三十一	
一四三九	永享十一	新続古今和歌集
一四六三	寛正四	
一四六八	応仁二	
一四七九	文明十一	
一四八〇	文明十二	狂雲集*（一休宗純）

- 義経記*
- 応永記*
- 風姿花伝*（世阿弥） 堺記*
- 花鏡（奥書 世阿弥）
- 永享記* 正徹物語*（正徹）
- 結城戦場物語*
- ささめごと（第一次稿 心敬）
- 吾妻問答*（宗祇）
- ひとりごと*（心敬） 老のくりごと*（心敬）
- 応仁記* 連珠合璧集*（一条兼良）
- 小夜の寝覚（一条兼良）
- 樵談治要（一条兼良）・筑紫道記（宗祇）

- 六七 応仁の乱
- 八五 山城国一揆

時代	西暦	和暦	詩歌	散文	事項
室町時代	一四八七	文明十九		廻国雑記（道興准后）	八八 加賀一向一揆
	一四八八	長享二	水無瀬三吟百韻（宗祇、肖柏、宗長）	*嘉吉物語	
	一四九五	明応四	新撰菟玖波集（一条冬良、宗祇）		九六 蓮如、大坂に坊舎（後の大坂本願寺）を建立。
	一四九九	明応八	竹馬狂吟集		
	一五〇〇	明応九	湯山聯句		
	一五一八	永正十五	閑吟集		
			*新撰犬筑波集（山崎宗鑑）	*宗長手記（宗長）	
	一五三一	享禄四		宗長日記（宗長）	
	一五四〇	天文九	守武千句（荒木田守武）		四三 ポルトガル船、種子島に漂着、鉄砲伝来
	一五五〇	天文十九		細川両家記上巻（生島宗竹） *大内義隆記	四九 ザビエル、キリスト教を伝える
	一五七三	元亀四		細川両家記下巻（生島宗竹）	
	一五七八	天正六		天正狂言本	
	一五九二	文禄元		天草版平家物語	八五 秀吉関白となる
	一五九三	文禄二	隆達小歌集（隆達） *宗安小歌集（宗安）	天草版伊曾保物語	
	一六〇一	慶長六		徒然草寿命院抄（立安）	〇〇 関ヶ原の戦
江戸時代	一六〇三	慶長八		日葡辞書刊　*信長記（小瀬甫庵）	
	一六二五	寛永二		太閤記（甫庵）	
	一六三三	寛永十	犬子集		
	一六四二	寛永十九		虎明本（大蔵虎明、狂言台本）	

〔参考文献〕『岩波講座日本文学史』別巻「日本文学史年表」（久保田淳編、岩波書店、一九九七）／『日本文学史概説〔改訂版〕』（市古貞次著、秀英出版、一九六六）ほか

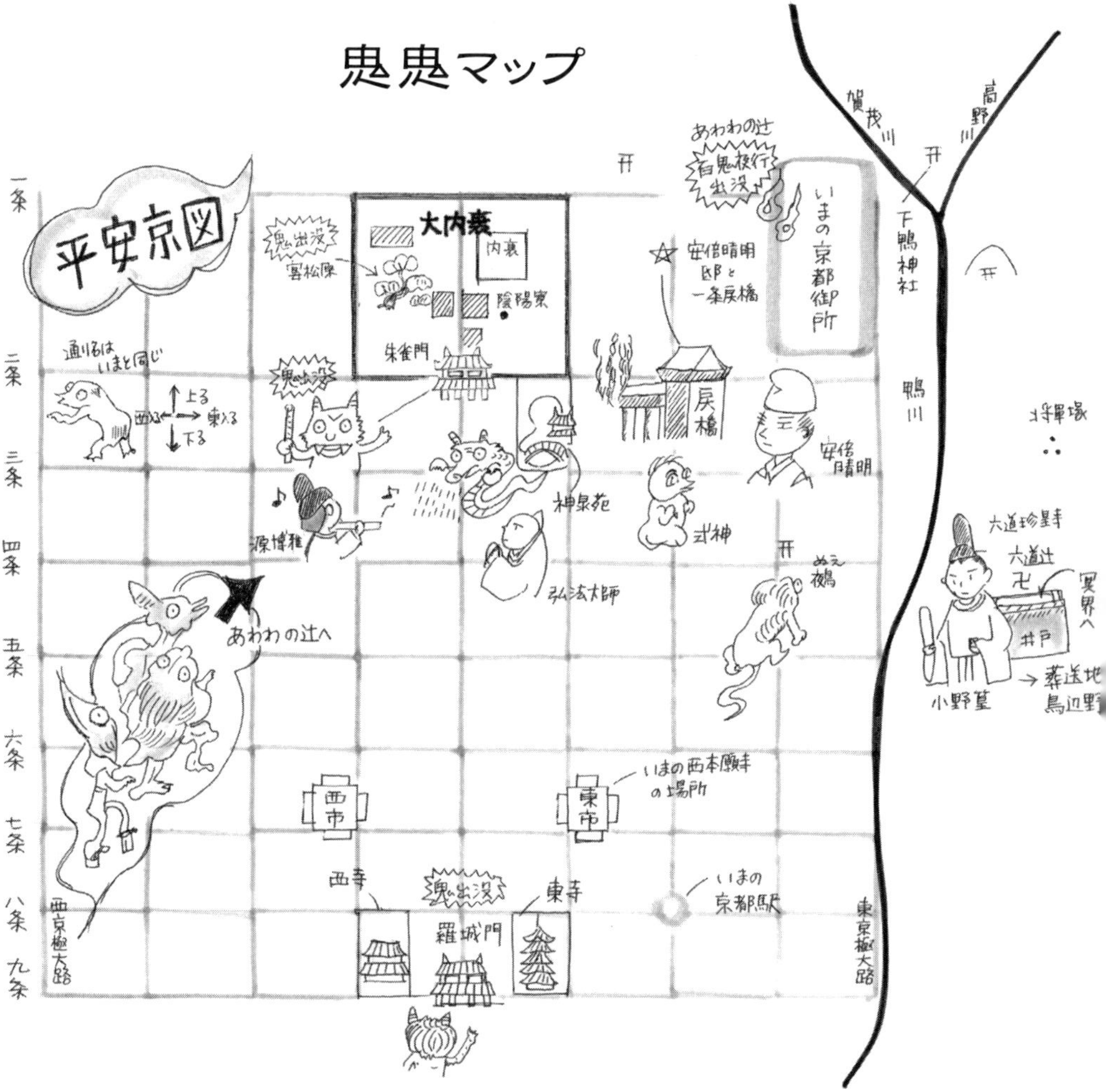
鬼鬼マップ
平安京図
一条
二条
三条
四条
五条
六条
七条
八条
九条
西京極大路
東京極大路
大内裏
内裏
鬼出没
宴松原
陰陽寮
朱雀門
鬼出没
通りはいまと同じ
上る
下る
西入る
東入る
神泉苑
源博雅
弘法大師
あわわの辻へ
あわわの辻
百鬼夜行出没
安倍晴明邸と一条戻橋
戻橋
安倍晴明
式神
ぬえ
鵺
いまの京都御所
賀茂川
高野川
下鴨神社
鴨川
将軍塚
六道珍皇寺
六道辻
冥界へ
井戸
小野篁
葬送地鳥辺野
西市
東市
いまの西本願寺の場所
西寺
鬼出没
東寺
羅城門
いまの京都駅

鬼と双六で勝負!?——本書裏表紙『能双六』について

十三、四世紀の成立かとされる絵巻『長谷雄卿草紙』は、紀《きの》長谷雄《はせお》（八四五～九一二）のもとを、見知らぬ男がたずねて来るところから始まっています。その男に挑まれて、賭物《かけもの》を決めたうえで二人は双六《すごろく》をします。打ち始めると長谷雄が勝つ一方で、男は負けるにつれて、鬼の形相となっていきました。そして長谷雄が勝ち切って、顔も姿も気性も不満足に思える点が全くないという美女を、賭物としてもらい受けます。ところが、肉体関係は百日過ぎてからにするよう男に言われておきながら、待ちきれず八十日あまり経った時に、長谷雄は女と交わってしまいます。すると、女は何と、水になって流れ失せてしまいました。男は実は朱雀門に住む鬼で、女は、諸々の死体の良い部分を取り集めて人にしたものでした。

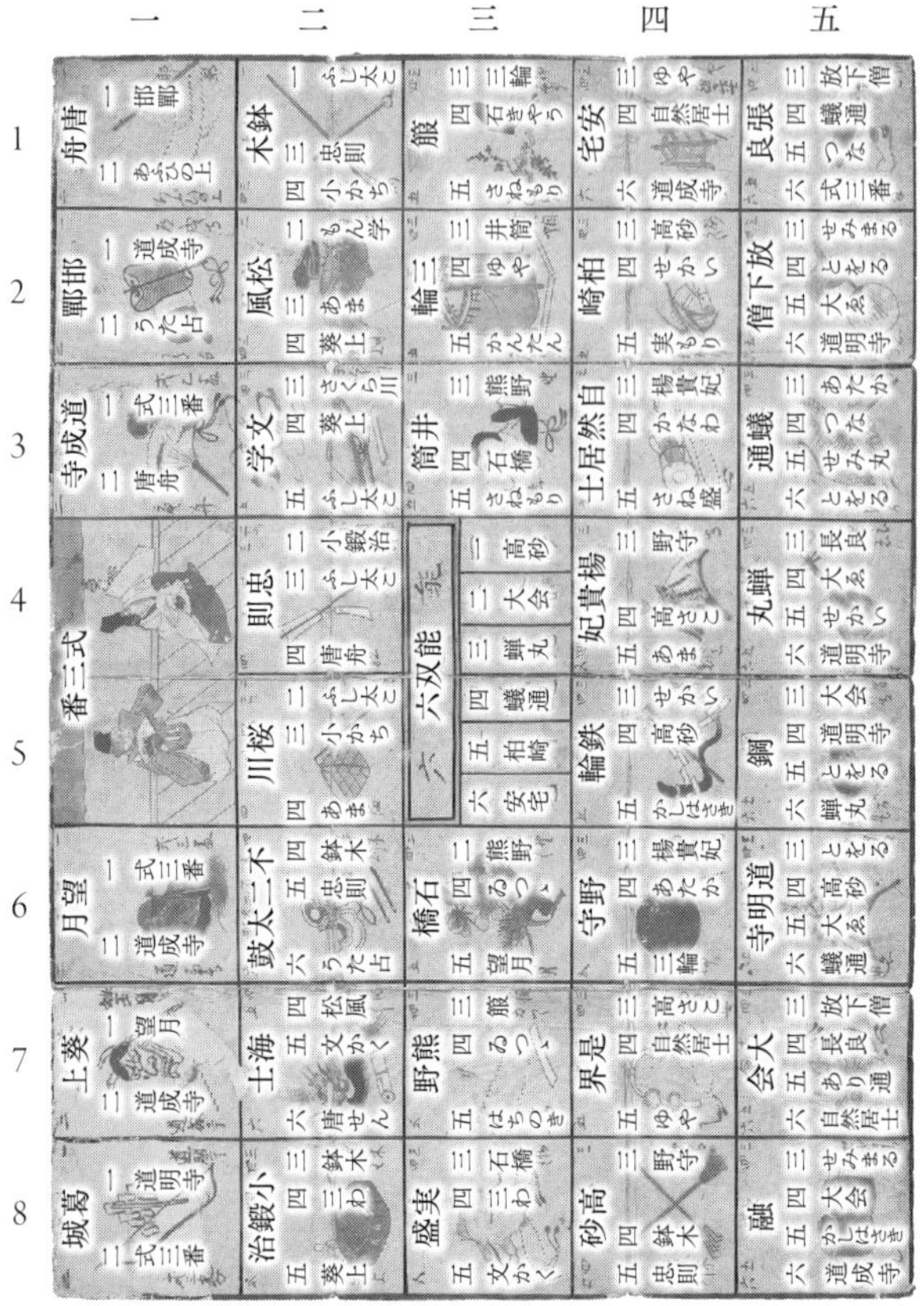

『能双六』各マス配置図

　長谷雄が鬼と勝負した双六は、盤上に白と黒のコマを置いて行うボードゲームである盤双六《ばんすごろく》ですが、室町時代には絵双六が生まれ、江戸時代になると庶民層にも普及します。本書の裏表紙に写真を載せているのは、そうした絵双六である『能双六《のうすごろく》』です。川島朋子「京都女子大学図書館蔵『能双六』――新蔵資料の紹介と小考――」（『女子大國文』百七十一号、二〇二二）において紹介・検討されています。以下、同論に基づいて説明しておきましょう。

肉筆彩色の一枚で、縦三五・〇センチ×横四八・七センチ。江戸時代後期の頃のものかと思われます。能の演目をモチーフとしていて、振り出しのマスを除く三十七マスに一番ずつ、計三十七番の能の小道具、面、作り物などが、曲名を掲げたうえで描かれています。例えば、上から四段目、右から6列目のマス（四6）は、第十三章で取り上げた「野守」で、杖と鏡が描かれています。

『長谷雄卿草紙』（模写）

ただし、最上段中央の二マス分の大きさの、上《あが》りのマス「式三番」だけは、翁と三番叟《さんばそう》の舞姿となっています。「能双六」と書かれている中央のマスが振り出しで、それぞれのマスに示された、出た目ごとの行き先に従ってコマを進め、上りを目指します。出た目の数だけコマを進める「巡り双六」でなく、「飛び双六」です。例えば、「野守」のマスには、「三 楊貴妃／四 あたか／五 三輪」と書かれていて、このマスで賽《さい》を振って、三の目が出たら四4のマス「楊貴妃」、四の目が出たら四1のマス「安宅《あたか》」、五の目が出たら三2のマス「三輪」に進みます。それら三つ以外の目が出た場合は、先に進むことができません。一回休みということです。なお、一8のマスは破損後に補修されていて、「葛城」と曲名が書かれていますが、それは誤りで、本来は「歌占《うたうら》」とあるべきところです。

さあ、ジャケットを外して、裏表紙を上にして机上などに置けば、本書がそのまま双六盤です。鬼とでなく友達とでも、『能双六』をやってみましょう。コマとサイコロもジャケットの袖にあります。

担当者一覧（五十音順）

川渕亮子（かわぶち　りょうこ）
京都女子大学博士（文学）取得。
京都女子大学非常勤講師。
〈第一・七・九章〉

神保尚子（じんぼ　なおこ）
京都女子大学大学院文学研究科国文学専攻修士課程修了。
浄土真宗本願寺派宗務所勤務。
〈年表、鬼鬼マップ、各章イラスト〉

高重幸枝（たかしげ　ゆきえ）
京都女子大学大学院文学研究科国文学専攻修士課程修了。
山口県立高森高等学校勤務。
〈コラム 第二・四・五・六・七・八・九・十・十一章〉

中前正志（なかまえ　まさし）
京都女子大学文学部国文学科教授。
〈第三・十二・十三・十四章、コラム 第三・十二・十三・十四章、「鬼と双六で勝負!?」〉

畑中智子（はたなか　ともこ）
京都女子大学博士（文学）取得。
京都女子大学・武蔵野大学非常勤講師。
〈第二・四・五・六・八・十・十一章、コラム 第一章〉

- 各担当者の個性を活かすべく、表記など担当箇所間の統一を完全には図らなかった面がある。
- 今回の担当者全員が関わり、烏有書林・上田宙さんにお世話になった書として、『笹川祥生先生喜寿記念論文集　あしかぜ』（非売品）がある。

あとがき

本書の制作を思い立ってから、数年が経ちました。さまざまな魅力あふれる中世文学の世界を、文学を学び始めた人にどのように伝えたらよいかと悩み、思い切ってテーマを「鬼」に絞ってみることにしました。各分野から「鬼」の断片を収集する作業は楽しく、鬼の様相が多様であることには改めて驚かされました。紙数の都合上、本書に収録できたのは、ほんの一部であることは心残りでありますが、それでも鬼の登場する多様な作品を紹介できたのではないでしょうか。読後、より広く鬼の世界を、中世文学の世界を探索していただけたなら幸甚です。

制作にあたり、中前正志先生、川渕亮子氏、神保尚子氏、髙重幸枝氏に多大なるご協力をいただきました。中前先生は、中世文学への扉を開き、ここまで導いて下さった師であり、諸姉は京都女子大学大学院でともに机を並べた学友です。また、恩師笹川祥生先生には折にふれ、的確な、時にお茶目なご助言をいただき、折内香織氏には、本書の水先案内人である古文先生・鬼姫・鬼丸のアイコンを描いていただきました。本書の完成は、偏に皆様のご尽力あってのことと、厚く感謝申し上げます。

また、『百鬼夜行絵巻』をはじめ、貴重な資料の掲載をご許可いただいた京都女子大学図書館様、鬼大師のお札掲載をご許可いただいた比叡山延暦寺横川元三大師堂様には、記して深謝申し上げます。最後に本書出版に当たっては、武蔵野大学のご縁から、烏有書林の上田宙氏のお世話になり、本づくりの楽しさを教えていただきました。多くのご支援に深く御礼申し上げます。

令和六年三月

畑中智子

百《ひゃっ》鬼《き》夜《や》行《ぎょう》する中《ちゅう》世《せい》文《ぶん》学《がく》——作《さく》品《ひん》講《こう》読《どく》入《にゅう》門《もん》

二〇二四年三月二十九日　初版第一刷発行

定　価＝本体一六〇〇円＋税

代表編者　畑中智子

発行者　上田　宙

発行所　株式会社烏有書林
二六一―〇〇二六
千葉市美浜区幕張西四―一―一四―七〇七
info@uyushorin.com　https://uyushorin.com

印刷・製本　三美印刷株式会社

ISBN978-4-904596-14-2